E.S.

MARION BRÜNING
IRGENDWO im DAZWISCHEN

Marion Brüning

IRGENDWO im DAZWISCHEN

Roman

AAVAA
VERLAG

© 2013 AAVAA Verlag

Alle Rechte vorbehalten

1. Auflage 2013

Umschlaggestaltung: AAVAA Verlag, Berlin
Coverbild: 602229 original Dietmar Böhmer-pixelio.de

Printed in Germany

ISBN 978-3-8459-0587-7

AAVAA Verlag
www.aavaa-verlag.com

Alle Personen und Namen innerhalb dieses Romans sind frei erfunden.
Ähnlichkeiten mit lebenden Personen sind zufällig und nicht beabsichtigt.

Würden unsere Seelen kindlich bleiben,
wäre das Leben weniger kompliziert

Prolog

Mein Körper ist zu einem abgeschlossenen Raum geworden, ohne Fenster und Türen. Meine Seele befindet sich in einem desolaten Zustand; ich kann nicht mehr. Worte, die meinen Mund verlassen wollen, sind innen gefangen und finden keinen Weg, um diese Zelle zu verlassen. Also bleibe ich stumm, obwohl das Elend hier drinnen genauso haust wie draußen. „Frau Fischer?", ruft jemand.
Ich kann nicht! Ich kann nicht!
Eigentlich will ich sterben, aber etwas lässt mich nicht. Meine Seele stolpert und stürzt dann tief hinab. Lieber Gott, lass mich gehen, lass mich zu dir.
Aber Er lässt mich nicht.
Dann muss ich eben einen anderen Weg finden!
Meine Augen bleiben offen, aber das Schwarze holt mich ein und es wird alles dunkel.

Teil Eins

Schon als er noch ganz klein gewesen war, hatte sein Vater ihm beigebracht, dass man durch Sport vieles kompensieren kann. Nun gut, seine Freundin hatte ihn verlassen. Also folgte er den Weisheiten seines Vaters und nahm eine harte Joggingrunde auf sich. Der Boden war stellenweise gefroren. Wenn er jetzt fiel, kam zu seinem Liebeskummer vielleicht noch ein Beinbruch hinzu. Was nicht tötet, härtet ab – auch so eine bescheuerte Weisheit aus dem Mund seines alten Herrn. Zeitweise hatte er die geradezu militärische Erziehungsmethode seines Vaters gehasst, aber andererseits war sie ihm auch schon oft von Nutzen gewesen. Er merkte, wie die freigewordenen Endorphine seinem Liebeskummer allmählich den Garaus machten. Hass keimte auf und Trotz, was dazu führte, dass er die Demütigung, die ihm seine Ex serviert hatte, nun mit Verachtung abtat. Andrea hatte ihn gegen den Schnösel Andreas eingetauscht. Andrea und Andreas. Pah! Sie würde schon noch merken, was sie an ihm verloren hatte. Jawohl! Er sprang über einen umgefallenen Baum, der seit Monaten am Wegrand lag, und landete mitten in einem Haufen Hundescheiße. Dazu fiel ihm keine Weisheit seines Alten ein. Er meinte jedoch, einmal etwas davon gehört zu haben, dass es Glück brachte, in Scheiße zu treten. Vielleicht hatte seine einfache Mutter das mal gesagt oder seine dumme Schwester. Also dann. Der Gestank lief mit ihm mit. Er bog um die nächste Ecke und sah am Ende des geraden Stückes, bevor sich der Weg nach rechts wandte, zwei Fahrräder am Boden, einen Jungen, der am Zaun stand, und – mein Gott! Er wurde schneller, vergaß augenblicklich den Gestank und rannte auf die Gestalt zu, die am Boden lag. Eine Frau. Sie blutete am Kopf, genauer gesagt, an der Schläfe, und das Blut rann über ihr Gesicht und sickerte in ihr blondes, langes Haar. „Was ist passiert?", rief er dem Jungen zu und ertastete den Puls der Frau. Schwach. „Können Sie mich hören?" Keine Reaktion. „Was ist passiert?", fragte er noch einmal und drehte sich, sein Handy suchend, zu dem Jungen um. Zwei Sekunden, vielleicht drei. Sein Magen rebellierte. Den Schrei, den er dann hörte, konnte er weder einem Menschen noch einem Tier zuordnen. Er brauchte lange, bis er verstand, dass dieser durchdringende Schrei sein eigener gewesen war.

Eins

Etwas zerrt an mir. Mein Kopf fühlt sich schwer an. Meine Augenlider scheinen mit meinen Augen verklebt zu sein. Ich kann nichts sehen. Worte hallen dumpf in meinem Kopf, aber ich verstehe den Sinn nicht. Vielleicht sollte ich es noch einmal versuchen. Nichts.
Aber ich atme. Ich spüre kalte Luft, die durch meinen Mund hereinströmt, meine Kehle hinunterfließt und weit unten die Lungenbläschen schmerzhaft aufpumpt. Die Luft, die meinen Körper verlassen möchte, ist weniger stark mit Sauerstoff gefüllt als sonst und bleibt in der Mundhöhle stecken. Ich versuche zu husten. Wieder zerrt etwas an mir. Rufe erklingen, werden lauter, aber ich höre nur eine Reihe von aneinandergeketteten Buchstaben, die nicht zusammenpassen. Ich sehe die Buchstaben vor mir; kleine, große, sogar bunte tanzen wild vor meiner Iris hin und her und scheinen mich auszulachen, weil ich nichts mit ihnen anfangen kann. Nach einer unendlich langen Zeit erreichen schließlich Worte mein Gehirn.
„Zieht die Frau doch endlich von dem Jungen weg!"
Meine plötzlich wiederkehrende Kraft hilft mir, meine Augenlider zu heben. Ich starre ins schiere Entsetzen.

Nur einen Bruchteil einer Sekunde, dann fallen die Lider wieder zu.

„Wir verlieren sie!", schreit jemand und ich kippe ins Nichts. Meine Seele steigt aus meinem Körper. Ich schwebe. Unter mir: eine blutverschmierte Frau, auf deren Oberkörper eingehämmert wird. Mein Körper. Ich steige auf. Höher und höher. Hier ist es schön. Und friedlich. Hier gibt es keine Angst, kein Entsetzen. Noch nie habe ich mich so wohl gefühlt. So selbstlos, gelöst und sicher. Weit vor mir sehe ich ein Licht. Eine nie erlebte, unbekannte, überdimensionale Freude überkommt mich.

Mama!

Ich weiß, dass sie es ist. Sie ist gekommen, um mich zu holen. Meine liebe, liebe, gute Mutter.

Ariane, mein Kind, was machst du denn hier?

Oh, Mama, ich freue mich so!

Geh zurück!

Warum?

Mein Kind, du bist da unten noch nicht fertig. Bleibe dort, bis du nicht mehr gebraucht wirst!

Ich kann nicht!

Geh!, sagt sie unmissverständlich und ich falle. Dahin zurück, wohin ich nicht zurückwill. Der Abstieg erfolgt so schnell, dass mir übel wird. Ich sehe mich auf diese Hülle zufallen, dann steige ich ein und muss mich übergeben. Ich würge und würge.

„Wir haben sie wieder!" Das nicht endenwollende Gezerre geht wieder los. So viele Stimmen, die über meinem Kopf hängen und mich noch unglücklicher machen, als ich ohnehin schon bin. Ich ertrage das nicht. Mein Körper wird hochgehoben und scheint einen Moment lang zu schweben, aber der Augenblick ist so kurz, dass ich mich nicht darüber freuen kann.
Ich soll hierbleiben!
Mama?, versuche ich es noch einmal.
Bleib!, ist die kurze, knappe Antwort. Schwimmende Stimmen, fast schon unerträglich, vermischen sich mit Sirenengeheul. Jemand spricht von einer Kopfplatzwunde, die genäht werden müsse. Mein Kopf fängt schlagartig zu dröhnen an. Der Schmerz holt mich rasend schnell ein. Das kann kein Mensch ertragen! Ich falle in Ohnmacht und werde erst wieder wach, als dieser tiefe Schmerz nur noch an der Oberfläche lodert und mich angrinst.
Mama?
Keine Antwort.
Ich kann nicht hierbleiben!
Nichts. Ich warte.
Ich kann nicht hierbleiben!
Nichts. Ich bin alleine. Ganz alleine.
„Frau Fischer, können Sie mich hören?"
Nein!

Mein Körper ist zu einem abgeschlossenen Raum geworden, ohne Fenster und Türen. Meine Seele befindet sich in einem desolaten Zustand; ich kann nicht mehr. Worte, die meinen Mund verlassen wollen, sind innen gefangen und finden keinen Weg, um diese Zelle zu verlassen. Also bleibe ich stumm, obwohl das Elend hier drinnen genauso haust wie draußen. „Frau Fischer?", ruft jemand.
Ich kann nicht! Ich kann nicht!
Eigentlich will ich sterben, aber etwas lässt mich nicht. Meine Seele stolpert und stürzt dann tief hinab. Lieber Gott, lass mich gehen, lass mich zu dir. Aber Er lässt mich nicht.
Dann muss ich eben einen anderen Weg finden!
Meine Augen bleiben offen, aber das Schwarze holt mich ein und es wird alles dunkel.

Wenn man keine Chance zur Gegenwehr oder zur Flucht hat, muss man sich dem Tod stellen.

Auszug aus der
Chronologie des Falles Fischer

Münster, Montag, d. 10. Januar 2011

Ein siebenundzwanzigjähriger Jogger findet gegen elf Uhr morgens auf seiner Laufrunde, dem Waldweg zwischen Ahorngasse und Grimmweg, eine blutverschmierte Frau am Boden und einen toten Jungen, der mit seinem Schal erdrosselt im Zaun hängt. Wie der Polizeisprecher Kai Rossmann am Abend bekanntgibt, handelt es sich bei dem Toten um den neunjährigen Lukas Fischer. Die Schwerverletzte ist die vierunddreißigjährige Ariane Fischer, Mutter von Lukas. Mutter und Sohn waren laut Zeugenaussagen mit dem Rad unterwegs, als sie aus ungeklärten Gründen überfallen wurden. Da die Frau keine Anzeichen von Kampfspuren aufweist, nimmt die Polizei an, dass zuerst die Mutter niedergeschlagen und dann der Junge mit seinem Schal erdrosselt wurde. Nach der Erdrosselung wurde der Junge stehend mit seinem Schal im Maschendrahtzaun festgebunden. Die zehnköpfige Sonderkommission namens Fischer geht zurzeit vielen Spuren und Hinweisen nach. Laut Rossmann gibt es jedoch zu dieser Zeit noch keinen Anhaltspunkt über den Grund des grausigen Verbrechens. Das Obduktionsergebnis wird nicht vor morgen früh erwartet.

Das Monster sitzt an meinem Bett. Seit über zwei Stunden. Das weiß ich, weil vor mir die große Wanduhr hängt und immer tick tick, tick tick macht. Manchmal zähle ich mit. Zwischenzeitlich war mal wieder eine Schwester da und hat künstliche Tränen in meine Augen geträufelt. Warum hat sie ihn nicht mitgenommen? Er starrt mich an; sicher will er, dass ich mich bewege. Aber ich kann nicht. Herrgott noch mal, wie oft muss ich denn noch klarstellen, dass ich nicht zurückkomme in diese Scheißwelt?
„Ariane!"
Sei, verdammt noch mal, still!
Noch besser: geh!
Das Monster nimmt meine Hand. Meine Hand brennt in seiner Hand wie Feuer. Warum gehst du nicht? Er weint. Er will, dass ich das auch mache. Weinen um das Kind. Um unser Kind. Glaubt er etwa, ich verzeihe ihm? Niemals!
„Ich schwöre dir, ich werde nicht eher Ruhe geben, bis ich weiß, wer unserem Lukas das angetan hat!"
Er knetet meine Hand und seine Tränen fallen auf meinen Arm, sickern durch mein Nachthemd und bleiben ekelig auf meiner Haut kleben. Das Schluchzen

geht in heftiges Weinen über und wird immer lauter, bis es sich anhört wie das Gebrüll eines wilden Tieres. Lass doch endlich meine Hand los!
„Herr Fischer? Herr Fischer, kommen Sie mit, ich werde Ihnen erst mal eine Tasse Tee machen und eine Beruhigungstablette geben. Kommen Sie!" Die augentropfende Schwester zieht ihn von mir weg, aus dem Zimmer. Ich kann hören, wie sie beruhigend auf ihn einredet.
Lass es sein, er hat das Elend verdient! Jede gottverdammte Scheißsekunde Qual hat das Monster verdient.
Helft ihm nicht!

Auszug aus der
Chronologie des Falles Fischer

Münster, Dienstag, d. 11. Januar 2011, 11.00 Uhr

Das Obduktionsergebnis wird bekanntgegeben.
Wie vermutet, wurde Lukas Fischer zuerst mit seinem eigenen Schal erdrosselt und dann stehend in einen Maschendrahtzaun gebunden. Der Junge weist keinerlei Anzeichen eines sexuellen Missbrauchs auf. Die Mutter, die stationär untersucht wurde, zeigt ebenfalls

keine Spuren eines Sexualverbrechens. Laut Zeugenaussagen wurden zum festgelegten Zeitpunkt des Geschehens keine Schreie oder Hilferufe vernommen. Deshalb kann die Sonderkommission laut Kai Rossmann, Leiter der Sonderkommission Fischer, nicht ausschließen, dass es sich um zwei Täter gehandelt haben könnte. Die Mutter wird weiterhin stationär behandelt. Sie ist jedoch noch nicht vernehmungsfähig; sie befindet sich in einem anhaltenden Schockzustand und hat eine Schädelverletzung davongetragen. Ob Ariane Fischer ebenfalls zu Tode kommen sollte, steht zu diesem Zeitpunkt noch nicht fest. Die Polizei bittet weiterhin um jede Mithilfe aus der Bevölkerung.

Meine Hand. Wie kann etwas nur so unsagbar schlimm brennen und schmerzen? Man sollte es nicht glauben, aber es ist tatsächlich möglich. Ich versuche meine Finger zu spreizen, was natürlich vollends danebengeht. Wie sollte es auch funktionieren? Ich kann gar nichts mehr. Seit Stunden beobachte ich zwischenzeitlich immer wieder meine Atmung. Sie funktioniert völlig von alleine, obwohl alles andere bei mir zum Stillstand gekommen ist. Ich ziehe die Luft ein, verharre einen Augenblick und puste sie wieder hinaus. Es passiert einfach. Keine Befehle, keine Anordnungen, es klappt. Genau wie meine Ausscheidung. Ein paarmal

habe ich im Nassen gelegen, danach hat man mir einen Dauerkatheter gelegt. Ich bewundere die Schwestern, die mir alles erklären und zeigen, obwohl ich nicht reagiere und nichts sehe. Sie tun es trotzdem, vielleicht sogar mit der gleichen Selbstverständlichkeit, wie Lukas früher seinen Teddy an- und ausgezogen und mit ihm gesprochen hat wie mit einem Lebewesen.
Mein Lukas, mein lieber, kleiner Lukas!

Frau Fischer, versuchen Sie mal, dem Licht zu folgen!
Welchem Licht?
Ich weiß, dass meine Augen offen sind, darum auch dieses immer wiederkehrende Geträufel, aber ich sehe nichts. Die Augen sollen nicht austrocknen. Wieder so eine nette Erklärung einer Schwester. Wieder keine Reaktion. Und alles ist dunkel! Aber das ist nur gut so. Wie könnte ich mich an einem blühenden Baum erfreuen, wenn mir in dem Zusammenhang mein von blauen Flecken übersäter Körper einfällt? Ein Schmerz durchzuckt mich, und jetzt würde es mich nicht wundern, wenn eine der Schwestern in ein frohlockendes Jauchzen verfallen würde: Mein Gott, sie hat sich bewegt! Es jubelt aber niemand – im Gegenteil, die Schwester verlässt mit einem netten Gruß das Zimmer. Und ich? Ich sabbere. Mein Speichel rinnt über meinen Mundwinkel, das kurze Stück über mein Kinn und landet irgendwo in Richtung meines Schlüsselbeins,

was unsagbar kitzelt. Bei dem Kitzeln könnte ich verrückt werden. Ich muss mich korrigieren – ich bin verrückt.

Ich muss irre sein!

Nicht einmal meine Mutter will mich haben. Meine Mutter war die gütigste Frau, die ich in meinem Leben kennengelernt habe, aber irre Menschen konnte sie nicht leiden. Und das bin ich definitiv. Mein Sohn ist tot, mein Exmann hält meine Hand und ich schreie nicht. Ich tobe nicht, ich weine auch nicht, ich laufe nicht weg, also kurzum, ich bin bescheuert. Früher hätte man mich als Hexe verbrannt. Diese Vorstellung gefällt mir. Verbannt und ausgeschlossen, um zu guter Letzt verbrannt zu werden. Dann nur noch Asche sein, die im Müll landet oder im besten Fall vom Winde verweht werden darf. Überall hin. Vielleicht landet man auf einer Stelle, die unsagbar schön ist. Vielleicht gibt es diesen Ort doch, ich habe ihn nie kennengelernt. Wieder muss ich mich korrigieren. Es gab einmal einen Ort, an dem sich der Himmel mit dem Glück verband, an dem die Erde einen Moment lang stillstand. An dem jeder Stern verblasst wäre, in dem ich fast atemlos in das Gesicht des wunderschönsten Geschöpfs sah, das es nur geben konnte. Der Moment und der Ort, an dem mir eine plötzlich völlig unbedeutend gewordene Hebamme, von der Stunden zuvor noch mein weiteres Leben abhing, mir meinen Lukas

in den Arm legte und der Blick meiner noch vor Anstrengung brennenden Augen auf sein Gesicht fiel. Da stand die Zeit still. In diesem wunderschönen Moment lag so viel Kraft, dass sie selbst dann noch blieb, als Lukas ununterbrochen brüllte und brüllte. Dreimonatskoliken nannte mein Kinderarzt das Geschrei. Ich fand das Geheul nicht einmal so schlimm. Klar, ein Babylachen wäre schöner gewesen, aber, und das war viel schlimmer, das Geschrei war der Grund für Dirks Unpässlichkeiten. Ha, ich muss gleich lachen. Unpässlichkeiten. Vollidiot!
Augentröpfelnde Schwester, schütte dem Monster den heißen Tee ins Gesicht!
Niemand hört mich.
Schade!
Nein, Mama, ich gehe in diese Welt nicht zurück!
Du bleibst!, höre ich wieder ihren unwiderlegbaren Befehlston.
Ich glaube, ich habe noch nie im Leben das getan, was Mama wollte.
Wenn nur diese unsagbaren Schmerzen nicht wären!
Verdammt, sicher fällt meine Hand gleich ab. Nur weil das Monster sie festgehalten hat, weil er seinen Kummer mit mir teilen wollte oder sich wieder einmal in seinem unsagbar schrecklichen Schicksal suhlen wollte. Wie ein Schweinchen im Mist.
Du hast es verdient!

Monster!

Dieser Jammerlappen, der um Mitleid winselt und bettelt wie ein ausgesetzter, geprügelter Hund!

„Meine Güte, Frau Fischer, Entschuldigung, das wollte ich nicht!" Wieder eine nette Schwester, die mir erklärt, dass sie den Schlauch des Katheters beim Hochstellen des Bettgitters lang gezogen hat, was mir Schmerzen in der Blase verursachen müsse.

Ich merke nichts. Nur diese Hand. Himmelherrgott noch mal, sie brennt wie Feuer. Wie damals. Nein, besser nicht daran denken. Aber so ist es. Wenn die Gedanken laufen, dann laufen sie. Dann schießen sie durch den Kopf, beschwören Situationen herauf und lassen einen nicht mehr los.

Was hast du hier für einen Saufraß gekocht? Den kann doch keiner essen!

Er zieht mich an den Haaren zum Herd, wirft den Topf mitsamt der Gemüsesuppe in das danebenliegende Waschbecken. Möhren, Blumenkohl und Broccolistücke spritzen an die Fliesen und bahnen sich langsam den Weg abwärts. Noch bevor sie unten angekommen sind, nimmt er meine Hand und drückt sie auf die heiße Cerankochplatte. Mir wird übel, genau wie jetzt, ich schreie und würge. Dann dreht er sich um und geht, lässt Lukas in seinem Hochstuhl weiterschreien und beachtet weder ihn noch mich mehr. Ich weiß, dass es sinnvoller wäre, zuerst meine Hand zu kühlen, aber

mein Sohn hat Angst. Umständlich hebe ich ihn mit der linken Hand aus dem Stuhl, klemme ihn auf meine Hüfte und renne zum Waschbecken. Das kalte Wasser tut unheimlich gut. Aber das dauert nur kurz, dann überrollen mich die Schmerzen schlimmer als zuvor.
„Ach, meine Güte, Frau Fischer, Sie haben sich ja übergeben! Nicht schlimm! Ich hole meine Kollegin und dann machen wir Sie frisch!" Sicher tätschelt die Schwester jetzt mein Gesicht oder meine Schulter, aber ich spüre es nicht. „Wissen Sie, Sie haben eine ganz schöne Gehirnerschütterung abbekommen, da ist es nicht verwunderlich, wenn Sie sich übergeben müssen! Das wird bald besser. Warten Sie einen Moment, ich komme sofort wieder!"
Bringen Sie doch bitte eine Eispackung für meine schmerzende Hand mit, bitte!
Bitte!
Er hätte doch nur zu sagen brauchen, dass er keine Gemüsesuppe mag und lieber ein Fleischstück haben wollte. Er sei doch nicht so ein VegetariERöko, hatte er vorher geschrien.
Mann, er hätte es doch nur zu sagen brauchen.
Verdammt!

Auszug aus der
Chronologie des Falles Fischer

Münster, Dienstag, d. 11. Januar 2011, 17.00 Uhr

Die Polizei gibt bekannt, dass Ariane Fischer ihren Sohn Lukas am gestrigen Montag nicht zur Schule gebracht hat. Nach seinem Nichterscheinen hat die Klassenlehrerin bei Frau Fischer angerufen; ihren Angaben zufolge hat sie jedoch nur eine Nachricht auf dem Anrufbeantworter hinterlassen können. Die Klassenlehrerin machte sich Sorgen, weil der neunjährige Junge noch nie ohne Entschuldigung der Mutter dem Unterricht ferngeblieben ist. Sie beschreibt Frau Fischer als sehr gewissenhaft und fürsorglich. Weiterhin gibt die Polizei bekannt, dass sie den Vater des Jungen, Dirk Fischer, zur Befragung mit auf die Wache genommen hat. Der Vater lebt seit vier Jahren von Mutter und Sohn getrennt, hat laut polizeilicher Aussage wegen Hausfriedensbruchs und körperlicher Gewalt ein Kontaktverbot gegen Frau und Kind und darf sich Mutter und Sohn nicht weiter als bis auf zweihundert Meter nähern. Als man ihn mit auf die Wache nahm, befand er sich gerade im Krankenhaus, in der Nähe der Mutter.

„Guten Morgen, Frau Fischer. Ich bin Sabine Müller, Psychiaterin. Ich würde mich gerne einen Moment mit Ihnen unterhalten. Darf ich mich setzen?"
Ein Stuhl knirscht, dann ächzt etwas. Ich schätze, die Frau bringt einige Kilos auf die Waage. Mir egal. Sie soll verschwinden. Ich will das Gesäusel nicht.
Aber wer hat je gefragt, was ich will?
Stille!
Tick, tick. Tick, tick. Die Zeit vergeht. Vielleicht ist die Dame schon wieder gegangen. Bereits jetzt habe ich ihren Namen vergessen. Macht nichts. Ich gähne. Glaube ich auf jeden Fall.
„Wie geht es Ihnen, Frau Fischer?"
Super! Mein Kind ist tot, mein Mann wird bis zu mir vorgelassen und hält mit mir Händchen, der liebe Gott will mich nicht haben, sogar meine Mutter kehrt mir den Rücken zu und ich scheiße ins Bett!
Stille!
„Also gut, Frau Fischer. Vielleicht stelle ich mich erst einmal richtig vor. Wie gesagt, ich bin Sabine Müller und Psychiaterin. Ich habe hier in Münster Psychologie studiert und mich dann auf Traumapatienten spezialisiert. Meine Praxis liegt hier ganz in der Nähe."
Pause.
„Und ich will ehrlich zu Ihnen sein!"
Tick, tick. Tick, tick.

Sagen Sie doch einfach, was Sie wollen, und dann können Sie wieder gehen.

„Ariane! Darf ich Sie so nennen?"

Legen Sie sich doch gleich zu mir ins Bett. Ich habe sicher massenhaft Platz für zwei!

„Sie wissen, was mit Ihrem Kind passiert ist? Lukas ist tot!"

Mama, nimm mich zu dir!

Bleib!

Meine Mutter hasst mich. Sie hat mir nie verziehen, dass ich mich mit Dirk eingelassen habe. Und ich war so stolz auf diesen schönen Mann, der alle hätte haben können und ausgerechnet mir den Hof gemacht hat.

„Ich gehe davon aus, dass Sie gesehen haben, wer Lukas das angetan hat und ..."

Stopp! Das geht mir eindeutig zu weit!

Ich. Will. Das. Nicht!

Meine Hand. Warum schmerzt sie nicht mehr? Der schöne, neue Herd, auf den ich auch so stolz gewesen war, und die sauberen Herdplatten, die so sehr glänzten, dass ich mich fast darin spiegeln konnte. Das faszinierende Rot, das nach dem Einschalten aufleuchtete. Und meine kleine, leicht von der Sonne gebräunte Hand, die einen Moment lang mit dieser Faszination verschmolz, den Geruch von Verbranntem aufkommen ließ und den Schmerz. Da ist er wieder! Ich kann ihn wieder fühlen. Ich winde und wende mich. Ich lechze

nach einem Eisbeutel, den jemand auf die vernarbte Stelle legt. Allein von dem Schmerz müsste man sterben dürfen. Nicht im Elend hausen wie ich. Aber keiner hilft mir. Ich muss bleiben. Die Stimme der Psychiaterin scheint im Zimmer zu schwimmen. Ich kann nicht verstehen, was sie sagt. Nicht schlimm. Sie soll gehen. In ihre eigene Praxis zurück, wo vielleicht Menschen auf sie warten, die ihre Hilfe nötig haben. Die leben wollen. Ich will nicht. Man lässt mich nicht gehen, aber ich komme auch nicht zurück. Niemals. Ich habe kein Trauma, wie kommt die Tante da eigentlich drauf? Ich kann nicht zurück. Nicht in dieses Leben. Ich weiß, ich sehe das Gefühl nur von meinem Standpunkt aus. Also muss ich an dieser Stelle warten.
Du bleibst!
Mama, verdammt, ich bin alt genug, was soll das?
!
Was soll das? Du stellst dich vor Gott, du lässt mich nicht zu ihm!
Du warst nie gläubig, Kind, bleib bei der Wahrheit!
Verdammt, Mama!
Der Schmerz vergeht. Ich kann die Stimme der Psychiaterin wieder hören und verstehen. Sie kommt auf mich zu wie eine lästige Biene, die ich nicht vertreiben kann.
„Ariane, Sie brauchen sich keine Gedanken mehr über Ihren Mann zu machen. Da ist uns ein fataler Fehler

unterlaufen. Der Polizist hätte ihn nicht zu Ihnen lassen dürfen. Ihr Mann befindet sich übrigens in Untersuchungshaft. War es Ihr Mann, Ariane?"
Mein Herz bleibt kurz stehen. Ich kann es spüren. Dann rast und hopst es, es scheint in meiner Halsgegend zu sitzen. Bestimmt pumpt sich mein Hals gerade auf wie bei einem Frosch. Das Gefühl ist schrecklich, einfach grauenhaft, aber danach folgt sicher gleich der Stillstand. Und den wird auch meine liebe Mutter nicht aufhalten können. Meine Mutter, die in Form eines hellen Lichts irgendwo da oben auf mich wartet und Herrgott spielt. Nicht mal der Tod ist einfach. Ein Arzt und eine Schwester sprechen miteinander, ich kenne die Stimmen. Stimmen, die grotesk verzerrt wirken. Ich starre in die Dunkelheit und spüre, dass etwas noch Dunkleres auf mich einwirkt und mich einhüllt.

Die Enttäuschung über mich selbst ist einfach viel zu groß.
Ich fasse es nicht. Ich bin nicht tot. Anscheinend werde ich gewaschen. Eine von diesen lieben Schwestern erklärt mir das zumindest. Mein Herz sitzt nicht mehr im Hals. Wenn ich ehrlich zu mir selbst bin, was ich in letzter Zeit sehr vernachlässigt habe, dann spüre ich mein Herz überhaupt nicht. Ehrlichkeit! Warum verspricht man sich so etwas Kostbares und hält es doch

nicht im Geringsten ein? Welcher Mensch ist schon ehrlich? Angefangen von: Ich finde dich umwerfend gut, bis dahin, dass man alles für den anderen tun würde. Ich habe noch nie gehört, dass jemand beim Anblick seines Partners vor Liebe umgekippt ist oder dass er wirklich alles für den anderen tun würde. Das stimmt einfach nicht! Meine Freundin hat immer gesagt, ich könne jederzeit zu ihr kommen, sie würde mir immer helfen. Sicher, sie hat mich mit Lukas hineingelassen, als ich nachts um drei Uhr bettelnd bei ihr vor der Tür stand, ich hätte Angst, dass Dirk mich totschlägt. Aber am nächsten Morgen war es mit ihrer Hilfe vorbei. Auf jeden Fall sagte sie nicht, ich solle mit Lukas noch bleiben, als Dirk mit einem großen Blumenstrauß vor ihrer Tür stand und mich, um Verzeihung bettelnd, wieder nach Hause holen wollte. Der große Rosenstrauß machte einen besseren Eindruck auf sie als meine blauen Flecken an Armen und Beinen. Vielleicht bin ich jetzt ungerecht. Vielleicht hatte sie die blauen Flecken nicht richtig wahrgenommen, oder sie blühten in jener Nacht noch nicht so schön wie kurze Zeit später.
Meine Mama hat auch immer geschworen, sie wäre immer für mich da. Merke ich gerade.
Danke, Mama!
Ich glaube es fast selbst nicht mehr, aber auch ich habe einmal Psychologie studiert. Immerhin drei Semester

lang. Bis ein Monster mich zur Frau nahm. Dirk wollte dieses Studium nicht, er fand, der Beruf sei nicht gut genug für mich. Ich solle mich nicht mit dem Elend und der Langeweile anderer Menschen beschäftigen. Nichts anderes sei es doch letztendlich: Die Menschen meinten, sie seien krank, weil sie zu dumm für dieses Leben seien oder sich hinter psychischen Krankheiten verstecken wollten, aus Faulheit, um nicht am eigentlichen Leben teilnehmen zu müssen. Wenn er meint…
Ich war mal klug, richtig klug, was man allerdings bei meiner heutigen Wortwahl und meinem Benehmen nicht mehr denken würde. Aber ich kann ja wohl schlecht sagen, dass ich hocherfreut darüber bin, wenn eine Faust in meinem Gesicht landet. Oder sollte ich vielleicht von Glückseligkeit sprechen, wenn ein Mann sich Sex bei mir holt und ich kotzend darunter liege? O nein. Kotzen trifft es viel besser als sich übergeben oder, vielleicht noch besser, unpässlich sein.
Das Wort Ehrlichkeit will nicht schwinden und lässt mich jetzt an eine Vorlesung eines Professors über Pseudologie denken. Als Pseudologie phantastica bezeichnet man in der Psychiatrie den Drang zum krankhaften Lügen und Übertreiben. Krankhafte Lügner nennt man Pseudologen. Dirk ist so einer.
Ich liebe dich. Ich will nur das Beste für dich. Heirate mich und ich schwöre dir, ich schenke dir den Himmel

auf Erden. Nie würde ich etwas tun, um dir zu schaden. Ich werde dich und das Baby auf Händen tragen.
Pseudologisches Dirk-Monster.
Zu so etwas ist er befähigt.
„Frau Fischer, jetzt drehen wir Sie einmal auf die linke Seite, damit Sie nicht wund werden!"
Auch das noch. Ariane Fischer liegt im Bett, scheißt hinein und hat einen Pavianarsch!
Mama, bist du jetzt zufrieden?
Ich verstehe. Sie will mich bestrafen, weil ich nicht gekämpft habe. Um Lukas, um mich. Dafür, dass ich hier liege wie ein Häufchen Elend und wieder einmal wegsehe.
Verdammter Mist! Ich habe Angst!

Allmählich habe ich den Dreh raus. Wenn ich schon nicht fliehen kann, wenn diese Angst kommt, dann tauche ich eben ins Nichts ab. Es kann natürlich auch sein, dass der Arzt mir etwas gespritzt hat. Ich weiß es nicht. Ich weiß nur, dass es mir besser geht, und sobald ich merke, dass ich wieder auftauche und an die Oberfläche komme, lenke ich meine Gedanken auf etwas Sinnvolles. Ich zähle die Zeit, lausche den Stimmen um mich herum. Ich fasse es nicht, was aus mir geworden ist. Mit meinem super IQ habe ich die dritte Klasse übersprungen und bin direkt in der vierten gelandet.

Zeitweise war mir so langweilig, dass ich meine Turnschuhe mit Zahnstochern bombardiert habe, bis sie aussahen wie Igel. Meine Klassenlehrerin war fasziniert von meinen Schuhen, das sah ich ihr an. Zugleich war sie aber auch aufgebracht und schimpfte, ich solle dem Gedicht folgen, das sie gerade vortrug. Sie schaute nicht schlecht, als ich sagte, das hätte ich, und ihr zur Bestätigung den Text aufsagte. Sieben Strophen. Das Gleiche passierte in Mathematik, Religion und Erdkunde. Selbst im Sport war ich die Beste, obwohl ich nicht weiß, ob das ein Zeichen hoher Intelligenz ist. Von der zweiten in die vierte Klasse, rasant durchs Abi, dann drei Semester studieren, um dann den Sprung über ein Monster hinweg direkt in ein Krankenbett zu machen und dort die Zeit zu zählen und Stimmen zu lauschen. Wahnsinn! Aber ich bin immer noch mit dem Problem meiner Ehrlichkeit beschäftigt. Wie Blaise Pascal im sechzehnten Jahrhundert schon sagte: Niemand spricht in unserer Gegenwart so von uns wie in unserer Abwesenheit. Eine Schwester verlässt soeben den Raum. Ich möchte zu gerne wissen, was die Schwestern dort draußen über mich sagen. Nein, jetzt bin ich schon wieder unehrlich zu mir selbst. Es interessiert mich nicht im Geringsten, was wer von mir denkt. Ich will hier raus, mitsamt meiner Hülle in den Himmel. Zu Lukas. Und zu Sven. Mit ihm muss ich mich dringend aussprechen. Und, ja, auch zu

meiner Mutter. Mein Arm juckt, aber wenigstens brennt meine Hand nicht mehr. Vielleicht sollte ich weniger an sie denken, solange ich meine Gedanken noch lenken kann. Bevor sich mein Gedankenstrom wieder seinen eigenen Weg bahnt. Mir scheint auch wirklich nichts mehr zu gehorchen, nicht einmal meine eigenen Gedanken.
Könnte mir mal jemand meinen rechten Oberarm kratzen?
Meine Melancholie ist dem Zynismus gewichen.
Aber das meinte ich jetzt auch nicht wirklich.
Ich bin am Boden zerstört. Wirklich!
Fasst mich bloß nicht an.
Lasst mich sterben.
Ich möchte nichts essen, nichts trinken.
Schließt die Tür und lasst mich einfach sterben.
Wenn alle Menschen wüssten, was jeder über den anderen sagt, gäbe es keine vier Freunde in der Welt. Kommt auch aus einem Zitat von Blaise Pascal. Der Junge und ich, wir hätten gut zueinander gepasst. Ich habe meiner Freundin auch nie gesagt, dass sie in einer Jeanshose einen richtig unvorteilhaften, dicken Hintern hat. Irgendwie sah sie darin aus wie eine äußerst unförmige Magnetkugel, die zum Pol hingezogen wird, auf den Boden. Das hatte zur Folge, dass Franka von hinten wirkte wie eine Mischung aus Windhund und Zwergdackel.

Ich habe nie etwas dazu gesagt.
Andererseits hat sie mich aber auch nie nach meiner Meinung gefragt.
Außerdem habe ich jetzt keine Lust mehr zu denken. Das Ticken der Uhr, die mir zeigt, dass die Zeit vergeht, ohne dass ich meinem Ziel einen Schritt näher gekommen bin, geht mir allmählich auch gewaltig auf den Nerv.
„Frau Fischer, jetzt gibt es etwas zu essen!"
Höre ich da einen leicht sarkastischen Unterton in der Stimme der Schwester? Macht sie sich etwa gerade über mich lustig?
Ich bewege mich keinen Millimeter, ich sehe nichts, ich sage nichts, ich merke auch nichts von dem, was ihr mit mir macht, und du hast tatsächlich vor, mir etwas Essbares in den Mund zu stopfen?
Ich fasse es nicht. Ein Euphorieschub durchzuckt plötzlich meinen Körper. Meine Zeit ist gekommen. Wer hätte gedacht, dass die Gelegenheit für mich so schnell kommt? Ich nicht.
Es klappert und klimpert. Ganz leise und langsam. Ich warte auf den Löffel mit dem tödlichen Essen, der an meinen Mund geführt wird, aber es kommt nichts. Vielleicht merke ich auch nur nichts und esse automatisch. Das wäre typisch für mich. Ich bin zu blöd, um mich selbst umzubringen. Habe ich tatsächlich etwas anderes erwartet?

Es klappert wieder.
Man soll nie die Hoffnung aufgeben.
„Frau Fischer, wir werden Sie jetzt erst einmal frisch machen!"
Ich dacht', ich krieg' was zu essen!
„So, erst mal zieh ich Ihnen das Nachthemd aus."
Besser wäre, du würdest mir das Hemd um den Hals legen und es zuschnüren, oder einfach ein Kissen auf mein Gesicht und ab damit. Aber welche Schwester würde das schon tun? Schwestern sind immer so hilfsbereit, so sozial, so sauber, so rein und was weiß ich noch alles. Die wissen immer ganz genau, wann sie was sagen dürfen und können, ohne jemandem auf den Schlips zu treten. Schwestern haben Antworten auf schwierige Fragen, da erblasst jeder Professor vor Neid. Das genaue Gegenteil von mir. Ich bin immer ins Fettnäpfchen getreten, immer und überall. Nicht in meiner Super-Zeit. Später. In der Zeit mit meinem Monster.
Liebling, möchtest du noch etwas mit mir kuscheln?
Nein, ich bin so müde.
Falsche Antwort, Baby.
Der Griff in mein langes, blondes Haar zerrt noch heute an mir und mir wird immer noch schwindelig, wenn ich daran denke, mit welcher Geschwindigkeit mein Kopf durch den Raum gezogen wird, bis ich seinen

Atem in meinem Mund spüre, seinen Mund auf meinem, und dann mein eigenes Blut schmecke.
„Frau Fischer, wir drehen Sie jetzt um!"
Meinetwegen!
„So, nun reibe ich Ihren Rücken erst einmal mit Salbe ein. Der ist schon ganz trocken, nicht, dass er anfängt zu jucken."
Macht nichts. Von dem, was ihr macht, merke ich doch nichts.
Sie könnten mich umgedreht an die Decke hängen, meinetwegen auch an nur einem Bein. Ich bin mir ziemlich sicher, dass ich von alledem nichts merken würde.
„Meine Güte, was haben Sie denn da für eine schreckliche Narbe?"
H.A.L.T. Aufhören!
„Meine Güte! Ich nehme noch ein bisschen Creme, einige Stellen sind noch ganz trocken."
Ich habe Schmerzen. In meinem Rücken sticht etwas, nimm es raus, bitte. Zieh es einfach heraus, auch wenn du als Schwester genau weißt, dass man das nicht tun sollte.
„So, jetzt ist alles in Ordnung!"
Nichts ist in Ordnung. Du hast es wieder verselbstständigt. Mit deinen Worten hast du mich in die Hölle gestoßen.

„Auf welche Seite sollen wir Sie legen, Frau Fischer?
Mal schauen. Ich sehe schon. Auf die linke Seite!"
Wie könnt ihr sehen, dass ich nach links muss? Ist meine rechte Seite gequetscht?
„So, Frau Fischer, jetzt lege ich Ihnen noch ein Kissen unter das Bein, dann liegen Sie bequem!"
„Geht es so?"
Tick, tick. Tick, tick.
Nichts tut so höllisch weh wie die Erinnerung.

Auszug aus der
Chronologie des Falles Fischer

Münster, Mittwoch, d. 12. Januar 2011, 10.00 Uhr

Die Staatsanwaltschaft Münster gibt bekannt, einen dringend Tatverdächtigen in Untersuchungshaft gebracht zu haben.
Hierbei handelt es sich um Dirk Fischer, zweiundvierzig Jahre alt, Vater des ermordeten Lukas Fischer, Ehemann von Ariane Fischer. Ein Nachbar hat gesehen, wie sich Dirk Fischer zwei Stunden vor dem Mord direkt vor dem Haus der Fischers aufgehalten und Frau Fischer aufs Übelste beschimpft haben soll. Das Ehepaar lebt seit vier Jahren getrennt. Derzeit geht die

Polizei von einer Familientragödie aus. Dirk Fischer schweigt.

„Guten Morgen, Frau Fischer!"
Der Stuhl ächzt. Die Matrone ist wieder da.
„Haben Sie gut geschlafen? Geht es Ihnen gut?"
Ich werde heute mal nicht antworten!
„Ich bin es, Sabine Müller. Ihre Psychiaterin."
M e i n e Psychiaterin!
Was für ein Quatsch. Ihr seid teuer. Sehr teuer. Ich könnte mir nicht mal eine Stunde bei euch leisten. Dirk hat Geld, aber ich nicht. Das Monster hat mir jedes gute, bürgerliche, normale Leben genommen. Mein Geld lag morgens auf dem Tisch. Abgezählt. Am Abend lagen an der gleichen Stelle jede Quittung und das Restgeld. Ordentlich, korrekt und vollständig. Ihm ging es gar nicht darum, ob ich Geld für unsinnige Artikel ausgab. Ein Lippenstift für zwei Euro konnte ihn genauso zum Schläger werden lassen wie eine unsinnig gekaufte, teure Bluse, die ihm nicht gefiel. Es ging um Macht. Ein Monster, das die Kontrolle braucht wie andere die Luft zum Atmen. Selbst nach unserer Trennung bin ich noch auf sein Geld angewiesen. Er hat mir nie die Möglichkeit gegeben, auch nur einen Cent dazuzuverdienen. Ich musste immer nur aufpassen. Auf mich, auf mein Leben, auf das meines Kindes. Ich merke, wie

verkrampft, verzweifelt und gleichzeitig verlogen sich das anhört. Ich habe es nicht geschafft.
Lukas ist tot!
„Frau Fischer, lassen Sie uns heute ein wenig über Ihren Sohn sprechen!"
Nein!
Sofort schlägt mein Herz schneller.
„Sie wissen, dass Lukas tot ist!"
Tick, tick. Tick, tick. Tick, tick.
Ob meine Fingernägel wohl schon etwas gewachsen sind und der Nagellack abbröckelt? Scheußlich. Da kann ich das Monster verstehen. Ungepflegte Fingernägel sind wirklich das Letzte. Einmal durfte ich mir sogar diese teuren, unechten Nägel machen lassen. Ich hatte im Rosenbeet gebuddelt, weil ein Hund sein Geschäftchen dort verrichtet und die Erde unschön aufgelockert hatte. Das perfekte Bild war zerstört. Ich habe wirklich nicht an meine Nägel gedacht, an die Blumenerde, die sich unter meine Nägel heften und auch dieses Bild zerstören würde. Dirk sah das mit nur einem Blick. Er nahm meine Hand, hielt meine Finger fest und knallte sie hart auf den Asphalt. In Sekundenschnelle vermischte sich Blut mit Erde und sickerte durch die abgebrochenen Nägel zu Boden. Ich schrie vor Schmerz und flehte, er solle wenigstens meine andere Hand verschonen. Warum er das letztendlich wirklich tat, weiß ich bis heute nicht.

Vielleicht, weil meine Version bei der Naildesignerin mit nur einer geschundenen Hand besser ankam.
„Ariane? Ich darf Sie doch so nennen?"
Das hatten wir schon!
„Ariane, Sie müssen sich der Wahrheit stellen. Ihr Sohn ist tot!"
Da war ich doch so furchtbar wütend auf den Hund, dass ich richtig böse mit der Schippe auf den Boden schlagen wollte. Das verdammte Ding rutscht mir aus der Hand und ich haue mit voller Wucht auf den Asphalt. Sehen Sie sich das nur an! Meine schönen, langen Fingernägel!
Das bekommen wir wieder hin. Soll ich die andere Hand auch mitmachen?
Ja, gerne!
Dann ist das Bild wieder perfekt und einheitlich.
So, wie es das Monster liebt.
Perfektionismus.
„Ariane?"
Ich bin nicht perfekt! Das weiß er, und ich weiß es auch.
„Ariane. Ich weiß, dass man Traumapatienten eigentlich nicht mit ihrem Trauma konfrontieren sollte, aber in Ihrem Fall ist es anders. Ich bin mir sicher, bei Ihnen ist einiges anders. Ich würde sogar einfach mal behaupten, dass Sie sich gar nicht in einem Traumazustand befinden."

Lügnerin!
Tick, tick. Tick, tick.
Die Uhr macht mich wahnsinnig! Noch verrückter, als ich ohnehin schon bin. Dann soll lieber Frau Doktor weitersprechen, das übertönt wenigstens dieses nervige Ticken. Sie sagt aber nichts mehr. Vielleicht geht ihr die Uhr genauso auf den Geist wie mir und sie hat das Zimmer schon wieder verlassen. Jeden Pups kann ich schließlich auch nicht hören.
Tick, tick. Tick, tick.
„Frau Fischer?"
Herrgott, muss die mich so erschrecken?
„Ariane. Ich stelle noch mal die Behauptung auf, dass Sie sich nicht in einem Trauma befinden!"
Stille.
„Was sagen Sie dazu?"
Wahnsinn!
Ich habe es ja nur drei Semester mit Psychologie probiert, aber was Frau… Mein Gott, ich habe schon wieder den Namen vergessen. Seit der Zeit mit Dirk passiert mir das immer wieder. Manches kann ich mir einfach nicht merken. Nicht, dass ich es nicht versuche, aber es klappt nicht. Dirk hat das rasend gemacht. Er wollte eine perfekte Frau. Als wir auseinandergingen, war ich dreißig Jahre alt, und die ersten Fältchen wollten sich in mein Gesicht schleichen. Vielleicht hätte ich einfach nur noch ein paar Jahre durchhalten sollen.

Dann wäre mein Gesicht nicht mehr perfekt gewesen, und vielleicht hätte er mich dann laufen lassen. Nur noch ein paar Jahre mehr mit einem Monster in einem Märchenschloss, wo sich das Elend hinter den Gardinen versteckt.

Ich möchte nicht wissen, wie viele Leute neidisch auf mich waren, wenn ich top gestylt im Mercedes Cabrio aus der Garage fuhr, die sich automatisch hinter mir wieder schloss, mein Gesicht versteckt hinter einer noch protzigeren Gucci-Sonnenbrille, damit man mein Elend, das sich wässrig in meinen Augen widerspiegelte, nicht sehen konnte. Oder mein blaues Auge. Letzteres kam allerdings nicht allzu oft vor. Das Monster verstand es vorzüglich, mich an Stellen zu bearbeiten, die für fremde Blicke weniger auffällig waren.

„Ariane, ich werde Ihnen jetzt etwas von Ihrem Sohn erzählen!"

Ich. Sagte. N. E. I. N!

„Ihr Sohn ist jetzt seit einer Woche tot."

Miststück.

„Ich gehe auch davon aus, dass Sie gesehen haben, wer ihm das angetan hat!"

Pause.

Mein Körper brennt. Der Teufel holt mich wieder ein, fängt mich, macht mich mürbe. Trotz der unsagbaren Schmerzen, die gerade meine Hand, meinen Rücken und diverse andere Körperstellen durchfluten, kann

ich den brennenden Worten nicht ausweichen. Sie zerstören mich. Ich höre das verdammte Ticken der Uhr nicht mehr. Das Ticken, das mir zwar auf die Nerven geht, durch das ich aber manchmal meinen Gedankenstrom ausklicken kann. Ich bin der Hölle ausgeliefert und sitze fest.
Selber schuld!
Natürlich, Mama. Ich weiß, dass ich selber schuld bin. Ich trage die Schuld an so vielem. Wer ohne Schuld ist, werfe den ersten Stein. Ich würde nie in den Genuss des Werfens kommen. Ich bin schlimmer als das Monster, schlimmer als Abschaum. Schlimmer als besudelter Müll. Ich kann das Ticken der Uhr nicht mehr hören.
„Der Mörder hat Ihren Sohn mit seinem eigenen Schal erdrosselt und dann am Maschendrahtzaun festgebunden."
O Teufel, hab Erbarmen!
„Ich habe die Fotos der Polizei gesehen. Es sah aus, als ob Lukas stehen würde."
Wer hat diese verdammte Uhr entfernt?
„Selbst dem jungen Mann, der Sie und Ihren Sohn gefunden hat, ist nicht sofort aufgefallen, dass Lukas tot war. Der Mann hat sich erst um Sie gekümmert und dann bemerkt, wie Lukas da im Zaun hing. Stand, vielmehr."

Wenn ich einen Moment lang sehen könnte, würde ich merken, dass sich das Zimmer dreht, da bin ich mir sicher. Mir ist schwindelig. Und übel.
Vielleicht übergebe ich mich genau in diesem Moment. Eine dieser netten Schwestern wird gleich kommen, um mein Bett frisch zu machen. Sie wird mich von der Psychiaterin befreien. Fast hätte ich „Monster" gedacht. Monster. Das ist es! Wenn mir nur der Name einfallen würde! Das wird es sein. Mein Monster hat sie arrangiert. Sie soll das zu Ende bringen, was er nicht geschafft hat. Mich zerkleinern, teilen, vierteln. Den letzten Rest meines Verstandes aus meinen Kopf quetschen.
„Ihr Mann sitzt in Untersuchungshaft. Schon seit ein paar Tagen."
Schlimm?
Vielleicht ist sie die neue Frau an seiner Seite? Wer kann mir ihre Angaben schon bestätigen? Eigene Praxis hier in der Nähe. Der Stuhl ächzt wieder unter ihrer Last. Das Monster und eine Matrone? Schwer vorstellbar. Ich sehe den Schokoriegel noch vor mir, der mit einem Hieb durch die Luft fliegt.
Willst du dich etwa fett fressen? Ist es das? Hier!
Er reißt meine Nachttischschublade aus der Angel, und sie fällt polternd zu Boden. Schokoriegel verteilen sich massenweise auf dem Schlafzimmerboden. Der Anblick macht ihn noch rasender. Aber er schlägt mich

nicht. Er verlässt das Zimmer. In der Tür macht er halt und verharrt einen Moment. Mein Blick bleibt auf seinem breiten Rücken haften und gleitet dann über seinen muskulösen Oberkörper. Perfekt. Nicht mal sein Hemd ist faltig, und das nach stundenlanger Autofahrt.
Ariane, Ariane. Warum tust du uns das an?
Er verlässt den Raum, und mein Zustand ist schlimmer, als wenn er mich geschlagen hätte. Wenn er mich wenigstens angeschrien hätte! Aber er sagt nichts und geht. Noch ist es nicht vorbei. Der Wahnsinn und das Unberechenbare lauern in seinem Schweigen. Der Angriff wird kommen und ich muss jede Sekunde darauf gefasst sein.
„Die Polizei hat Ihren Mann als mutmaßlichen Mörder in Untersuchungshaft gebracht. War es Ihr Mann, Ariane?"
Uhr, du fehlst mir so.
Erst wenn man Dinge verliert, lernt man sie zu schätzen.
„Ariane, Sie verstecken sich. Versuchen Sie, in die Realität zurückzukommen. Ihr Mann kann Ihnen nichts mehr tun!"

ICH HABE ANGST!

Zwei

Die Uhr tickt wieder. Ich kann sie hören. Nie wieder werde ich sie verachten oder mich an ihrem Laut stören. Sie klingt wie Musik in meinen Ohren. Dieses wunderbare Wechselspiel zwischen tick, Ruhe, tick, Ruhe, tick, Ruhe. Die Frau hat meinen Willen nicht gebrochen.
Was immer sie von mir will – sie hat es nicht geschafft. Ich gebe nicht auf. Ich werde erreichen, dass ich nicht dorthin zurückkehren muss. Worauf ich warten muss, weiß ich aber nicht.
Mir ist natürlich klar, dass ich in einem Krankenhaus liege und rundum versorgt werde. Man wird mich nicht einfach sterben lassen. Obwohl ich mir sicher bin, dass jeder Krankenhausangestellte, der Kinder hat, mich verstehen kann. Mein Kind ist tot, und ich will zu ihm. Für mich sind es die Lebenden, die in der Hölle hausen. Ohne Gottes Führung. Wenn es ihn gibt, ja, wenn es ihn wirklich gibt, dann niemals auf der Erde. Das kann nicht sein. Ich glaube nicht an Gott, auch wenn ich um Erbarmen flehe oder Mein Gott schreie. Manchmal spreche ich auch mit ihm oder bin furchtbar wütend auf ihn. Meistens sogar. Aber es kann ihn nicht wirklich geben. Man sagt, er liebt uns alle gleich. Aber

wie kann er das, wenn er den einen leiden lässt, während dem anderen die Sonne aus dem Hintern scheint? Kinder sterben, Menschen verhungern, Tiere werden gequält, und manche sitzen vollgefressen irgendwo und halten sich den Bauch vor Lachen. Das kann nicht sein. Es kann Gott nicht geben. Ich kann einfach nicht an ihn glauben. Dirk dagegen glaubt. Dieser schöne, faszinierende Mann, der ausgerechnet mich zum Abendessen eingeladen hat, sitzt mir im Nobelrestaurant gegenüber, als ihm sein Teller vor die Nase gestellt wird. Er strahlt mich an, räuspert sich. Kurz gleitet sein Blick liebevoll über mein Gesicht und senkt sich dann anmutig auf seinen Teller. Er kehrt in sich, faltet die Hände und verharrt so einen Moment lang. Ich schwanke zwischen Faszination und Belustigung, aber das Erstere siegt, als er zu Messer und Gabel greift und wie selbstverständlich das Gespräch da wieder aufnimmt, wo er kurz zuvor aufgehört hat.
Das Monster liebt Gott.
Wer glaubt, der begehrt.
Der vertraut.
Der ist treu.
Der verschenkt sein Herz.
Das alles soll ich können.
Ich konnte.
Dirk.

Ihn habe ich begehrt, ihm vertraut. Ich war ihm bis zu einem bestimmten Zeitpunkt treu und habe ihm mein Herz geschenkt. Das ganze. Bis sein wahres Ich zum Vorschein kam. Bis er mein Inneres nach außen zog. Allmählich kommt mir die Erleuchtung:
Dirk ist Gott!
So muss es sein. Das erklärt, warum ich mich in einer Zwischenwelt befinde und weder vorwärts- noch zurückkomme.
Ich hasse dich, du Gottes-Monster!
Als er merkt, dass ich überhaupt nicht gläubig bin, will er mich zu einem Religionsphilosophieseminar schicken.
Vierhundertsechsundneunzig Euro für zwei Tage.
Ich weigere mich mit Händen und Füßen und erkläre ihm, dass ich an nichts glauben kann, das ich nicht sehe. Sofort stellt er meine Liebe zu ihm in Frage. Liebe könne man auch schließlich nicht sehen.
Aber ihn kann ich sehen, und das genügt.
Er glaubt mir.
Himmelherrgott!
Spätestens da hätte Dirk doch merken müssen, dass ich in seinen Perfektionismus nicht hineinpasse. Ich entspreche nicht seinem Weltbild. Warum hat er mich damals nicht weggeschickt? Ich schwöre, es hätte selbst in meinem immer weiter schrumpfenden Bekanntenkreis zwei Frauen gegeben, die sich willenlos

für ihn geopfert hätten und mit fliegenden Fahnen zu dem Kurs geeilt wären. Als sich Dirk schließlich vom Traummann zum Monster entwickelt, will mir keiner glauben. Im Gegenteil. Meine Freundin wirft sich ihm förmlich an den Hals, selbst dann noch, als mein Arm das erste Mal gebrochen ist.

Ariane, ich bitte dich! Du willst mir doch nicht sagen, dass Dirk das mit Absicht gemacht hat? Nie und nimmer! Manchmal übertreibst du wirklich. Du hast dich so verändert! Manchmal glaube ich, dass der ganze Reichtum dir nicht bekommt. Du verhältst dich wie eine verwöhnte, gelangweilte Prinzessin.

Und was ist mit meinem gebrochenen Arm?

Das ist wirklich schrecklich, aber es war doch keine Absicht! Mensch, Ariane, Dirk liebt dich so sehr. Jede andere Frau wäre froh, ihn zu haben.

Noch heute frage ich mich, ob meine Freundin wirklich selber daran geglaubt hat, dass man unbeabsichtigt jemandem den Arm brechen kann, indem man ihn mit brachialer Gewalt gegen den Türpfosten knallt. Aber sie hat mir nicht geglaubt, weder das noch alles andere. Ihr perfektionistisches Bild von Dirk hatte sich in ihrem Hirn so manifestiert, dass sie keine gedanklichen Änderungen akzeptieren konnte. Und sie wollte es auch nicht. Vielleicht hatte sie sogar mal etwas mit Dirk. Das wird für immer ihr Geheimnis bleiben.

Zum Schluß nahm sie mich in den Arm.

Da wusste ich, so fühlt es sich an, wenn man von einem Verräter gehalten wird!

Auszug aus der
Chronologie des Falles Fischer

Münster, Mittwoch, d. 19. Januar 2011, 10.00 Uhr

Die Ereignisse überschlagen sich. Obwohl die SOKO überzeugt davon ist, den mutmaßlichen Täter in Untersuchungshaft zu haben, musste Dirk Fischer auf freien Fuß gesetzt werden. Laut Polizeisprecher Kai Rossmann hat sich eine Frau gemeldet, die Dirk Fischer ein einwandfreies Alibi für die Tatzeit gibt. Schon gestern Abend wurde er aus der Untersuchungshaft entlassen. Die Bevölkerung ist bestürzt. „Dann läuft noch ein Wahnsinniger herum, der Frauen überfällt und Kinder umbringt!", sagt eine Anwohnerin. „Jetzt müssen wir von ganz vorne beginnen!", bekennt Kai Rossmann. „Jedes noch so kleine, unwesentliche Teil kann uns weiterhelfen", erklärt er und bittet weiterhin um Hilfe aus der Bevölkerung.

Verdammt, streng dich an, Ariane! Ich muss hier weg. Ganz schnell.

Bevor die Matrone wiederkommt. Oder überhaupt jemand.
Eigentlich kommen außer den netten Schwestern nur Ärzte zu mir
und natürlich die Psychiaterin.
Sonst war noch keiner hier.
Ich weiß nicht, was ich tun soll, nur, dass ich es tun muss.
Mutter, vergiss es!
So habe ich das nicht gemeint. Ich kehre nicht in die alte, verlogene Welt zurück. Nichts, rein gar nichts kann schlimmer sein als mein irdisches Dasein. Leben mit der Angst, leben mit einem niemals endenden Kummer. Mit Lukas kam mein Glück. Ich flog glücklich, fast schwebend durch diese Welt. Aber wer hoch fliegt, fällt tief. So ist es nun einmal. Ich bin gefallen. Tiefer und tiefer. Aber bei mir gab es keinen Boden, der mich auffing, sodass der Sturz irgendwann einmal zu Ende war. Ich falle noch heute und mit mir mein Glück und meine Seele, Lukas im Gepäck.
Lukas.
Mein Lukas.
Verzeih mir, dass ich dich nicht retten konnte.
„Ariane?"
Das Monster!

Was willst du hier? Ich dachte, du bist im Knast. Ich dachte, man würde dich nie wieder zu mir lassen. Ich dachte, ich dachte.

Ich denke immer das Falsche.

Du wirst es nicht wagen, meine Hand zu nehmen! Aber er wagt es. Und genau mit diesem Satz hat es auch angefangen.

Seit Tagen ist Dirk schlecht gelaunt und meckert über jede Kleinigkeit. Teilweise kann ich ihn sogar verstehen, weil ich durch sein ewiges Korrigieren und Verbessern ganz fahrig werde. Und dann passieren mir genau die Dinge, die er hasst. Letztendlich ist er so genervt von meiner Schusseligkeit, dass er wutentbrannt, mit ausgestreckter Hand vor mir steht. „Das wirst du nicht wagen!", schreie ich und der Atem, mit dem ich das letzte Wort ausspreche, prallt noch mit seiner Handfläche zusammen, die brennend in meinem Gesicht landet.

In diesem Moment stirbt mein Glaube. Mein Glaube an Dirk und an alles, was er mir nur je versprochen hat. Nachdem ich realisiert und analysiert habe, was geschehen ist, renne ich den ganzen Nachmittag heulend mit Lukas auf dem Arm im Haus auf und ab. Da kommt meine nächste Einsicht, die mich stärker trifft und schmerzvoller ist als alles Weitere, das noch kommt: Der Glaube an mich selbst stirbt. Er hat mich geschlagen und ich bin immer noch hier. Ich werde

auch nachher noch hier sein und morgen, genauso wie übermorgen. Diese Erkenntnis macht mich fast ohnmächtig und ich sacke mit Lukas im Arm auf den Boden. Lukas! Der den ganzen Nachmittag meinem Geheule fasziniert zugeschaut und so sein eigenes Geschrei vollkommen vergessen hat. Er fängt erst wieder an zu jammern, als ich die Zutaten einer Lachscremesuppe auf dem Computer ausdrucke und mich entscheide, sie heute Abend für Dirk zu kochen, weil er neulich die Suppe im Restaurant so gelobt hat.
„Vielleicht wird alles wieder gut!", sage ich zu Lukas und versuche verzweifelt, ihm ein Lächeln zu entlocken. Mir selbst wird das Lächeln genauso versagt wie das Gefühl, dass alles wieder gut werden könnte.
„Ariane!"
Lass meine Hand los!
„Du musst mir verzeihen. Alles, was ich dir je angetan habe. Komm zu mir zurück und lass uns gemeinsam den Mörder von Lukas suchen. Ich weiß, dass wir das zusammen schaffen. Wir haben so viel zusammen geschafft!"
Tatsächlich?
Jetzt wird es interessant. Wenn ich könnte, würde ich mich aufrecht hinsetzen, mit dick getuschten, schwarzen Wimpern klimpern und ihm seit Jahren das erste Mal eine ehrlich gemeinte und interessierte Frage stellen: „Und das wäre?"

Wir haben nichts zusammen geschafft, gar nichts. Als ich ihn kennengelernt habe, war ich Studentin. Mein Taschengeld verdiente ich als Kellnerin im „Extrablatt". Ich war noch nichts, und ich hatte auch nichts, außer einer gewissen Intelligenz. Und die auch nur, wenn ich dem glauben konnte, was die Ärzte und Lehrer meinen Eltern erzählten. Dirk dagegen hatte alles. Eine eigene, gut funktionierende Immobilienkanzlei. Drei dicke Autos und ein Haus, das eher einer Villa glich, mit Sauna und Swimmingpool im Garten. Seine Haushälterin kam dreimal die Woche, der Gärtner einmal. Ich dagegen durfte jeden Tag kommen und schon sehr schnell bleiben. Immer noch unverständlich für mich. Das Einzige, was ich vorzuzeigen hatte, war Schönheit, aber die hätte er auch woanders bekommen können. Und das Einzige, was wir wirklich zusammen erschaffen haben, war Lukas! Sonst war da nichts Gemeinsames, das uns verband.
Verdammt, lass meine Hand los!
Ekelig. Ich spüre wieder seinen Sabber und seine Tränen durch mein Nachthemd sickern. Sicher hängt er wie ein Häufchen Elend an meinem Arm und versucht, nicht unterzugehen. Der Mann, der schlägt und der meint, er sei Herkules. In Wahrheit ist er das kleinste Stück Dreck, das auf dem Planeten herumläuft. Eigentlich ist er so klein, dass ich mich nur wundern kann, wie er in seinem Ferrari überhaupt ans Gaspedal

kommt. Das arme Licht! Der mit dreißig genau das erreicht hatte, was sein Vater unterschwellig von ihm verlangt hatte. Geld, Macht, eine schöne Frau. All das hatte er nun, und dann kam die Langeweile. Da wurde die Geliebte zum Pingpongball umfunktioniert, mit dem man sich herrlich die Zeit vertreiben konnte. Aber was willst du jetzt? Eine Frau, die ins Bett scheißt? Ist es das? Bist du zu alldem auch noch pervers geworden?
Also, was willst du wirklich?
„Ariane, ich will ehrlich zu dir sein!"
Du hörst dich an wie diese Matronenpsychologin!
„Ich glaube, du weißt, wer Lukas umgebracht hat!"
Du kennst sie!
Ich habe es geahnt. Die beiden gehören zusammen. Die Schöne und das Biest. Die Matrone und das Monster. Sie haben etwas mit mir vor. Was? Wenn ihr mich umbringen wollt, dann macht es doch einfach. Was hindert euch daran? Sicher kein Polizist, der vor meiner Tür sitzt und auswählt, wer Einlass zu mir erhält und wer nicht. Das nun ganz gewiss nicht, denn dann wärst du nicht hier drin. Macht es doch einfach – bringt mich um! Hier bin ich, ich bin bereit. Etwas Besseres könnte mir gar nicht passieren. Es ist mir auch egal, wie ihr es macht, Hauptsache, ihr vollbringt es. Ich werde mich nicht wehren. Erwürgt mich, hängt mich auf, zersägt mich in Einzelteile, schlachtet mich

aus. Gebt mir Gift, meinetwegen auch Rattengift. Pumpt mir Luft in die Adern. Macht alles das, was ich selbst nicht tun kann. Wenn ich könnte, würde ich euch helfen, es euch sogar abnehmen.
„Bitte, Ariane, du musst es mir sagen!"
Du bist so dämlich!
Ich spreche nicht, ich sabbere. Das ist das Einzige, was derzeit meinen Mund verlässt. Ach ja, manchmal übergebe ich mich auch. Du bist ja immer so für Korrektheit.
Und für Ehrlichkeit.
Also, komm schon, Dirk, gib dir einen Ruck.
Du weißt am besten, wer Lukas das angetan hat.

Auszug aus der
Chronologie des Falles Fischer

Münster, Mittwoch, d. 19. Januar 2011, 19.00 Uhr

Gegen siebzehn Uhr findet ein Spaziergänger etwa zweihundert Meter vom Tatort entfernt einen identischen Schal, wie Lukas ihn bei seinem Tod getragen hat. Ob der Schal Lukas gehört oder nichts mit dem Fall zu tun hat, kann die Polizei allerdings erst nach der kriminaltechnischen Untersuchung sagen. Vor

Donnerstagmittag werde es kein Ergebnis geben, sagt der Polizeisprecher auf Anfrage der Presse.

Ich glaube, ich habe lange geschlafen. Es kommt mir vor, als seien die letzten Worte, die Dirk zu mir gesagt hat, sehr weit weg. Auf jeden Fall sind sie mit den Schmerzen verschwommen, die aus meiner Hand aufbrodelten, als Dirk auf die Innenfläche küsste und meinte, dass er das nie gewollt hätte. Weiß Gott, ich habe das auch nie gewollt. Schmerzen, die aus dem Nichts auftauchen und einem den Atem nehmen und gleichzeitig den Verstand. Dann kam das Piepen, das von meiner rasenden Herzfrequenz ausgelöst wurde. Der Apparat über meinem Kopf hörte sich an, als würde er gleich explodieren. Wieder Stimmen, die über mir hingen und ein Klappern und Klimpern, das mich fast euphorisch machte. Es geht zu Ende, dachte ich zufrieden. Plötzlich war der Piepton fort, und ich machte mich auf meine Mutter gefasst, die schimpfend im hellen Licht hin- und herspringt. Aber nichts dergleichen. Nur die beruhigende Stimme einer dieser netten Schwestern, die mir erzählt, mein Kalinorperfusor sei wohl zu hoch eingestellt worden. Danach werde ich gewaschen, gebettet, bestimmt auch gepudert und eingeölt, aber lange bevor die Prozedur vollzogen ist, bin ich schon eingeschlafen und empfinde eine echte Freude darüber, dass eine Schwester Dirk schimpfend aus dem Zimmer geworfen hat. Der Einzige, den ich je habe mit Dirk schimpfen hören, war sein Vater. Und der tat es gerne und oft.

„Dirk, tu dies, tu das und wehe, du machst das nicht." Nein, das letzte, „und wehe, du machst das nicht", hat der Vater nie gesagt.

Ich denke, die Erziehungsmethode des alten Herrn Fischer lag ganz einfach darin, seinen Sohn in eine psychische Abhängigkeit zu bringen. Bei diesem Prozess ging Dirks eigener Wille vollends verloren, falls er überhaupt jemals vorhanden gewesen war. Vater befiehlt, Sohn gehorcht. Das geht solange, bis die gegenseitige Chemie bei den beiden so vollkommen stimmt, dass Sohn genau weiß, welche Vorstellungen Vater hat, und diese sofort in die Tat umsetzt, noch bevor sein alter Herr seine Erwartung ausspricht. Gibt es das wirklich?, habe ich mich oft gefragt, und als ich dann den kleinen Lukas aufwachsen sehe, bekomme ich die Antwort. Natürlich ist es möglich, ein so kleines, zartes Wesen zu manipulieren. Die Gene werden ihm sicher in die Wiege gelegt, aber den Menschen formen wir. Von klein nach groß. Von Hilflosigkeit zur Selbstständigkeit, wie auch immer die aussieht. Vielleicht sollte mir leid tun, was Dirks Vater aus ihm gemacht hat. Aber ich empfinde kein Mitleid. Wenn jemand so gläubig ist wie Dirk, dann muss er sich auch an die Zehn Gebote halten. Ich versuche, mich an die Zehn

Gebote zu erinnern, komme aber schon mit der Reihenfolge durcheinander, weil sich das Gebot „Du sollst nicht töten" dermaßen in den Vordergrund schiebt. Dem Alten Testament zufolge ist es das sechste Gebot, gemäß dem Katechismus der katholischen Kirche hingegen das fünfte. Das sechste Gebot ist „Du sollst nicht ehebrechen". Ha! Selbst Bibel und Kirche sind sich nicht einig über die richtige Reihenfolge! Weshalb wird es dann so verurteilt, wenn Paare zuerst ein Kind bekommen und dann erst heiraten? So wäre es uns auch fast ergangen. Aber unter dem strengen Blick seines Vaters war daran nicht einmal zu denken. Also wurde schnell geheiratet, damit ich ganz offiziell schwanger werden konnte. Nicht einmal meiner eigenen Mutter durfte ich vorher von meinem Glück erzählen. Dass ich Lukas über zehn Tage übertrug, konnte Dirk nur recht sein. Trotzdem wunderten sich alle, welcher Brocken mein Siebeneinhalbmonatskind doch war. Ich spielte dieses Spielchen mit, für Dirk, weil ich die Panik in seinen Augen sah, wenn sein Vater meinen Bauch musterte und meinte, ich sei aber schon ganz schön dick. Über dreitausend Gramm brachte unser Prachtjunge auf die Waage, und das, obwohl er angeblich fast zwei Monate zu früh geboren war. Meine Freundin schrie begeistert, dass ich ein paar Wochen später sicher geplatzt wäre. Als meine Mutter kreidebleich ins Krankenhauszimmer stürmte und fragte, ob das Kind

denn auch lebensfähig sei, schämte ich mich fast zu Tode über unsere Lüge, die eigentlich vollkommen unsinnig war, denn Lukas war ja gar nicht unehelich geboren. Meine Mutter hatte beim Frisör von der Geburt erfahren, musste aber erst warten, bis die Einwirkungszeit der Haarfarbe verstrichen war, und kam dann völlig aufgelöst und schweißnass bei uns an. Sie tat mir so unendlich leid, dass die Wahrheit fast aus mir herausgeplatzt wäre. Meine Mutter hatte ihren Enkel auf der Intensivstation erwartet, mit Kabeln und allen möglichen Elektroden und vielleicht auch um sein Leben kämpfend.
Um sein Leben kämpfen. Bei mir geht es nur noch um den Tod. Alle Menschen haben Angst vor dem Tod. Nein, vielleicht nicht alle, aber sicher neunundneunzig Prozent. Ich nicht. Ich kann es kaum erwarten. Sollte man dem Glauben Glauben schenken, dann werde ich mich im nächsten Leben aktiv für die Sterbehilfe einsetzen. Für die Euthanasie. Abgeleitet aus dem Griechischen. Ein leichter und schöner Tod. Das ist es doch letztendlich, was wir alle wollen. Ich erinnere mich an den Film Das Meer in mir, in dem ein Spanier dreißig Jahre lang vom Hals ab querschnittsgelähmt war. Dann wurde ihm auf seinen eigenen Wunsch hin von einer Freundin ein Glas Wasser mit Zyankali so in die Nähe seines Mundes gestellt, dass er selbst mit einem Strohhalm daraus trinken konnte und daraufhin starb.

Danach zeigten sich mehrere seiner Freunde selbst der Beihilfe an und das Verfahren wurde eingestellt. Letztendlich hatte der Mann wenigstens Freunde.
Ich nicht!
Ich muss hier ausharren und warten, bis die Erlösung kommt.
Nicht mal mehr auf seine Feinde kann man sich verlassen.
Dirk!
Komm zurück!
Ich kann mein Leben nicht beenden. Ich wäre nicht einmal fähig, an einem Glas Wasser, gefüllt mit Zyankali, zu nippen. Eigentlich ist es mal wieder Zeit für ein bisschen Ehrlichkeit. Ariane, du brauchst nur einen Schritt zurück in dein Leben zu gehen, dann würdest du es können.
Ich kann nicht.
Das wäre noch schlimmer, als hier zu liegen und darauf zu warten, dass etwas passiert. Ich bin nämlich jetzt ganz ehrlich zu mir. Wenn ich in mein irdisches Leben zurückkehren würde, dann würde ich schreien. Mein Trommelfell würde von meinem eigenen Schrei platzen und die Zeit vom Hineintreten in mein altes Leben bis zu dem Zeitpunkt, an dem ich es beenden könnte, wäre höllischer, schmerzhafter und grausamer als alles, was ich bis jetzt erlebt habe.
Ich möchte diesen Moment nie erleben müssen!

Drei

„Guten Morgen, Frau Fischer, haben Sie gut geschlafen?"
Es klappert. Das ist die Waschschüssel, die auf mein Nachtschränkchen gestellt wird. Jetzt geht die morgendliche Prozedur wieder los. Die Stimme kenne ich noch nicht.
„Ich bin übrigens Schülerin Nadine. Ich möchte Sie jetzt gerne waschen, aber zuvor messe ich erst einmal Ihren Blutdruck."
Nadine!
„Einhundertzwanzig zu achtzig. Super, besser geht es nicht."
Es klappert wieder, sicher holt sie jetzt die Waschutensilien und mein Zahnputzzeug.
„So, Frau Fischer, ich ziehe Ihnen jetzt erst mal das Nachthemd aus, und dann geht es los!"
Die Stimme der Lernschwester ist so zaghaft, dass ich mich frage, wie sie mein Nachthemd über den Kopf bekommen will. Das Mädchen ist sicher nur eins sechzig groß und bringt keine fünfzig Kilo auf die Waage. Ich bin über einen Meter fünfundsiebzig groß und habe mein Gewicht von fünfzig auf dreiundsechzig Kilo hochgefuttert, nachdem ich aus den Klauen von Dirk

befreit worden war. Herrlich war das, abends, wenn Lukas schlief, auf dem alten Sofa zu sitzen und sich die Schokolade auf der Zunge zergehen zu lassen. Ein kostbares Stück nach dem anderen. Ohne Angst, dass sie mir aus der Hand geschlagen würde und ein hysterischer Anfall folgte, ob ich mich nicht beherrschen könne und bald so aussehen wolle wie meine eigene Mutter.

„Mann, der Knoten an Ihrem Nachthemd geht aber echt schwer auf."

Knoten am Nachthemd?

Jetzt verstehe ich. Ich liege nicht mal mit einem richtigen Nachthemd im Bett. Ich trage eines dieser offenen, entwürdigenden Nachthemden, die am Hals mit einem Bändchen geschlossen werden und hinten offen sind. Klasse. Aber was habe ich anderes erwartet? Ariane in Samt und Seide? Es ist überhaupt das erste Mal, dass ich darüber nachdenke, wie ich wohl aussehe. Meine blonden Haare hängen bestimmt in fettigen Strähnen um mein ungeschminktes, aufgedunsenes Gesicht.

„So, das hätten wir geschafft. Dann wasche ich jetzt zuerst Ihr Gesicht. Ist das Wasser okay?"

Armes Mädchen, hat dir denn keiner verraten, dass ich stumm bin wie ein Fisch? Oder gehört das zu deiner Ausbildung? Sicher redet ihr auch noch mit den Toten. Und wieder bin ich beim Tod angelangt.

Das muss aufhören. Jedenfalls solange, bis mir endlich etwas eingefallen ist. Wenn ich mir immerzu wünsche, tot zu sein, dann habe ich keinen Freiraum dafür, zu überlegen, wie ich dahin komme, zu sterben. Und zwar schnellstmöglich. Auf langer Sicht sterbe ich sowieso. Neben dem Gedanken an den Tod müssen auch noch andere Gedanken kommen und gehen dürfen, aber alles, was mir einfällt, ist Lukas. Und damit wird mir dann jeglicher andere Gedanke versperrt.
„Oh Mann, Sie frieren ja. So, ich decke Sie schnell wieder zu. Heute ist es aber auch kalt. Seien Sie froh, dass Sie da heute Morgen nicht durchmussten!"
Schieb mich raus und lass mich erfrieren!
„Meine Güte, Ihre Haare müssen wir aber auch dringend waschen!"
Hab ich mir doch gedacht. Wir haben mal einen Bettler auf der Straße getroffen, und Lukas hat laut gesagt, dass man mit den fettigen Haaren sicher einige Butterbrote schmieren könnte. War mir das peinlich! Ich habe mich in Grund und Boden geschämt und Lukas klar und deutlich erklärt, was ich von so einer Äußerung halte. „Der arme Mann hat sicher kein Geld, um sich etwas zu essen zu kaufen, geschweige denn zum Frisör zu gehen."
„Dann gib du ihm etwas!"
„Das geht nicht!"
„Warum nicht? Du hast Geld!"

„Lukas, darum geht es nicht. Ich kann doch nicht einfach zu dem Mann gehen und ihm Geld geben!"
„Warum nicht?"
„Weil das total entwürdigend für den Mann sein muss, wenn ich jetzt zu ihm gehe und ihm Geld anbiete!" So eine blonde, aufgetakelte Tussi, an der alles perfekt ist, kommt hochnäsig auf einen armen Menschen zu, hält ihm Geld entgegen und zeigt ihm damit genau, was er ist. Erbärmlich.
„Warum?"
„Darum!"
„Nein, das zählt nicht, Mama. Der Mann tut mir soooo leid!"
„Dann hättest du nicht so schlecht über ihn reden sollen, denn davon geht es ihm bestimmt auch nicht besser!"
Das sitzt. Lukas bleibt stehen und heult. Plötzlich lässt er seine Kindergartentasche fallen, dreht sich um und rennt hinter dem Mann her. Meine Güte, denke ich und folge ihm, die Tasche aufhebend, auf meinen fünf Zentimeter hohen Stöckelschuhen, die sich nur für die zwanzig Meter zwischen Kindergarten und meinem Auto eignen, aber nicht für eine Zweihundert-Meter-Strecke auf ungeradem Asphalt, der mit Hundekot übersät ist. Ich tänzele um die Haufen herum und erreiche Lukas und den Mann gerade in dem Augenblick, als Lukas sich an die ausgebeulte Jacke des Man-

nes hängt und laut aufschluchzt, dass er das nicht gewollt habe. Ich sehe dem Mann an, dass er kein Wort von dem versteht, was Lukas sagt, und versuche, meinen Sohn mit ein paar entschuldigenden Worten wegzuziehen. „Warum weinst du denn, Kleiner?", fragt der Mann und streichelt über Lukas Kopf.
„Ich wollte nicht so etwas Böses sagen!", schluchzt er.
„Na, was hast du denn gesagt?"
O nein, denke ich.
„Na, dass man mit Ihren fettigen Haaren sicher einige Butterbrote schmieren kann!"
Der Mann lacht, das sympathischste Lächeln, das mir je so unverhofft begegnet ist. „Na ja, dann hast du ja eigentlich nichts Böses gesagt, sondern etwas sehr Lustiges!"
„Ehrlich?", fragt Lukas und sein Tränenfluss stoppt augenblicklich. Ich bin dem Mann so dankbar, dass ich ihn umarmen könnte, und komme mir in meiner Designerkleidung erbärmlich vor. Nachdem die beiden sich noch ausführlich darüber unterhalten haben, wer sein Brot wie am liebsten mag, schenkt Lukas ihm seine zwei Butterbrote aus der Dose, die er wie üblich im Kindergarten nicht angerührt hat. „Das war aber ein netter Mann", sagt Lukas, als wir uns den Weg zurückbahnen.
„Und siehst du, Mama, heute Mittag brauchst du nicht mit mir zu schimpfen, dass du wieder Brote in den

Müll schmeißen musst, über die arme Leute sich sicher gefreut hätten!" Wenn ich könnte, würde ich noch heute über die Situation lächeln, aber das ist mir versagt.
Es klopft.
„Oh, Frau Fischer, Sie bekommen Besuch."
Bestimmt die Matrone, die mich wieder foltern will.
„Das sind aber schöne Blumen! Soll ich eine Vase holen?"
Besuch mit Blumen. Vielleicht mein Vater, dem einfällt, dass es mich auch noch gibt?
„Nehmen Sie sich doch einen Stuhl. Ich komme sofort wieder, mit einer schönen Vase!", höre ich Nadine sagen. Die Tür geht auf und zu, dann kratzt ein Stuhl über den Boden und bleibt nahe bei mir stehen. Ich höre einen Menschen, der mir ziemlich nah ist, leise ein- und ausatmen, aber sonst höre ich nichts.
Hallo?
Tick, tack. Tick, tack.
Der altbekannte Ton stellt sich wieder ein und ich weiß, dass ich auf der Hut sein muss, obwohl ich sowieso nichts machen kann.
Die Tür geht erneut auf. „Sehen Sie mal, sieht das nicht klasse aus?"
Ich höre Nadine aufgeregt sprechen. Sie stellt die Vase auf mein Nachtschränkchen. „Frau Fischer, Sie sollten wirklich mal einen Blick auf diese schönen Blumen werfen!" Mit diesen Worten verlässt sie den Raum und

lässt mich mit der unbekannten Gefahr alleine. Wie gesagt, ich habe keine Angst vor dem Tod, nur davor, dass es jemand schaffen könnte, mich aus meinem jetzigen Zustand herauszulocken. Ich lausche abwechselnd der Uhr und dann wieder dem Atem, der plötzlich schneller wird.

„Wirklich, Ariane, du solltest unbedingt mal einen Blick auf die schönen Blumen werfen, die ich dir mitgebracht habe."

Benno!

„Vorsichtig, Ariane, wag es nicht, mich auch nur im Geiste Benno zu nennen. Für dich bin ich Bernhard. Bis ans Ende deines gottverdammten Lebens", zischt er böswillig.

Dann passiert lange Zeit nichts. Gar nichts. Auch die Atmung ist kaum noch zu hören. Vielleicht geht er wieder.

„Weißt du was?", fragt er plötzlich, und in meinem Kopf schwankt es. „Kannst du dir vorstellen, wie oft ich mir gewünscht habe, dich genauso zu sehen?"

Kann ich!

Scheiße!

Aber auch das geht alles auf Dirks Konto!

Verdammte Scheiße!

Vielleicht wartet er auf eine Antwort und hat keinen blassen Schimmer davon, dass ich nichts sehe und

auch nicht spreche. Er sagt jedenfalls nichts mehr. Plötzlich fängt er an zu lachen.
„Die nette, superhübsche, reiche Ariane! Mein Gott, was ist nur aus dir geworden?"
Ich schäme mich. Zum ersten Mal, seitdem ich hier liege, empfinde ich echte Scham. Zuvor habe ich mich nie geschämt, nicht einmal dann, wenn mir eine dieser netten Schwestern erklärt, dass sie mich jetzt sauber machen müssten. Davon, dass ich vollgeschissen bin, reden sie zwar nicht, aber ich höre es am Abreißen des Klopapiers. Oder wenn die eine Schwester die andere um mehr Zellstoff bittet. Da war keine Scham. Jetzt aber schon. Auf ihn war ich nicht vorbereitet und hätte ihn hier niemals vermutet. Weder ihn noch seine Frau. Dieses Kapitel versuche ich seit Jahren in einer kleinen Nische in meinem Gehirn zu verstecken und dort verrotten zu lassen, was aber nicht immer gelingt.
Was seit über sechs Jahren mehr schlecht als recht gelingt. Besser gesagt, was seit sechs Jahren und fünf Monaten überhaupt nicht gelingt.
Wenn ihr wüsstet, wie leid mir das Ganze tut!
„Ha, ha, ha, ha!" Er lacht wieder. Hysterisch. Ich kann ihn verstehen. Ich an seiner Stelle hätte mich umgebracht.
Tu es ruhig!
„Wusstest du, dass meine Ehe am Ende ist?" Er zischt die Worte so brutal durch seine Zähne, dass es mich

nicht wundern würde, wenn er meinen Körper jetzt schütteln oder mich sogar an den Haaren aus dem Bett schleifen würde.
Wenn du mir das angetan hättest, dann würde ich dich scheibchenweise zerstückeln.
„Weißt du, seit jenem Tag redet sie kaum noch. Sie lebt in ihrer eigenen Welt, und ich habe keine Ahnung, wie ich zu ihr gelangen soll. Du kannst dir bestimmt nicht vorstellen, wie das ist, aber für mich ist es die Hölle. Ich glaube, dass die Schläge, die du von Dirk einkassiert hast, weitaus besser wären als dieses stille Leben neben ihr!"
Er hat gewusst, dass Dirk mich schlägt?
Könnte ich noch sprechen, dann wäre ich spätestens jetzt sprachlos. Wer hat wohl sonst noch davon gewusst, ohne mir zu helfen? Ich verstehe: Die blonde, eingebildete Tussi soll schon sehen, was sie von ihrem Reichtum hat.
Ich bin nicht eingebildet!
Nein, das war ich nie. Hinter meinem arroganten Auftreten hat sich einzig und allein meine Schwäche versteckt. Meine Schwäche, die aus Unsicherheit und Unerfahrenheit resultierte. Hinterher kamen noch meine Scham und mein Versteckspiel dazu. Aber weiß Gott, ich war zu keinem Zeitpunkt meines Lebens eingebildet.

„Und ich kann sie nicht einmal verlassen. Ich bin mit einem Trauerkloß verheiratet und habe nicht die geringste Chance, aus dieser Ehe auszubrechen. Manchmal fühle ich mich so, wie du dich gefühlt haben musst!"
Er macht eine lange, lange Pause. Ich habe keine Ahnung, warum er an meinem Bett sitzt und mir das alles erzählt.
Die Pause ist wirklich unerträglich lang und mein Schwindel stellt sich wieder ein. Ein leichter Frühlingsduft scheint mich zu erreichen, aber es muss so etwas wie eine Sinnestäuschung sein, denn ich rieche nichts. Nicht einmal der Geruch des Erbrochenen oder meiner Fäkalien dringt zu mir. Wie soll mich da dieser zarte Blumenduft erreichen? Mein Gehirn spielt mir sicher einen Streich, weil ich mich mit dem Bild eines wunderschönen Blumenstraußes ablenken möchte von den Dingen, die er mir erzählt, die ich aber um keinen Preis hören will. Der Geruch muss so etwas sein wie eine Fata Morgana. Ich rede Blödsinn. Wo bleibt mein Wissen? Ariane, streng dich an! Eine Fata Morgana ist ein durch Ablenkung des Lichtes an unterschiedlich warmen Luftschichten verursachter optischer Effekt. Es handelt sich dabei um eine visuelle Wahrnehmungstäuschung. Also beruhige dich, Ariane, ganz falsch liegst du nicht. Eine Wahrnehmungstäuschung. Nur eben meines Riechorgans statt meiner Augen, wei-

ter nichts. Eine falsche Botschaft, die an mein Hirn weitergeleitet wird.
Hoffe ich zumindest.
Oder? Himmel! Transformiere ich mich gerade zurück in mein irdisches Dasein? Schafft er es allein durch die Andeutung meines größten Missgeschicks, dass ich aus meinem bisherigen Zustand ausbreche und zurückkehre? Ich muss auf die Uhr horchen, mich ablenken, mir geistige Schmerzen zufügen, damit ich nicht weiter abrutsche.
Tick, tack. Tick, tack.
Das funktioniert noch. Ich versuche, meine Gedanken auf die heiße Herdplatte zu richten, aber nichts passiert. Ich sehe die rote, heißglühende Platte vor mir, auch meine Hand, aber sie berührt die Platte nicht. Ich versuche, ihr gedanklich einen Schubs zu geben. Nichts.
Ach, Benno, hallo!
Aufrecht gehen, nichts anmerken lassen. Ganz ruhig, den Gast in den Garten führen und so tun, als sei alles in bester Ordnung. Er geht ja gleich wieder. Er nimmt Sven und geht wieder.
Sven, mein Gott!
In mir schreit es auf wie damals. In meinem Kopf ist ein Wirbeln wie von einem Wasserstrudel und ich drehe mich um meine eigene Achse.

Lukas auf dem Arm. Der lacht und denkt, ich mache Spaß. Ich sehe nach rechts, und mein Körper gehört mir nicht mehr, meine Sinne verlassen mich. Unerträgliche Schmerzen durchfahren mich und ich bleibe wie angewurzelt stehen. Svens lebloser Körper schwimmt wie ein toter Fisch in unserem Swimmingpool. Ich bleibe stehen, wo ich bin. Ich bewege mich keinen Millimeter weiter, sehe nur zu, wie Benno schreiend auf den Pool zueilt und sich voll bekleidet ins Wasser wirft. Er watet zu Sven, was eine Ewigkeit zu dauern scheint, und zerrt den Jungen aus dem Wasser. Benno schreit abwechselnd Svens und meinen Namen, aber ich reagiere nicht. Meine nackten Füße scheinen im Asphalt verankert zu sein. Meine Beine sind schwer wie Blei. Erst als Lukas die Situation versteht und anfängt, aus Leibeskräften zu brüllen, gelingt es mir, mich aus meiner Starre zu befreien. Ich lasse Lukas fallen wie einen schweren Sack Kartoffeln und renne zu Benno und Sven. Svens Lippen sind blau verfärbt, sein Gesicht ist kreidebleich. Er wird von seinem Vater fest geschüttelt, dann schließt Benno die Lippen um Svens Mund und pustet. Als er einen Moment inne hält, schreit er mich an, ich möge doch verdammt noch mal einen Rettungswagen holen, und pustet dann weiter. Zum ersten Mal in meinem Leben renne ich an meinem heulenden Sohn vorbei, ohne ihn zu beachten. Dreimal schreie ich ins Telefon, dass Sven stirbt, wenn der Notarzt nicht sofort kommt, bis die Dame der Notrufzentrale schließlich ziemlich ungehalten wird, mich zur sofortigen Beruhigung auffordert und sagt, ich solle ihr bitte die Adresse nennen. Als ich zurückkomme, liegt Benno mit dem Kopf auf Svens Oberkörper und weint. Svens Lippen sind nicht mehr blau verfärbt, und einen Moment lang atme ich erleichtert auf. Dann erfasse ich die schreckliche Situation: Benno hat es nicht geschafft! Ich ziehe Benno von Sven weg. Er wehrt sich, bis ich in seine Haare greife und daran ziehe. Ich versuche, Svens Puls zu fühlen. Nichts. Mit der Faust schlage ich auf sein noch so junges Herz und fange mit der Herzdruckmassage an. Dreißigmal drücken, Oberkörper nach hinten strecken, zweimal beatmen. Bald höre ich den Krankenwagen und dann Schritte. Ich habe keine Ahnung, ob der Dreißig-zu-zwei-Modus richtig ist, vor allen Dingen nicht bei einem Kind, aber als sich die Sanitäter um Sven kümmern und ihn an Apparate anschließen, höre ich das Piepen. Sie reden weder von einem toten Jungen noch davon, dass er es nicht geschafft hat. Es dauert nur einige Minuten, dann sind sie alle verschwunden: Sven auf der Bahre, die Sanitäter, der Arzt und auch Benno. Nur die nasse Spur von Bennos triefenden Kleidern bleibt zurück. Mit zitternden Knien setze ich mich auf das nächstbeste Möbelstück, lege meinen Kopf in die Hände und heule. Die Erleichterung darüber, dass er noch lebt, lässt mich wie

Espenlaub zittern. Ich weiß nicht, wie lange ich so dasitze, als Dirk plötzlich vor mir steht, mit Lukas an der Hand. Mein Sohn, den ich total vergessen habe, schaut mich mit verheulten und angsterfüllten Augen an.
„Lukas!", sage ich und schaffe es beim besten Willen nicht, ihn in den Arm zu nehmen.
„Was ist hier eigentlich los?", fragt Dirk, und ich sacke heulend zu Boden.
Weiß Gott, Benno, ich an deiner Stelle hätte mich umgebracht!

Auszug aus der
Chronologie des Falles Fischer

Münster, Donnerstag, d. 20. Januar 2011, 13.00 Uhr

Der Polizeisprecher Kai Rossmann teilt mit, dass es sich bei dem gestern aufgefundenen Schal eindeutig um einen Schal von Lukas Fischer handelt. Ob der Junge zuerst zwei Schals getragen und dann einen davon verloren hat oder aus welchem Grund der jetzt aufgefundene Schal zweihundert Meter vom Tatort entfernt lag, ist völlig unklar. Die Polizei tappt weiterhin im Dunkeln und ist für jede Mithilfe aus der Bevölkerung dankbar.

„So! Wir müssen Sie jetzt leider bitten zu gehen, wir möchten Frau
 Fischer gerne für die Nacht fertig machen!"
Ich höre, wie er tief einatmet und sich dann schwerfällig aus dem Stuhl erhebt.
„Ich werde wiederkommen!", sagt er trotzig und verlässt das Zimmer. Ich weiß nicht, was er von mir will oder erwartet. Stundenlang hat er neben mir auf dem Stuhl verharrt, musste mehrmals das Zimmer verlassen, weil die Schwestern irgendetwas mit mir vorhatten. Die meiste Zeit über hat er geschwiegen oder geweint. Das Weinen hat eine Schwester wohl falsch gedeutet und ihm erklärt, dass ich sicher bald wieder zu mir käme; ich befände mich zwar in einem außergewöhnlichen Zustand, aber sie sei sicher, dass ich alles verstehen könne, was er zu mir sage. Die Tür war noch nicht ganz hinter ihr ins Schloss gefallen, da prallte schon ein Wortschwall auf mich nieder.
„Ich habe es gewusst, du alte Schlampe. Du versteckst dich, genau wie damals. Da hast du dich auch hinter Dirk versteckt!"
Hinter Dirk?
„Ja, du hast deinen Mann als Ausrede dafür benutzt, dass du nicht auf Sven geachtet hast. Dirk hat mich unter Druck gesetzt, Dirk hat mich tyrannisiert, ich war vollkommen kopflos. Dirk, Dirk, Dirk! Und was du deswegen angeblich alles nicht konntest!"

Es war wirklich so! Er wollte mich schlagen, vor den Kindern!
„Und wie hast du alte Schlampe es geschafft, dass dein Sohn nicht auch ins Wasser geflogen ist? Auf Lukas hast du aufgepasst und Sven hast du vergessen!"
Bitte nicht jetzt!
„Du hast vergessen, dass du die Verantwortung für ein zweites Kind übernommen hattest. Mein Kind. Mein einziges Kind, meinen Sven."
Er weint. Ich kann ihn verstehen. Ich würde auch gerne weinen, aber ich schaffe es nicht.
„Du bist die erste Frau, die die Schläge ihres Mannes verdient hat!" Bis jetzt hat Bernhard geflüstert, doch plötzlich schreit er. Ich bin mir sicher, dass er mein Zusammenzucken gesehen hätte, wenn er mich angeschaut hätte.
„Du verdammtes Miststück, du hast unseren Sohn einfach sterben lassen!"
Das stimmt so nicht!
„Noch viel schlimmer: Zuerst hast du ihn wiederbelebt und dann musste er ein zweites Mal sterben!"
Jetzt gebe ich ihm Recht. Ich fühle mich sowieso schuldig. Jetzt, wo Bernhard gegangen ist, spüre ich die Anspannung, die von mir abfällt. Weder die imaginären Schmerzen noch mein desolater Zustand verbrauchen so viel Energie wie diese Vorwürfe und Selbstvorwürfe, die auf mich einprallen und denen ich zu entkom-

men versuche. Ich bin ein einsamer Streiter, der auf verlorenem Posten steht und sich wundert, wie er es überhaupt bis hierher geschafft hat. So war es schon immer. Ein kleines Licht, das beim kleinsten Windstoß versucht ist, im Luftzug zu ersticken, aber nicht einmal das schafft und stattdessen, flackernd und fast unsichtbar, weiter seine Stellung verteidigen muss, die ihm aufgebürdet wurde.
„Frau Fischer, Sie sollten diesen Blumenstrauß sehen. Herrlich! Ich werde die Blumen über Nacht vor die Tür stellen."
Mir egal!
Warum hat er mir überhaupt Blumen mitgebracht? Mir, der Mörderin seines Sohnes? Das tut man nicht. Das ist total unsinnig. Vergiftete Pralinen, einen verseuchten Kamm, den er mir hätte wie Schneewittchen ins Haar schieben können. Vielleicht auch eine Plastiktüte, die ich über den Kopf gestülpt bekomme, oder einfach einen schönen, abgefeuerten Gruß aus einer Pistole. All das hätte er als persönliches Geschenk für mich dabeihaben können.
Aber warum, verdammt noch mal, Blumen?
Tick, tick. Tick, tick.
Da bist du ja wieder!
Die Uhr hat sich den ganzen Tag über schön aus dem Staub gemacht. Kein einziger Schlag und keine Boshaftigkeit von Dirk sind mir unter den scharfen Augen

von Benno eingefallen. Bernhard natürlich, nicht Benno. So viel Respekt bin ich ihm schon schuldig. Das Szenario im Krankenhaus und die Zeit danach waren mir präsenter als je zuvor.

„Du hast was gemacht?", schreit Dirk mich an. Ich versuche, mich vor seinen Schlägen zu verstecken. Aber sie bleiben aus. Als ich ihn anschaue, sehe ich in seinen Augen die Fassungslosigkeit, mit der er mich anstarrt. Wortlos befördert er mich ins Auto und schnallt Lukas im Kindersitz an. Zum ersten Mal scheinen ihn meine schlecht sitzende Kleidung und meine nackten Füße nicht zu interessieren. Mit überhöhter Geschwindigkeit jagt er die Schnellstraße hinunter, bis zum Krankenhaus. Dort angekommen holt er Lukas aus dem Sitz und reißt mich förmlich vom Beifahrersitz. Während der zehnminütigen Fahrt hat er kein Wort mit mir gesprochen. Er schweigt auch jetzt. Er nimmt Lukas auf den Arm, was sonst nur sehr selten vorkommt, und hastet ins Foyer, ohne mich weiter zu beachten. Ich trotte auf nackten und schmutzigen Füßen hinterher und spüre kaum, wie der heiße Asphalt unter meinen Sohlen brennt. Nur als die kalten Krankenhausfliesen meine Füße berühren, empfinde ich das als Wohltat. Aber dieses Gefühl ist nur kurz und schlägt beim Anblick von Dirk, der wild gestikulierend mit dem Krankenhauspersonal spricht, schnell in Scham um. Mir wird plötzlich klar, dass das, was ich vorhin verbockt habe, weitreichende Konsequenzen nach sich ziehen wird. Auch wenn Sven unbeschadet davonkommt, sehe ich die künftigen, traurigen Nachmittage von Lukas deutlich vor mir. Keiner wird mir mehr sein Kind anvertrauen und keiner wird je Lukas zu sich einladen, aus Angst, dass die Kinder eine Gegeneinladung planen könnten. Ich werde Dirk bitten, ja auf Knien anflehen, dass er den Pool wegmachen lässt. Notfalls soll er mir gestatten, es selbst zu tun. Mit Spaten und Hammer, meinetwegen auch mit meinen bloßen Händen werde ich den Pool zerschlagen, abtransportieren und dafür das an seinen Platz schaffen, was Dirk als Gegenbedingung fordert.

„Hierher!", kommandiert mein Mann. Der Weg erstreckt sich über einen schier endlosen, nackten Flur, dessen einzige Dekoration aus Türen und Desinfektionsspendern besteht. Wir steuern auf ein großes Schild zu.

Kinderintensivstation.

So einfach ist das.

Kinderintensivstation!

Noch vor einer Stunde haben Sven und Lukas zusammen im Sandkasten gesessen und gelacht. Das Ganze erscheint mir so unrealistisch. Zum ersten Mal schaue ich meinen Sohn bewusst an. Lukas hängt kreidebleich und schlaff auf dem Arm seines Vaters. Die Tränen haben eine schmutzige Spur in seinem Gesicht hinterlassen und das blonde Haar klebt ihm nass und stumpf am Kopf. „Lukas!", forme ich tonlos meine Lippen. In diesem Moment geht mit lautem Surren die Tür auf. Ich zucke zusammen. Vor mir steht Bernhard. Seine Kleidung ist immer noch nass. Irgendjemand hat ihm ein Handtuch um die Schultern gelegt. „Mira kommt gleich!", sagt er und geht weiter. Sonst nichts. Von Weitem höre ich den Schritt von Stöckelschuhen, der sich nähert. Ich brauche mich nicht umzudrehen. Ich weiß auch so, dass es Mira ist. Eine verzweifelte Mira, die nicht weiß, was sie hinter der sterilen Tür erwartet. Die auf dem Weg hierher Gott angefleht und gebettelt hat und hofft, dass sie auf Gnade stößt. Sie fällt ihrem Mann stumm schluchzend in den Arm. Dann sieht sie mich.

Die Angst läuft mir kalt über den Rücken. Ihre verzweifelten Augen streifen mich jedoch nur einen kurzen Moment, dann geht sie an mir vorbei durch die elektrische Tür und verschwindet, gemeinsam mit Bernhard. Wir warten wieder. Die Zeit scheint stillzustehen. Lukas ist eingeschlafen. Er hängt mit dem Kopf schräg auf Dirks Schulter. Speichel läuft aus seinem Mundwinkel und verteilt sich auf Dirks schwarzem Sakko. Bei Lukas' Anblick überfällt mich plötzlich tiefe Müdigkeit. Ich kann kaum die Augen offenhalten und spüre, wie meine Augenlider nach unten flattern.

Bleib wach!, befehle ich mir. Trotzdem muss ich kurz eingenickt sein, denn als der Türsummer erneut aufschrillt, versuche ich unter großer Anstrengung, meine Augen zu öffnen. Dirk ist mit Lukas fortgegangen, ohne dass ich es mitbekommen habe. Ich bin allein. „Frau Fischer?" Ein Arzt tritt zu mir. Meine ausgedörrte Zunge bleibt unterm Gaumen kleben. Ich kann nicht antworten. „Sie sollten nach Hause fahren!", sagt er zu mir und geht weiter. Ich schäle mich aus dem klebrigen Stuhl und renne ihm nach.
„Wie geht es Sven?" Er gibt mir keine Antwort, deshalb hänge ich mich an seinen Arm und flehe ihn an: „Bitte sagen Sie mir, wie es dem Kind geht! Lebt er?" Er schüttelt mich ab und ich habe das Gefühl, dass er angewidert von mir ist.
„Bitte sagen Sie mir, wie es Sven geht! Bitte! Ich bin schuld!"
Plötzlich verändert sich sein Gesichtsausdruck und er bleibt stehen. „Frau Fischer, ich will ehrlich sein. Ja, er lebt, aber sein Zustand ist äußerst kritisch." Wieder hänge ich mich an seinen Arm, jetzt verzweifelter als je zuvor, und flehe ihn an, er solle bitte, bitte, das Kind retten. Ich knie vor ihm und halte den Saum seines Kittels zwischen den Fingern. Nie zuvor habe ich mich so erniedrigt. „Bitte, bitte, lassen Sie ihn nicht sterben. Bitte!"

„Frau Fischer, wir werden alles tun, was in unserer Macht steht...!" Weiter kommt er nicht. „Ariane!", schreit Dirk. Er schüttelt mit dem Kopf, zerrt mich am Arm hoch und entschuldigt sich bei dem Arzt vielmals für mein Verhalten.
Ich will nicht, dass er sich für etwas entschuldigt, was aus meinem tiefsten Herzen kommt. Ich reiße mich los und renne den Flur entlang. Dann drehe ich mich um, weil mir plötzlich bewusst wird, dass mir eben etwas aufgefallen ist.
„Wo ist Lukas?"
Dirk gibt mir keine Antwort. Stattdessen führt er eine angespannte Konversation mit dem Arzt. Ich eile zurück. Die Stimmen sind gedämpft, meine Hysterie konnte wirklich zu keinem unpassenderen Zeitpunkt kommen.
„Wo ist Lukas?" Dieses Mal schreie ich. Ich kann sehen, wie Dirk seine Faust ballt und dann innehält.
„Er sitzt im Café und isst ein Eis!"
„Du hast ihn alleine im Café gelassen?", frage ich fassungslos.
Er könnte weglaufen, er könnte sich verschlucken, er könnte verschleppt werden, er könnte in die Hände eines Pädophilen gelangen!
Der Arzt und Dirk sehen mich argwöhnisch an.
Ich drehe mich um und renne weg. Heiße Tränen steigen in meine Augen. Ausgerechnet ich muss Dirk die-

se herablassende Frage stellen. Wenn ich aufgepasst hätte, dann wären wir nicht hier!
Lukas sitzt immer noch im Café, er ist weder entführt worden noch weggelaufen. Er stochert in seinem Eisbecher herum. Ich habe Dirk Unrecht getan. Eine Angestellte des Krankenhauses sitzt daneben und passt auf Lukas auf.
Dirk hat es besser gemacht.

„Frau Fischer, vielleicht sollten wir Ihnen mal eins von Ihren eigenen Nachthemden anziehen. Sie werden sehen, dann fühlen Sie sich gleich viel besser."
Woher wollen Sie wissen, wie ich mich fühle?
„Mal sehen. Oh, wie schade. Keins da. Vielleicht sollten Ihnen Ihre Verwandten mal etwas mitbringen."
Meine Verwandten? Meine Mutter ist tot, mein Kind ist tot. Mein Mann ist doch besser, als ich gedacht habe – zu der Einsicht bin ich heute gekommen –, aber er wird mir nichts mitbringen. Und mein Vater hat mich schon vor zwanzig Jahren verlassen. Also welche Verwandten?
„Na gut, ziehen wir eben noch mal das olle Krankenhaushemd an. Aber ich werde mich darum kümmern!"
Es dauert noch eine Weile, bis die Schwester mich bettfein gemacht hat. „Ich wünsche Ihnen eine gute Nacht, Frau Fischer!", sagt sie in die Stille. Dann höre ich, wie der Stoff ihrer Hose raschelt, als sie zur Tür geht.

„Ach, ich wollte ja die Blumen mit rausnehmen!"
Sie kommt zurück.
„Wirklich, Frau Fischer, die Blumen sind so schön. Werfen Sie ruhig mal einen Blick darauf. Und Ihr Besuch! Wirklich ein netter Mann!"
Was weißt du schon?
Aber sie hat Recht. Ein netter Mann, aus dem ich durch meine Unachtsamkeit ein emotionales Wrack gemacht habe.
Die Schwester verlässt ohne einen weiteren Gruß das Zimmer. Sicher ist sie froh, gehen zu können. Wer hält es schon lange bei einem Patienten wie mir aus? Vielleicht weiß sie, was ich damals mit Sven gemacht habe. Die Zeitungen standen ja voll davon. Vielleicht sind die Schwestern gar nicht so nett zu mir, wie ich immer denke. Vielleicht hassen sie mich in Wirklichkeit abgrundtief und strecken mir die Zunge heraus. Sicher gönnen sie mir den Verlust von Lukas. Darum schicken sie auch die Matrone zu mir. Und Dirk. Und Bernhard. Sie wollen mich leiden sehen. Sie hoffen, dass ich in tiefster Seele gequält und gefoltert werde. Sicher stecken sie allesamt unter einer Decke.
Himmelherrgott noch mal, Mutter! Geh mir aus dem Weg!

Vier

Heute ist Freitag, der achtundzwanzigste Januar. Nicht, dass ich das errechnet hätte. Ich weiß es, weil einer der Schwestern gestern mit dieser Supernachricht hereingeschneit kam. „Frau Fischer, Sie glauben gar nicht, was ich für Sie habe!" Nachdem sie eine Weile herumgeklappert hat, ertönt eine Melodie. „Tatarata!", ruft sie entzückt. Ich hingegen bin alles andere als entzückt. Das hat mir gerade noch gefehlt! Es fällt mir ohnehin immer schwerer, mich auf meinen Zustand zu konzentrieren. Jedes Geräusch, das ich erst aufnehme und dann analysieren muss, bis ich erkenne, worum es sich handelt, hält mich von meinem eigentlichen Ziel ab. Ich befinde mich irgendwo im Dazwischen, möchte auf keinen Fall zurück, schaffe es aber auch nicht, weiter vorwärtszukommen. Nicht ein kleines Millimeterstückchen.
Scheiße!
Meine Oma hat mir mal erklärt, dass Menschen, kurz bevor sie sterben, ihr ganzes Leben noch einmal im Schnelldurchgang durchlaufen. Genauso komme ich mir vor, nur mit einem gravierenden Unterschied: Mein Schnelldurchgang hat sich in das genaue Gegenteil verkehrt. Wie ein Schneckenspaziergang.

Ich erlebe gerade mein ganzes Scheißleben noch einmal. Mit jedem Punkt und jedem Komma, mit jeder Grausamkeit und jedem Missgeschick werde ich konfrontiert. Nicht unbedingt in der richtigen Reihenfolge, aber von einer Chronologie hat meine Oma sowieso nicht gesprochen. Das Radio, das jetzt auch noch irgendwo hinter meinem Kopf steht – ich schätze, es ist keine zwei Meter entfernt –, macht mich wahnsinnig. Die Schwester hat es eingestellt, Radio Antenne Münsterland. Wofür oder wogegen ja eigentlich nichts Besonderes spricht. Aber als sie hinausging und die Tür zuschlug, hat sich der Sender verstellt. Es rauscht, es piept, es quietscht. Die Stimmen hören sich schräg und verzerrt an, die Lieder wackeln und sind kaum zu erkennen. Jemand soll kommen und das Radio ausmachen! Selbst die Matrone wäre mir heute recht, aber die war schon lange nicht mehr da. Im Moment ist das Rauschen wieder unangenehm laut, man hört nichts anderes mehr.
Rrrrrrsssssssssssssssssssssssssssft!
Scheußlich!
Ich möchte gar nichts hören. Stecker raus und fertig. Ich will doch gar nicht wissen, wie lange mein Lukas schon ohne mich im Himmel ist. Und auf mich wartet und wissen will, was los ist. Vielleicht hat er Angst und ruft nach mir? Bestimmt. Er war immer schnell ängstlich und wird bestimmt nicht verstehen, warum

ich nicht da bin. Ich war immer bei ihm. Verdammt noch mal, ich war immer bei ihm. Auch jetzt sollte ich da sein.

Ich merke, wie mein Herz anfängt zu rasen. Vielleicht sollte ich mir die Situation im Wald noch einmal vor Augen führen, mir alles bis ins kleinste Detail vorstellen. Die Panik, die Angst, das Elend. Ich bin mir sicher, dass mein Herz dann aus der Angel springt und in meinem Inneren zerschellt. Aber auch dazu bin ich zu feige. Keine Mutter kann ihr Kind zweimal sterben sehen. Trotzdem rast mein Herz unaufhaltsam weiter. Die Vorstellung von Lukas, der allein durch den Himmel irrt, genügt schon. Der Apparat über meinem Kopf trägt einen Zweikampf mit dem Radio aus. Er piept und piept, grell und schrill. Okay, wenn das mein Ende werden soll, dann gehe ich noch einen kleinen Schritt weiter. Ich sehe den blau-weiß gestreiften Schal, der sich um Lukas' Hals legt. Und diese Hände, die ihn zuziehen. Mein Herzschlag explodiert. Vielleicht schaffe ich es.

Lukas, Mama kommt!

Ich sehe seine himmelblauen Augen, die mich verzweifelt anstarren und nicht glauben können, was passiert. Mein Herz scheint aus meinen Ohren zu springen. Ich kann meinem Kind nicht helfen. Stimmen erklingen, holen mich wieder ein Stück weit zurück, aber ich kann sie nicht verstehen. Ich weiß nur, dass sie da sind,

viel zu früh. Sie werden wieder versuchen, mich zu retten.
Lasst mich gehen!
Lukas verschwimmt, alles andere auch. Ich sehe den Stamm vor mir, der sekundenschnell auf mich zustürmt und hart und brutal mit meinem Kopf kollidiert.
Weiß Gott, ich hätte tot sein müssen!
Sie werden mich nicht gehen lassen! Ich höre es, an der Unruhe, die im Zimmer eingekehrt ist, und an der Hektik.
Verdammt! Verdammt! Verdammt!

Das rehabilitierte Monster ist wieder da.
Und ich bin immer noch hier.
Wieder hält er meine Hand. Ich verstehe gar nicht, wie viel Frechheit man besitzen muss, um sich einfach neben mich zu setzen und meine Hand zu halten. Ich weiß genau, dass er das tut, auch wenn ich es nicht spüre, denn ich höre, wie meine Haut sich quietschend an seiner reibt. Eine dieser Schwestern müsste mich mal wieder eincremen. Als nette Schwestern bezeichne ich sie jetzt nicht mehr, denn irgendetwas stimmt hier ganz und gar nicht. Wem kann ich noch vertrauen? Niemandem! Nicht mal mir selbst!
Lass meine Hand los!

Nur weil ich dich jetzt ausnahmsweise einmal in eine bessere Kategorie eingestuft habe, brauchst du nicht solche vertraulichen Gesten zu machen. Einmal hast du es besser gemacht als ich.
Ein einziges Mal!
Ansonsten warst du schlecht. Scheußlich sogar. Du warst ein brutaler Mann, ein schlechter Liebhaber und ein grauenvoller Vater. Also, was willst du?
L a s s . M e i n e . H a n d . L o s !
Du darfst dich mir überhaupt nicht nähern! Hast du das vergessen? Zweihundert Meter müssen zwischen dir und mir liegen. Zwischen unseren Körpern, die schon seit langem nicht mehr zusammengehören. Wer bist du, dass du dir anmaßt, dich über das Gesetz hinwegzusetzen? Sie sollten dich wieder einsperren!
„Wenn wir doch jetzt wenigstens Fiona noch hätten!"
Fiona!
Mir wird kalt. Meine Wut schlägt um in diese elende Sehnsucht, die ich seit Jahren tagein, tagaus spüre. Dies ist das erste Mal, dass er ihren Namen ausspricht. Ich wusste nicht einmal, dass er überhaupt realisiert hat, wie ihr Name ist.
Fiona!
Lukas ist zwei Jahre alt und ich bin wieder schwanger. Ich weiß es sofort, gestatte meinem Ich aber nicht, die Nachricht aufzunehmen. Dirk schlägt, Lukas hat Angst, ich habe Angst. Wie soll ich mich da noch

schützend vor ein zweites Kind stellen? Aber der Schwangerschaftstest zeigt eindeutig diesen zweiten rosa Streifen. Ich weiß nicht, ob ich lachen oder weinen soll, weiß nicht einmal, was ich tun soll. Also gehe ich zum Frauenarzt. Zwei Stunden später sitze ich mit gespreizten Beinen auf diesem gynäkologischen Stuhl. Das Ultraschallgerät dringt in mich ein und ich starre auf den Bildschirm des Gerätes.
„Ach, guck mal da, ein kleiner Eumel!", lacht mein witziger Gynäkologe. „Herzlichen Glückwunsch, Frau Fischer. Laut Computer sind Sie schon in der zwölften Woche. Haben Sie denn vorher gar nichts gemerkt?"
Ich ringe mir ein Grinsen ab und kann mir vorstellen, was für eine verzerrte Fratze ich dabei mache. Natürlich habe ich es gemerkt. Manchmal ist mir übel, manchmal spannt die Brust. Meine Gefühlswelt bewegt sich zwischen himmelhochjauchzend und zu Tode betrübt. Aber das ist unerheblich, denn diesen Zustand kenne ich sowieso. So geht es mir ja immer. Dass ich ein Kind in mir trage, weiß ich trotzdem, und da ich schon in der zwölften Schwangerschaftswoche bin, brauche ich mir auch nichts mehr vorzumachen. Es geht sowieso nichts mehr. Jetzt muss ich es behalten. Dieser Gedanke geht mir durch den Kopf, als ich Lukas in der Tiefgarage umständlich in den Autositz zwänge. Er wehrt sich mit Händen und Füßen. Lukas will in der Praxis bleiben und mit dem Auto spielen,

das dort steht, und wenn das nicht, dann will er zumindest das Auto mitnehmen. „Das geht nicht, Lukas, das gehört uns nicht!", sage ich ihm zum zehnten Mal und schaffe es endlich, ihn festzuschnallen. Mir fällt ein, dass ich noch genau sechs Tage Zeit habe, um dieses Kind abzutreiben. Als ich die Tiefgarage mit einem schreienden Lukas verlasse, steht mir der Schweiß auf der Stirn. Dirk kommt gleich nach Hause, möchte dann sein Essen auf dem Tisch stehen haben, und ich habe noch nicht die mindeste Ahnung, was ich so schnell Gutes zaubern soll. Der restliche Tag wird so stressig, das ich mein Schwangersein zwischenzeitlich vergesse und es mir erst wieder bewusst wird, als ich abends todmüde im Bett liege und weine. Nach dem Szenario heute Abend wäre es besser, ich würde dem Kind das ganze Theater ersparen. Es reicht schon, wenn ich mir Sorgen um Lukas machen muss. In diesem Moment weiß ich, dass ich die Abtreibung, der ich durch raffiniertes Ignorieren aus dem Weg gehen wollte, durchführen muss. Sechs Tage noch! Ich weine noch mehr und schlafe endlich ein. Mein Traum ist so realistisch und brutal, dass ich schreiend aus dem Schlaf hochschrecke. Ich habe ein kleines Mädchen in meinem Bauch gesehen, das mich anfleht, ich solle sie leben lassen, sie habe doch nichts getan. Sie weint und bettelt: „Bitte, bitte, Mama!", und ich schreie. Ich drücke meine Hände auf meinen Unterleib und zelebriere, dass sie mir verzeihen soll, jeden einzelnen schlechten Gedanken. Natürlich dürfe sie am Leben bleiben. Und, ja, eigentlich hätte ich mich vom ersten Moment an auf sie gefreut.

„Ariane? Was hast du?", fragt Dirk und schaut mich mit verschlafenen Augen an.

„Ich bin schwanger. Dirk, wir bekommen ein Mädchen." Das weiß ich einfach. Das steht für mich fest wie das Amen in der Kirche. Ein Mädchen. Ein kleines, süßes Mädchen mit blonden Haaren. Er schaut mich zuerst nur an, dann strahlt er. Er strahlt noch mehr als bei der Nachricht von Lukas. Klar, dieses Mal sind wir ja auch verheiratet. Dieses Problem hat er jetzt nicht mehr. „Das ist ja toll!", sagt er, geht mit dem Mund zu meinem Bauch und küsst ihn durch das Seidenhemd, das ich trage.

„Darf ich sie Fiona nennen?", frage ich, seine gute Laune ausnutzend.

„Natürlich, Liebling!", sagt er und drückt mich fest an sich. „Du wirst sehen, jetzt wird alles gut!"

Auch ich bin davon überzeugt. In der nächsten Zeit lässt Dirk mich mit seinen Gewaltattacken in Ruhe. Er trägt mich auf Händen, schenkt mir Blumen, überhäuft mich mit Geschenken und netten Worten. Er geht sogar mit Lukas in den Zoo und zum Schwimmen, damit ich mich ausruhen kann. Für seine Prinzessin.

Das Glück dauert keine sechs Wochen an. Es ist Sonntag und ich wache mit Rückenschmerzen auf. Sie sind nur ganz leicht. Da ich keine Schmerztablette nehmen darf, setze ich mich aufs Sofa, mit einer Wärmflasche im Rücken. Die Schmerzen gehen sicher gleich wieder weg, denke ich und sehe Lukas zu, der vor mir auf dem Boden mit einer kleinen Holzeisenbahn spielt. Noch ein paar Monate, dann sitze ich hier auch, mit der kleinen Fiona an der Brust und Lukas spielend auf dem Boden. Ich freue mich. Zum ersten Mal seit langer Zeit bin ich wieder glücklich. Ich glaube an Dirks Treue und seine Besserungssprüche. Die letzten zwei Jahre waren schrecklich, aber jetzt wird alles wieder gut.
Dann werden die Schmerzen im Rücken stärker. Natürlich habe ich falsch gelegen. Mein Schlüpfer fühlt sich auf einmal nass an. Ich gehe zur Toilette, Lukas auf dem Arm. Jetzt zieht der Schmerz vom Rücken bis in den Unterleib und ich setze Lukas schleunigst auf dem Boden ab. Unerwarteterweise bleibt sein Gezeter aus. Er greift zur Klobürste, nimmt sie aus der Verankerung und läuft quer durchs Badezimmer.
„Das ist unhygienisch! Lukas!" Er rennt weiter. Wasser tropft aus der Bürste, landet auf den weißen Fliesen und vermischt sich dort mit Blut.
Blut!

Erschrocken suche ich den Ursprung. Es läuft an meinen nackten Beinen herunter. Ein Teil davon tropft zu Boden, aber das meiste wird von meinen rosa Wollsocken aufgesogen.
„Dirk!", schreie ich panisch.
Wir fahren sofort ins Krankenhaus. Zwischen meine Beine habe ich Eisbeutel geklatscht, darüber ein Gästehandtuch.
Dirks Gesicht ist blass. Er sagt kaum etwas und kümmert sich liebevoll um Lukas, der ausnahmsweise mal nicht brüllt. Als die Schwester im Untersuchungszimmer mein Erste-Hilfe-Päckchen zwischen meinen Beinen wegzieht, hat die Blutung aufgehört.
Ich bin erleichtert. Meine Erleichterung wächst noch, als die Schwester mir erklärt, dass schon mal Blutungen auftreten können und oft ganz harmlos sind.
„Ein bisschen Ruhe ist meist das Beste! Aber wir sehen mal, was der Doktor gleich sagt!"
Dr. Voss betritt erst zwanzig Minuten später das Zimmer. Meine Blutung hat wieder eingesetzt. Ich spüre, wie sich Blut in der Binde sammelt, die Schwester Maria mir zwischen die Beine gelegt hat, sage aber nichts. Ich versuche, mich keinen Millimeter zu bewegen, um meinem Körper die Ruhe zu geben, die er jetzt braucht. Sicher hört das Bluten gleich wieder auf. Bestimmt. Ich rede auf Fiona ein, dass sie mir verzeihen soll, dass ich je an eine Abtreibung gedacht habe, und

dass sie mich bitte, bitte nicht so strafen soll. Meinetwegen heule noch schlimmer als Lukas oder bekomme die schrecklichsten Pubertätskrisen, die ein Mädchen haben kann, aber verlass mich nicht! Ich schließe jeden Pakt mir dir, den du willst, wenn du nur bleibst.
Der Doktor fährt mit dem Ultraschallgerät über meinen Bauch, bis er die Gebärmutter auf dem Bildschirm hat. Ich schaue nicht hin, sondern nur auf die Mimik von Doktor Voss. Seine Stirn zieht sich ein paarmal kraus. Mein Herz hämmert bis ins Ohr. „Frau Fischer, es tut mir leid. Aber der Fetus ist tot. Sie hatten einen Abort." Jetzt schaue ich doch auf den Bildschirm.
„Aber da ist sie doch!"
„Ja, aber das Herz schlägt nicht mehr."
„Das kann nicht sein!" Ich versuche den Blick der Krankenschwester zu erhaschen, die mir vorhin noch gesagt hat, solche Blutungen gebe es schon mal, aber sie schaut beschämt weg und hantiert geschäftig mit irgendwelchen weißen, völlig bedeutungslosen Tüchern.
„Frau Fischer, es tut mir leid. Ich werde Ihren Mann dazuholen."
Tränen steigen mir heiß in die Augen. Endlich legt die Schwester die Tücher beiseite und tritt zu mir. Ich spüre ihre Hand auf meiner Schulter. Sie will mich beruhigen.
„Es tut mir leid!"

Herrschaftszeiten, mir tut es leid! Warum euch?

Auszug aus der
Chronologie des Falles Fischer

Münster, Montag, d. 31. Januar 2011, 9.00 Uhr

Ein alter Fall wird aufgerollt. Die Zeitungen sind voll mit dem Titel: Hat der Tod des kleinen Lukas mit dem Unglück von vor sechs Jahren zu tun?
Vor sechs Jahren ertrank im Swimmingpool von Familie Fischer der damals vierjährige Sven. Frau Fischer wurde von den Eltern des Jungen wegen grober Fahrlässigkeit angeklagt. Die Klage wurde jedoch nach monatelangen Untersuchungen abgewiesen, weil es keine Hinweise auf kriminelle Fahrlässigkeit gab. Der Tod wurde als tragischer Unglücksfall eingestuft.
Vor dem Gerichtsgebäude schrie die Mutter des Jungen nach der Verhandlung Ariane Fischer an: „Ich werde deinen Sohn auch umbringen!" Als sie Ariane Fischer körperlich attackierte, wurden die Frauen von Polizeibeamten getrennt.
Hat der Fall etwas mit dem jetzigen Unglücksfall zu tun? Wollten Vater oder Mutter sich nach all den Jahren an der damals freigesprochenen Ariane Fischer rä-

chen? Laut Aussage des Polizeisprechers Rossmann gehen die Ermittlungen auch in diese Richtung. Vater und Mutter des toten Sven befinden sich auf der Wache und werden momentan verhört.

„Scheiße!", schreit jemand, und etwas raschelt über meinem Gesicht. Ich kann die Stimme niemandem zuordnen, den ich kenne.
„Verdammter Mist!"
Männlich, wütend!
Nicht Dirk, dessen Stimmlage auf dieser Gefühlsebene kenne ich bestens. Ein Arzt? Sicher nicht.
Er schnauft.
Ein Stuhl wird wütend neben mich geknallt.
Plumps!
Der Jemand sitzt.
Dann klatscht etwas. Ich bin mir ziemlich sicher, dass der Jemand mit der flachen Hand auf eine Zeitung schlägt. Das hat Dirk in Wutsituationen auch immer gemacht. Vielleicht tut er es noch heute. „Jetzt geht die ganze Scheiße wieder von vorne los!"
Bernhard!
„Es ist sogar noch schlimmer geworden!"
Wie?
Er schnauft erneut und raschelt wütend mit der Zeitung.

„Hat der Tod des kleinen Lukas mit dem Unglück von vor sechs Jahren zu tun?" Guck dir das an! Hier, schau hin. Verdammt noch mal, sieh endlich richtig hin, du alte Schlampe!"
Ich bin mir sicher, dass er an mir herumzerrt oder meinen Kopf schüttelt. Vielleicht versucht er auch, meine Augenlider aufzureißen, obwohl ich diese Vorstellung von mir schiebe. Eine dieser Schwestern kommt immer wieder und träufelt mir künstliche Tränenflüssigkeit in die Augen. Und jedes Mal die gleiche Erklärung: „Damit Ihre Augen nicht austrocknen, Frau Fischer!", oder „Damit uns die Augen nicht austrocknen!" Die eine Schwester sagt es so, die andere so, aber es bleibt immer der gleiche Inhalt mit derselben Handlung. Tagein, tagaus, selbst in der Nacht. Also sind meine Augen offen. Er wird mich schütteln. Ja, ich bin mir sicher, er packt mich an den Schultern und zerrt wütend an mir, und mein Haar schwingt hin und her. Das ist nämlich jetzt frisch gewaschen.
Eine Ewigkeit lang sagt er nichts. Sicher liest er den Zeitungsartikel durch. Das wird es sein. Reporter haben die alte Story ausgegraben und jetzt sind die Zeitungen voll davon.
Ariane, reg dich ab, das war nur eine Frage der Zeit. Schließlich hatte ich es doch schon vermutet. Jetzt habe ich die Gewissheit. Die Anteilnahme der Außenwelt wird sich jetzt von „Die arme Frau" auf ein Minimum

beschränken. Der eine oder andere denkt sicher, dass ich es genauso verdient habe.
Genau das, was jetzt eingetreten ist. Kommt da etwa so etwas wie Selbstmitleid in mir hoch?
Ariane, hör auf!
Dass ich genau das verdient habe, schwirrt doch die ganze Zeit schon in meinem Kopf herum! Das ist doch die gerechteste Strafe, die ich bekommen konnte.
Auge um Auge, Zahn um Zahn!
Warum sagt er nichts mehr?
Tick, tick. Tick, tick.
Bernhard?
Nichts.
Dann leck mich doch! Lass mich alleine!
Nichts.
Weißt du was, Bernhard? Es kotzt mich an, dass immer ich an allem schuld sein soll. „Ariane, du hast schlecht gekocht." „Ariane, der Junge weint immer, weil du ihn nicht richtig erziehst." Ariane ist schlecht im Bett, Ariane ist schlecht in der Hausarbeit. Ariane kann sich nicht benehmen. Ariane kann nicht auf fremde Kinder aufpassen. Ariane, Ariane, Ariane. Aber ich sag' dir mal was, Bernhard: Du mit deiner Scheiß-Angeberei, dass dein Junge mit vier Jahren schon ohne Schwimmflügel schwimmen kann, du trägst auch Schuld daran, dass dein Sohn ertrunken ist.
Er konnte überhaupt noch nicht schwimmen!

Aber den Schuh ziehst du dir keinesfalls an, nicht?
Warum auch? Es gibt ja Ariane. Den perfekten Sündenbock.
„Mira ist fix und fertig!"
Natürlich! Und ich bin wieder einmal schuld.
Was würdet ihr eigentlich alle ohne die dämliche Ariane machen?
Jetzt weint er auch noch. Ich fass' es nicht! Ich müsste weinen.
Verdammt noch mal, geh zu deiner Frau und heul der was vor. Sie war nämlich diejenige, die mich nie in Ruhe gelassen hat. Überall hat sie mir aufgelauert und mir gedroht. Es war wirklich ein Unglücksfall. Ich bin frei gesprochen worden, aber sie wollte zur Mörderin werden. Sie wollte Lukas erwürgen, so hat sie es mir immer angedroht. Sie wollte ihm die Luft abschnüren, so wie Sven keine Luft mehr bekommen hat. Ihn in einem Eimer mit Wasser ertränken.
„Die Polizei hat uns heute Morgen verhört. Ariane, sie glauben wirklich, dass wir etwas mit dem Tod von Lukas zu tun haben könnten. Mein Gott!"
Jetzt weint er schon wieder!
„Und ich weiß nicht einmal, wo Mira zu dem Zeitpunkt war."
Er schnäuzt sich die Nase und ich stelle mir vor, wie sein Taschentuch von seinem Rotz pitschnass wird. Igitt.

Bernhard, bitte geh!
„Jetzt fängt alles wieder von vorne an. Die ersten Reporter haben schon ihre Autos in Position gestellt. Keine zehn Meter von unserem Grundstück entfernt. Sie werden uns nicht in Ruhe lassen."
Jemand betritt das Zimmer, nuschelt etwas und geht wieder hinaus.
Komm zurück und nimm den Heuler hier mit!
„Mit der Zeit habe ich gelernt, mit dem Tod von Sven umzugehen, aber jetzt ist er wieder völlig präsent. Es zerreißt mir das Herz. Du kannst dir nicht vorstellen, wie schrecklich es ist, ein Kind zu verlieren!"
Stopp! Wag es ja nicht, das anzuzweifeln!
Verdammt noch mal, ich weiß, wovon du sprichst. Ich habe einmal ein Kind verloren. Es lag tot in meinem Bauch. Man hatte mich vor die Wahl gestellt: Entweder eine Ausschabung mit einer Nacht Krankenhausaufenthalt oder eine eingeleitete Geburt, in der ich das Kind auf natürlichem Weg zur Welt bringen sollte. Danach könnte ich das Krankenhaus verlassen. Da ich Dirks Gesichtsausdruck nicht deuten konnte, blieb mir keine Wahl. Ich konnte es nicht wagen, Lukas mit ihm alleine zu lassen. Die Geburt wurde eingeleitet und ich brachte unter großen Schmerzen Fiona zur Welt. Das Ganze nennt man eine kleine Geburt oder ein abwartendes Verhalten. Es soll für die Frau angeblich seelisch heilender sein als die Ausschabung.

Dass mein Mädchen tot war, habe ich erst realisiert, als ich sie in einer sterilen, hässlichen Nierenschale anschauen und mich von ihr verabschieden durfte. Fiona wog bei ihrer Geburt einhundertsechzig Gramm und war sechzehn Zentimeter groß.
Bei Gott, ich schwöre! Ich kenne das Gefühl von Trauer, das sich in jede Zelle des Körpers einnistet und imaginäre Schmerzen verursacht, denen man nicht ausweichen kann. Man möchte auch sterben, das kleine Wesen nicht alleine lassen. Egal ob einen Meter groß oder nur ein paar Zentimeter. Dann kam der Klinikseelsorger. Fiona konnte nicht getauft werden, da die christliche Kirche Sakramente nur für die Lebenden vorsieht. Aber sie hat doch gelebt! In mir, bei mir.
Ich habe mit ihr gesprochen, sie verwöhnt und geliebt.
Der Klinikseelsorger hat Fiona wenigstens gesegnet.
Und Lukas?
„Ich habe Angst, dass Mira mit der Sache etwas zu tun haben könnte. Bitte, Ariane! Wenn du etwas gesehen hast oder vielleicht sogar weißt, wer Lukas das angetan hat, bitte, bitte sag es uns. Bitte!"
Niemals!
Mein Gott, geh zu deiner Frau und frag sie, wo sie am besagten Morgen gewesen ist! Frag sie!
Aber, verdammt noch mal, lass mich in Ruhe!
„Warum nur kommst du nicht in unsere Welt zurück?"

Genau aus dem Grund, den du gerade genannt hast: Ich möchte das Gefühl, das einen überfällt, wenn man ein Kind verloren hat, kein zweites Mal erleben.
Genau aus diesem Grund bleibe ich hier!
Er weint wieder. Eigentlich kann ihn verstehen. Soll er doch weinen. Am besten gleich für mich mit. Tiefe Müdigkeit überfällt mich. Ich schlafe ein. Aber als ich wieder aufwache, bin ich noch genauso wütend wie vorher. Ich möchte schreien. Wenigstens einmal gegen irgendetwas treten. Die Tür geht auf und fliegt ins Schloss.
„Ariane, sie haben Bernhard und Mira verhört!"
Genau du hast mir noch gefehlt.
Er soll gehen. Warum kommen eigentlich alle zu mir gerannt und erzählen mir, was da draußen passiert? Habe ich mich in diese seltsame Zwischenwelt gedrängt, damit ihr mir alle auf den Nerv gehen könnt? Ich bin mir sicher, ihr habt etwas mit mir vor. Dein Freund Bernhard hat gerade erst den Raum verlassen. Bist du ihm nicht auf dem Flur begegnet? Ihr hättet einen Kaffee zusammen trinken und mich wieder als Sündenbock aufleben lassen sollen.
Geh, Dirk!
Er wirft sich auf den Stuhl neben dem Bett, den Bernhard wohl nicht zurückgestellt hat. Warum auch, dafür gibt es schließlich Putzfrauen. Und Krankenschwestern. Für alles finden die reichen Säcke jemanden, der

es macht. Sogar fürs Bett kann man bezahlen, wenn die eigenen Frauen nicht mehr wollen. Es raschelt. „Hast du die Zeitung gelesen? Steht voll davon. Bernhard und Mira!"
Der will mich verarschen. Der macht sich über mich lustig, mehr nicht. Ich und Zeitung lesen? Ihm ist es doch furzegal, ob die Mira oder Bernhard verdächtigen. Hauptsache, er kann seinen schönen, sauberen Hals aus der Schlinge ziehen.
Lass mich alleine! Ich bin heute wütend, furchtbar wütend sogar!
Aber er geht nicht. Er redet und redet. Über Bernhard und was für ein netter Kerl er mal gewesen ist und über Mira, die er nie hat ausstehen können. Er redet über seine Arbeit und sogar übers Wetter. Mein Gott, er sitzt hier und lädt seinen Schutt bei mir ab, als sei ich eine Psychiaterin.
Wo ist eigentlich die Matrone?
„So, jetzt muss ich aber los!"
Wunderbar! Der erste sinnvolle Satz, der deinen Mund verlässt!
„Ich soll dir noch schöne Grüße von meinem Vater bestellen."
N E I N !
„Er möchte dich gerne einmal besuchen kommen!"
Das wagt er nicht.
„Vielleicht bringe ich ihn das nächste Mal mit!"

Ich schwöre dir, wenn du das tust, dann komme ich zurück. Und dann werdet ihr beiden euer blaues Wunder erleben!

Auszug aus der
Chronologie des Falles Fischer

Münster, Montag, d. 31. Januar 2011, 20.00 Uhr

Vor der Haustür der Familie Kaiser herrscht Ausnahmezustand. Nachdem Dirk Fischer gegenüber der Presse berichtet hat, dass seine Frau nach der für sie positiv ausgegangenen Gerichtsverhandlung des Öfteren von Frau Kaiser aufgesucht und bedroht worden sei, hat sich die Presse vor der Haustür der Kaisers positioniert. „Mira hat gedroht, unseren Sohn Lukas ebenfalls sterben zu lassen. Einmal hat sie meine Frau im Supermarkt attackiert und gedroht, sie würde Lukas in einem vollen Eimer mit Wasser ertränken."
Und ja, sagte er weiter, er könne sich gut vorstellen, dass Frau Kaiser, die psychisch schwer gestört sei, seinen Sohn umgebracht habe.
Bernhard und Mira Kaiser wurden heute Morgen auf der Wache dazu verhört. Laut Zeugenaussage haben sie das Polizeigebäude nach drei Stunden jedoch wie-

der verlassen. Das bestätigt die Sonderkommission Fischer auf Nachfrage. Es habe sich nur um eine gewöhnliche Zeugenaussage gehandelt, gibt Kai Rossmann bekannt.
Näheres dazu behält sich die SOKO Fischer vor.

Fünf

„Guten Morgen, Frau Fischer!"
Guten Morgen, guten Morgen, guten Morgen, guten Morgen!
Der fröhliche Doktor Klein. Trotz seines Namens stelle ich ihn mir groß vor. Er wird seinem Namen sicherlich keine Ehre machen. Bei der Visite spricht er nett mit den Schwestern. Seine Stimme hört sich dunkel und murmelnd an, wie in der Kirche im Gebet. Manchmal interessiert es mich einen Dreck, was er erzählt. Mitunter muss ich aber auch richtig Acht geben auf das, was er sagt. Wenn er ärgerlich wird, weil eine Schwester bei mir etwas zu tun vergessen hat, oder wenn mein Herz anfängt, so schnell zu hämmern, wie Jan Ullrichs` Beine bei der Tour de France in die Pedale getreten haben, dann wird die Stimme richtig imposant. Dieser Bass kann unmöglich aus dem Mund eines Knirpses stammen. Groß, stark und lustig. Muss er jedenfalls sein, denn sobald er im Zimmer ist und etwas sagt, kichert mindestens eine Schwester.
Ach, Ariane, manchmal bist du echt blöd und naiv. Er wird schön sein. Überaus attraktiv. Wie immer. Jedes weibliche Wesen lässt sich von seinem guten Aussehen umgarnen und kichert über jeden noch so kleinen

Witz, um ihm scharmant zu verstehen zu geben, was er doch für ein toller Hecht ist. Vielleicht sollte ich mal wirklich zuhören, ob sein Witz überhaupt witzig ist.
„Frau Fischer, ich habe Ihnen jemanden mitgebracht!"
Ach, Doktorchen, das lassen wir doch lieber! Es gibt nicht einen Menschen, über den ich mich freuen würde!
„Das ist Polizeioberkommissar Kai Rossmann. Herr Rossmann leitet die SOKO, die Ihren Fall bearbeitet!"
„Guten Morgen, Frau Fischer!"
Die Stimme ist nett. Und selbstsicher, obwohl ich davon nichts hören möchte. Nichts, wirklich gar nichts.
Wenn ich ehrlich bin – und das bin ich mir selbst gegenüber, wie gesagt, äußerst selten –, dann habe ich die Polizei schon lange an meinem Bett erwartet.
„Darf ich mich einen Moment mit Ihnen unterhalten?"
Bitte, setzen Sie sich. Der Stuhl steht hinten rechts. Schieben Sie ihn nah zu mir heran und freuen Sie sich auf eine äußerst interessante Konversation!
Immer das Gleiche. Der Stuhl scharrt in meine Richtung, kommt aber von links. Manchmal muss ich wirklich tief schlafen, weil ich Dinge nicht mitbekomme. Ich bin mir sicher, die Schwester hat den Stuhl gestern Abend nach rechts geschoben.
Das macht mir Angst. Außerdem will ich diesen Polizisten an meiner Seite nicht.
Bitte geh!

„Frau Fischer?"
NEIN! Nein, nein, nein, nein.
Wenn ich könnte, würde ich mir die Ohren zuhalten. Dirk wollte mir einmal eine Backpfeife geben. Weil ich meinen Kopf schnell aus der Schusslinie bringen wollte, hat seine flache Hand hart mein rechtes Ohr getroffen. Einen Moment lang bin ich orientierungslos durchs Zimmer getaumelt, bis ich feststellte, dass ich auf diesem Ohr außer einem Rauschen nichts mehr wahrnahm. Herrlich wäre das jetzt! Ich will nicht hören, was er mir jetzt zu sagen hat. Er wird mir nichts Neues erzählen, nichts, was ich nicht schon weiß.
Außerdem wird er versuchen, mich zu locken, und mich bitten, doch irgendetwas zu erzählen. Die kommen nicht weiter. Schon klar. Diese extra eingerichtete Sonderkommission Fischer – den Namen weiß ich aus dem Radio – ist noch kein Schritt weiter als zu Anfang. Pech gehabt, Jungs!
„Wie geht es Ihnen?"
Ach, Kerlchen, hör auf mit dem Quatsch!
„Ich weiß, dass Sie mir nicht antworten können, aber vielleicht können Sie mir ein Zeichen geben, wenn Sie mich verstehen?"
In welchem Kitschfilm hast du denn das gesehen?
Ich merke, wie Rossmanns Selbstsicherheit mit großer Geschwindigkeit in den Keller rutscht. Aber es ist ein Unterschied, ob man vor seinem Team seinen Mann

stehen muss oder neben einem ins Bett scheißenden Wrack sitzt und einem als Antwort nur Luftblasen entgegenkommen. Rossmännchen, ich würde dich von deinem Elend befreien, wenn ich nur wüsste, wie.
„Frau Fischer, haben Sie gesehen, wer Ihrem Sohn das angetan hat?"
R A U S !
Geh, Rossmann! Nimm den Schönling an der Hand und verlasst beide mein Zimmer. Augenblicklich. Tatsächlich. Ich höre, wie er aufsteht und den Stuhl anstandshalber zurückschiebt. Nach links, das muss ich mir merken.
„Frau Fischer, ich verspreche Ihnen, ich werde alles in meiner Macht Stehende unternehmen, dass wir den Mörder Ihres Sohnes finden und denjenigen, der Ihnen das angetan hat!"
Ich bin mir sicher, er tätschelt meine Hand, drückt aufmunternd meine Schulter und ringt sich ein ungesehenes Lächeln ab.
Plötzlich tut er mir leid. Er wird mächtig unter Strom stehen, nächtelang wachliegen und sich immer fragen, was er vergessen oder übersehen hat. Ich bin mir sicher, dass er ein Polizist ist, der seine Aufgabe hundertprozentig ernst nimmt. Besonders, wenn es um ein Kind geht.
Lukas!

Rossmann und ich, wir stehen an der gleichen Stelle. Wir kommen beide keinen Schritt weiter. Du möchtest den Fall lösen, ich möchte sterben. Du hast Angst, dass einem weiteren Kind so etwas passieren könnte, ohne dass du eingreifen kannst. Du bürgst für die Sicherheit aller anderen Kinder. Und ich? Bei mir geht es auch um Kinder.
Verdammt noch mal, lasst mich zu Lukas! Und zu Fiona!
„Ich wünsche Ihnen alles Gute. Wer weiß, vielleicht komme ich ja noch einmal wieder und wir können uns unterhalten?" Er lacht. Meine Seele lacht einen Moment lang mit. Das hat er so schön gesagt!
Er verlässt mit Doktor Klein das Zimmer. Die Tür wird geschlossen, Sekunden später aber schon wieder geöffnet.
„Guten Morgen, Frau Fischer. Ich bin es, Schwester Sylvia. Ich wollte... Ach. Jetzt habe ich etwas vergessen. Einen Moment, ich komme sofort wieder." Sie geht raus, lässt die Tür aber offen, und ich kann die Stimmen von Rossmann und Klein hören, die sich gedämpft unterhalten.
„Unter einem Koma ist in erster Linie eine Bewusstseinsstörung zu verstehen. Umgekehrt kann aber nicht jede Bewusstseinsstörung als Koma bezeichnet werden, denn den Begriff Koma verwenden wir erst ab einer gewissen Schwere."

„Und wie sieht es da bei Frau Fischer aus?"
„Ja, es ist schon so, dass Frau Fischer sich in einem Zustand befindet, aus dem sie nicht erweckt werden kann. Oder will!"
„Oder will?"
„Ja, wir sind uns dabei nicht ganz sicher. Laut CT, also laut Computertomographie und EEG, bei der Messung der elektrischen Hirnströme, zeigt Frau Fischer keinerlei Hirnschäden. Was allerdings bei Komapatienten auch schon mal vorkommt."
„Und wie muss ich mir das jetzt vorstellen? Ich meine, als Laie. Wie würden Sie den Zustand von Frau Fischer bezeichnen?"
Das würde ich jetzt auch mal gerne wissen!
„Also, wir sind uns da nicht so ganz einig. Die einen sagen, sie sei in einem Wachkoma, die anderen sind davon überzeugt, dass Frau Fischer sich in einem akuten, anhaltenden Schockzustand befindet, mit einhergehender, sehr starker Depression."
„Kann ein Mensch so depressiv sein, das er sich nicht mehr bewegt? Nicht mehr…"
„Herr Rossmann, bei der Depression gibt es eine sehr große Auswirkungsspanne. Manche Patienten sind nur leicht eingeschränkt, viele funktionieren im täglichen Leben sogar hervorragend und fühlen sich nur innerlich schlecht. Dann gibt es aber auch Patienten, bei denen der Zustand sehr schlimm ist. Viele Depres-

sionszustände gehen einher mit sozialem Rückzug, verlangsamter motorischer Reaktion, blassem Aussehen, reduzierter Mimik und Vernachlässigung der Hygiene. Die Patienten gehen nicht mehr arbeiten und nehmen auch sonst nicht mehr am Leben teil. Wenn Sie durch die Halle einer Psychiatrie gehen, dann werden Sie Menschen begegnen, die blicken so starr und sind in den Reaktionen so verlangsamt, dass Sie annehmen, sie seien mit Psychopharmaka vollgepumpt. Aber das muss nicht unbedingt so sein."

„Also könnte das auch bei Frau Fischer zutreffen?"

„Nein, das können wir ausschließen. Um, sagen wir mal, nur eine Depression kann es sich nicht handeln. Frau Fischer hat keinerlei Schmerzempfinden. Wenn ihr von außen Reize zugefügt werden, zuckt sie nicht einmal mit der Wimper."

„So, so!"

„Neben allen therapeutischen Maßnahmen, die wir durchführen können, haben wir auch eine Psychiaterin hinzugezogen, die auf Traumpatienten spezialisiert ist."

„Und was sagt sie?"

In diesem Moment wird ein Wagen, sicher der Essenswagen, über den Flur geschoben, und die Stimmen gehen in seinem Scheppern unter.

„Sebastian, komm, hilf bitte mit, das Essen auszuteilen!", schreit eine Schwester über den Flur. Jetzt ver-

stehe ich die Sätze nur noch als einzelne Worte, die durch Klappern unterbrochen werden, und muss mir den Rest selbst zusammenreimen.
Der Arzt sagt etwas in der Art, dass die Psychiaterin sich diesbezüglich auch noch nicht ganz festlegen will und erst noch weitere Stunden mit mir verbringen muss. Der Essenswagen wird weitergerollt und das Klappern ebbt allmählich ab. Jetzt kann ich die Stimmen wieder besser verstehen. Im Moment reden sie über den Unfall mit Sven.
Das möchte ich gar nicht hören. Eigentlich möchte ich überhaupt nichts hören.
Lasst mich doch endlich sterben!
Mama?
Mama?
Warum gibst du mir keine Antwort?
„Wir haben die Eltern des Jungen verhört und überprüfen derzeit die Alibis. Das Ganze ist ja schon über sechs Jahre her. Wenn es wirklich ein Racheakt war, warum dann gerade jetzt? Frau Kaiser hat zwar Frau Fischer nach der Verhandlung oft gedroht, ihren Sohn umzubringen, aber ich glaube das Ganze hat aufgehört, nachdem Herr Kaiser seine Frau in die Psychiatrie eingeliefert hat."
„Wann war das?"
„Schon vor über vier Jahren. Herr Kaiser ist mit seiner Frau einfach mit einem gepackten Koffer in die Zentra-

le der Psychiatrie gekommen und meinte, jetzt müssten sie sich um sie kümmern, er könne nicht mehr. Er habe sich seit dem Tod des Sohnes ständig um seine Frau kümmern müssen und selber noch keinen Moment Zeit gehabt, um sein eigenes Kind zu trauern. Danach ist er einfach verschwunden. Frau Kaiser hat fast ein Jahr in der Psychiatrie verbracht. Ich habe mit der zuständigen Ärztin gesprochen. Frau Doktor Klassner traut ihrer ehemaligen Patientin eine solche Tat jedoch nicht zu."
„Frau Doktor Klassner?"
„Ja. Kennen Sie sie?"
„Ja. Frau Doktor Klassner ist die Psychiaterin, die wir bei Frau Fischer hinzugezogen haben!"
Das stimmt nicht. Sie heißt Müller.
„Na, wenn das mal kein Zufall ist. Davon hat sie mir gar nichts gesagt!"
„Sicher wegen der Schweigepflicht."
Müller! Nicht Klassner!
Draußen wird es wieder laut. Der Essenswagen wird den langen Flur entlang zurückgerollt.
Verdammt, schließt die Tür! Ich habe genug gehört.
Vielleicht heißt sie doch Klassner. Nur für mich heißt sie Müller, weil sie mit jemandem unter einer Decke steckt. Mein Herz fängt wieder an zu trommeln. Ich kann spüren, wie mein Puls im Hals pluppert. Was geht hier vor? Ich habe keine Angst vor dem Tod, nur

davor, dass jemand es doch noch schafft, mich wieder ins Hier und Jetzt zu befördern. Hinter der ganzen Scheiße steckt bestimmt Bernhard. Erst war sie die Psychiaterin seiner Frau, jetzt ist sie meine. Die beiden haben was zusammen. Nicht Dirk und die Matrone, sondern Bernhard und der Mops. Ich könnte mir Dirk auch nicht recht mit einer so schwergewichtigen Person an seiner Seite vorstellen.

„Wir können nicht ausschließen, dass es sich nicht vielleicht doch um ein Sexualverbrechen handelt. An dem Kind oder an der Frau. Der Täter könnte zum Beispiel gestört worden sein."

„Aber der Junge, der wurde doch erwürgt und im Zaun stehend festgebunden. Spricht das nicht eher dagegen?"

„O nein, keinesfalls. Für einen Sexualstraftäter kann es sehr stimulierend sein, wenn er zum Beispiel die Mutter vergewaltigt und das Kind zuschauen muss. In diesem Fall hätte er das Kind aber schon vorher erwürgt, damit es nicht schreien kann. Damit es ihn in seiner, sagen wir mal, Zeremonie nicht stören kann."

„Meine Güte, das ist ja vielleicht krank!"

Das meine ich aber auch!

Und ihr seid auf dem Holzweg.

An mir wollte sich keiner vergreifen!

M a m a!

Mein Herz rast weiter. Der Monitor piept gar nicht! Das tut er doch sonst immer, wenn mein Puls so rast. Was ist hier los?

„Wie steht es eigentlich mit dem Ehemann? Er kommt seine Frau manchmal besuchen. Zuerst hieß es, wir dürften ihn nicht zu ihr lassen, weil Frau Fischer eine Verfügung besitzt, dass ihr Mann sich ihr bis auf zweihundert Meter nicht nähern darf."

„Das ist richtig, und die gilt auch immer noch. Es wäre nett, wenn Sie mit dem Personal sprechen und ihnen sagen würden, sie sollen mich anrufen, sobald Herr Fischer hier auftaucht. Versuchen Sie aber auf keinen Fall, Herrn Fischer allein rauszuschmeißen. Der Mann ist nicht ohne!"

„Verstehe. Ich werde mit dem Pflegepersonal sprechen. Wie weit ging denn die häusliche Gewalt gegenüber der Frau und vor allen Dingen gegenüber dem Kind? Auf dem Röntgenbild von Frau Fischer sind einige mehr schlecht als recht verheilte Knochenbrüche zu sehen. Und dann diese dicke, vernarbte Innenfläche ihrer Hand. Ich bin mir sicher, dass die Frau nur selten fachgerecht versorgt wurde."

„Das glaube ich gerne, ist ja meistens in diesen Fällen so. Laut Obduktionsbericht weist das Kind jedoch keinerlei Schäden wie alte Knochenbrüche oder Narben auf. Ob und wie oft es geschlagen worden ist oder wel-

che seelischen Schäden es davongetragen hat, kann unsere Rechtsmedizinerin allerdings nicht sagen."
„Schlimm, schlimm!"
Schlimmer! Und, weiß Gott, jetzt will ich nichts mehr davon hören.
„Frau Fischer hat auf dem Rücken eine fachlich gut vernähte, ungefähr sechs Zentimeter große Narbe. Steht vielleicht in Ihren Unterlagen, wo die herrührt?"
Tür zu!
„Nein, davon weiß ich auch nichts. Frau Fischer hat ihren Mann ja auch erst angezeigt, als sie mit ihrem Sohn in das Mutter-Kind-Heim geflüchtet ist. Vorher hat sie sich nie an die Polizei gewandt. Zudem hat sie nach Aushändigung der Verfügung, die Herrn Fischer verbietet, sich ihr und dem Kind zu nähern, die Anzeige wieder zurückgezogen. Um das Kindeswohl zu schützen, wurde die Verfügung jedoch aufrechterhalten!"
„Mann, was es alles gibt! Das ist wirklich unvorstellbar!"
Lasst mich sterben, lasst mich zu meinen Kindern.
Und zu Sven, ich muss dringend mit ihm reden!
Verdammt, tut das weh!
Bitte, jemand soll mir helfen und mir diesen Schmerz nehmen.

Die Stimmen von Rossmann und Klein werden jäh abgeschnitten, als die Tür geschlossen wird. Der Schmerz ist unbeschreiblich.
„So, da bin ich wieder. Entschuldigen Sie, dass es so lange gedauert hat!"
…wirklich lange gedauert…
„Meine Güte, Frau Fischer! Sie sind ja in Schweiß gebadet. Haben Sie etwa Fieber? Und Ihr EKG ist auch nicht angeschlossen. Wer hat denn das gemacht?"
Bitte, bitte, liebe Schwester, ich nenn Sie auch wieder liebe Schwestern, wenn Sie mir nur bitte, bitte dieses höllische, schmerzhafte Ding aus meinem Rücken entfernen!
Es fängt herzzerreißend an zu piepen. Die Tür geht wieder auf und ich höre Doktor Klein: „Was ist hier los? Entschuldigen Sie, Herr Rossmann, ich muss mich um meine Patientin kümmern!"

Fast hätte ich es geschafft. Ich bin mir ganz sicher. Ich war knapp davor, diese Scheißwelt zu verlassen. Ich hätte auch Mutter übersprungen. Ja, ich bin mir sogar ziemlich sicher, auch das hätte ich geschafft. Aber Doktor Klein musste ja genau vor der Tür stehen. Jetzt sind meine Chancen, einfach mal eben so abzukratzen, noch weiter gesunken. Auf null, sozusagen. Sie haben mich auf die Intensivstation verlegt. Hier ist es nie ruhig.

Und was noch viel schlimmer ist, jeder Moment wird genauestens überwacht und dokumentiert. Meine Urinmenge wird sogar schriftlich festgehalten. Als ob das relevant wäre. Wofür?
Verdammter Mist.
Vorher war ich auf einer Überwachungsstation. Da war es nicht ganz so
kompliziert. Die Intensivstation ist natürlich ein Vorteil, wenn man
neugierig ist und alles ganz genau erfahren möchte. Ich aber habe ein
anderes Ziel.
Meinetwegen können Sie mich in den Keller schieben, in die hinterste
Ecke, wo sich die nächsten zwei Wochen keiner sehen lässt.
Lasst mich doch einfach sterben!
Und in Wirklichkeit bin ich ein waschechter Feigling. Schlimm. Sobald die Schmerzen kommen, fängt mein Herz an zu rasen und ich verrate mich immer wieder aufs Neue. So, liebe Ariane, wird das aber nichts mit deinem heißersehnten Ableben!
Feigling!
Ich lasse mein Handeln durch Angst und Furcht bestimmen. Wie schon immer. Mein ganzes Leben lang bin ich schon ein richtiger, echter, elender Feigling. Schlimmer als Dirk.

Und wirklich, Bernhard hat Recht. Ich suche immer die Schuld bei anderen. Das ist auch so eine Feigheit von mir. Ganz sicher.
Wie William Shakespeare schon sagte: < Der Feige stirbt schon vielmal, eh er stirbt. Die Tapferen kosten einmal nur den Tod. >
Wie wahr, wie wahr.
Wenn man feige ist, dann fehlt einem der Mut. Und wenn mir der Mut fehlt, dann weiche ich auch den Konsequenzen meines Handelns aus. Ich habe es lange Zeit mit Dirk ausgehalten. Aber vom ersten Augenblick an habe ich gewusst, dass das einzig Wahre sein würde, ihn zu verlassen. Früher hat mich einmal einer meiner Mitschüler Memme genannt. Er stand vor mir, sah mich an und wagte es, mir das einfach so ins Gesicht zu sagen. Memme! Ein Ersatzwort für Feigling! Geschockt davon, dass ein fast zehn Zentimeter kleinerer Knirps mit einem einzigen Wort meinen Zustand preisgab, den ich hinter einer Portion Aggressivität hatte verstecken wollen.
Damals war ich neun. Wie Lukas heute.
Mein Lukas!
Und Fiona wäre schon sechs.
Mein Sternenkind!
Sicher wären ihre langen blonden Haare schon bis zum Po gewachsen. Ich könnte ihr schöne Frisuren machen, wie einen Pferdeschwanz oder Bauernzöpfe. Ja, darin

war ich immer gut. Die habe ich sogar in mein eigenes Haar gezaubert, obwohl ich mich immer ganz schön dabei verrenken musste. Ich würde ihr kleine, rosa Spangen ins Haar knipsen, die aussehen wie Schmetterlinge oder wie kleine Blümchen. Ja, das alles würde ich gerne machen. Und ihr Kleidchen anziehen, die rosaner nicht sein könnten, mit Seidenblümchen, und dazu feine Ballerinaschühchen. Sie würde aussehen wie eine kleine, süße Prinzessin.
Mein Sternenmäuschen!
Mein Herz wird bleiern schwer, wenn ich an das denke, was ich nie habe erleben dürfen.
Die Müdigkeit holt mich ein, wie ein Netz, das einen wunderschönen Schmetterling einfangen will. Ich schlafe ein und mein letzter Gedanke ist, dass ich genau weiß, dass auch mein Schlaf genau dokumentiert wird. Irgendetwas stimmt bei mir nicht!

Auszug aus der
Chronologie des Falles Fischer

Münster, Donnerstag, 03. Februar 2011, 12.00 Uhr

Die Polizei Münster muss vor der Tür der Familie Kaiser erscheinen. Nachdem Frau Kaiser, nur mit einem

Nachthemd bekleidet, auf nackten Füßen und mit einem scharfen Messer in der Hand, auf die Pressemeute losgegangen ist, hat ein Nachbar die Polizei alarmiert. Frau Kaiser beschimpfte die Journalisten als Aasgeier und schweinisches Pack. Jetzt, wo ihr größter Wunsch in Erfüllung gegangen sei, sollten alle sie in Ruhe lassen, damit sie ihr Glück genießen könne.

Ein Journalist konnte der Frau das gefährliche Messer entwenden, sie jedoch nicht beruhigen. Die eintreffende Polizei alarmierte deshalb zusätzlich einen Rettungsdienst, der die psychisch labile Frau ins Krankenhaus brachte.

Sechs

„Ach, Mäuschen, es tut mir so leid!"
Meine Mutter tritt an mein Bett, nimmt mich in den Arm und streichelt über mein langes, blondes Haar, das in der Sonne glänzt wie ein Weizenfeld.
„Mir auch!", schluchze ich in ihrem Arm und lege meinen Kopf auf ihre füllige Schulter.
Ich muss mich in einem Traum befinden, denn meine Mutter lebt nicht mehr, und ich kann nicht sprechen. Geschweige denn, dass ich es schaffen würde, meinen Kopf irgendwohin zu legen.
Es geht um Fiona. Ganz klar. Ich merke es daran, dass ich unfähig bin, mit dem Weinen aufzuhören. Ich kann nicht. Es muss raus. Endlich darf ich trauern und weinen und muss mir keinen Quatsch mehr anhören wie: „Ach, Frau Fischer, Sie können noch so viele Kinder bekommen!" Das mag ja durchaus sein. Ich wollte aber dieses Kind und kein anderes. Auch wenn noch niemand es gesehen hatte, nicht einmal ich, war es meins. Mein Herz ist schwer und scheint sich vergrößert zu haben, drückt auf meine Lunge und nimmt mir den Atem.
„Frau Fischer, eine Fehlgeburt zu haben, das heißt nicht, dass Sie kein Kind mehr bekommen können. Ich

rate Ihnen, machen Sie eine dreimonatige Pause und dann versuchen Sie es noch einmal!"
Kotzbrocken!
Was bildet der Arzt sich eigentlich ein? Und nicht nur der. Alle tun so, als sei meine kleine Fiona ein Stück Fleischwurst gewesen, die ich aus meiner Pelle gedrückt und für nicht gut befunden hätte, und als ob ich jetzt auf etwas Besseres warten sollte.
Ihr Schweine habt doch alle keine Ahnung!
Die Hoffnung auf mein Kind ist jäh zusammengebrochen.
Es tut so weh. So unsagbar weh. Meine Mutter versteht mich. Sie weint mit. „Hast du dich auch so auf die Kleine gefreut?", frage ich und nestle an meiner Handtasche herum.
„O ja, sehr!", sagt sie und schnäuzt ins Taschentuch.
„Bist du denn sicher, dass es ein Mädchen geworden wäre?"
Endlich habe ich gefunden, was ich suche, und muss bei seinem Anblick wieder laut aufschluchzen.
„Hier ist sie!", heule ich und halte meiner Mutter ein Foto unter die Nase. Ich sehe, wie sich ihre Augen unter Schock weiten.
Fionas Anblick ist aber auch wirklich erschreckend.
„Du hast sie fotografiert?"

Wieder heule ich. „Mama, das ist das Einzige, was mir von ihr bleibt. Ich habe Angst, dass meine Erinnerung an sie irgendwann verblassen könnte!"
„Aber Kind, ich mache dir doch keinen Vorwurf. Ich habe bloß nicht damit gerechnet."
Ich heule wieder, jetzt noch lauter, weil mich endlich jemand wirklich versteht. Dirk ist vor dem Klinikpfarrer beim Anblick meiner Kamera fast hysterisch geworden. Der Klinikpfarrer half mir aber mit überzeugenden Argumenten aus der Misere und ich durfte weiterfotografieren. Fiona hatte nicht einmal etwas an. Ich deckte sie mit meinem Seidenschal zu und bestand darauf, dass sie den behalten und zugedeckt bleiben müsse. Die Schwester machte alles, was ich wollte, und nickte mir zustimmend zu. Ich bin mir nicht sicher, ob Fiona den Schal auch noch nach Verlassen des Zimmers über sich behalten hat. In dem Moment, als sie in der kalten, sterilen Nierenschale aus dem Raum getragen wurde, überkam mich diese niederschmetternde Einsamkeit, die bis heute geblieben ist. Ich hatte mir ein langes, schönes Leben mit ihr vorgestellt und nicht nur zwei tote Stunden.
Danach durfte ich mit ein paar Anweisungen das Krankenhaus verlassen. Die nächsten vier bis sechs Wochen kein Geschlechtsverkehr, kein Vollbad, keine Tampons und der Rat, bis zur nächsten Schwangerschaft mindestens zwei bis drei Monate vergehen zu

lassen. Ich fühlte mich leer und ausgehöhlt, als Dirk mich durch die Krankenhauslounge zum Auto bugsierte. Lukas war zu diesem Zeitpunkt bei Dirks Mutter, und ich hatte mich nicht einmal nach seinem Befinden erkundigt. Es fiel mir schon schwer genug, einen Fuß vor den anderen zu setzen, und ich hätte nicht gewusst, wie ich einen Laut hätte aus meiner Kehle bekommen können. Dirk schwieg ebenfalls. Ich konnte seine Mimik wieder einmal nicht genau deuten, sah aber, dass sie zwischen Trotz und Trauer schwankte, mit einer Portion Wut vermischt, von der er noch nicht wusste, auf wen er sie richten sollte. Auf mich, vermutete ich. Wie immer. Der Übergriff blieb jedoch aus.
Vorerst.
„Du solltest das Bild einrahmen und an die Wand hängen."
„Meinst du?"
„Ja, es ist schön. Man kann schon sehen, dass es ein richtig schönes Mädchen..." Die Stimme meiner Mutter bricht. Sie weint. Ich mit. Bald sind wir von nassen Tempotaschentüchern umgeben.
Das Zimmer sieht aus wie bei einem Teenager im Liebeskummer, nur dass mein Kummer viel, viel schlimmer ist.
Das sage ich auch zu meiner Mutter, die sich ein Lächeln abringt und mir versichert, dass Jugendliche

ihren Liebekummer mindestens in die gleiche Schwarte stecken würden. Ich versuche auch zu lachen. „Wenigstens haben wir noch Lukas!", sagt meine Mutter und tupft mit einem neuen Taschentuch ihre Augen trocken. Aber das ist es ja gerade. Das Schlimme daran. Natürlich bin ich froh, Lukas zu haben, aber gerade darum ist es auch so schmerzhaft. Er zeigt mir all das Schöne, das ich jetzt mit Fiona nicht erleben darf. Ich gestehe meiner Mutter, dass ich seit dem Abort – und der ist jetzt über drei Wochen her –, nicht mehr aus dem Haus gehen kann, ohne beim Anblick einer Schwangeren in Tränen auszubrechen. Selbst Lukas anzuschauen fällt mir unendlich schwer, weil ich immer Fiona vor mir sehe, wie sie vielleicht hätte aussehen können.
„Fiona, unser Sternenkind!", sagt meine Mutter plötzlich.
Mein Gesichtsausdruck muss ein großes Fragezeichen sein.
„Ein Sternenkind ist ein kleines Geschöpf, das sich eine Zwischenstation bei dir ausgesucht und jetzt den Weg zum Himmel gefunden hat." In dem Gespräch mit dem Pastor, der unser Mädchen in einer Massenbeerdigung auf dem extra eingerichteten Sternenfeld des großen Waldfriedhofes beisetzen will, hörte sich die Definition von „Sternenkind" anders an. Die Beerdigung ist kostenlos, fügte er mit Stolz in der Stimme

hinzu und erklärte, dass das Sternenfeld 2002 eingerichtet worden sei und für alle Babys unter fünfhundert Gramm in Frage komme. Fünfhundert Gramm, denke ich und sehe meine Halbliterflasche mit Apfelsaft an, die vor mir auf dem Tisch steht. Die Definition meiner Mutter von „Sternenkind" gefällt mir auf jeden Fall viel besser. Sie hat etwas wie von einem kleinen Vögelchen, das kurz auf meinem Bauch sitzt, mich glücklich macht und dann fröhlich gen Himmel fliegt. Ich schaue nach draußen, durch unsere großen Terrassenfenster, lasse meinen Blick in den Himmel schweifen und wünsche mir nichts sehnlicher, als dass es meinem kleinen Mäuschen gut geht. Wieder ist diese Sehnsucht da, schlägt über mir zusammen und bohrt sich tief in meinen Magen. Ich merke, wie mein Kaffee seinen Rückzug einstellt, und renne ins Bad. Genau in diesem Moment klingelt es an der Tür. Meine Mutter macht auf. Als sie mir hinterherkommt, hält sie ein Päckchen und einen Brief im Arm.

„Geht's wieder?", fragt sie.

„Ja!", lüge ich, weil ich schon heute weiß, dass es nie wieder gehen wird.

„Schau mal, ein Päckchen von deiner lieben Freundin Heidi aus Brüssel! – Sicher zur Aufmunterung!", setzt sie hinzu und legt mir das Päckchen in die Hände. Schon kurz bevor ich es ganz ausgepackt habe, weiß ich, dass ich einen fatalen Fehler begangen habe. Heidi

kann unmöglich von meiner Fehlgeburt wissen. Ich breche schluchzend zusammen, als ich ein rosa Strickjäckchen in der Hand halte.
Ich freu mich riesig auf die Kleine, steht in geschwungenen Buchstaben auf einem Zettelchen, das an einem rosa Knöpfchen in Form eines Schmetterlings befestigt ist.
Heidi, unsere auserwählte Patentante für Fiona.

Ich werde wach. Meine Augen müssten eigentlich noch nass sein, denn mein Herz ist schwer wie Blei. Die Sehnsucht nach meiner Fiona brennt in mir und vermischt sich mit der nach Lukas.
Verdammt, ich muss hier weg!
Füße watscheln über Fliesen, so hört es sich auf jeden Fall an.
„Ha, ha, ha!" Jemand lacht schrill neben meinem Ohr. Ich bin mir sicher, es ist der Teufel, der mich nicht zu meinen Kindern lässt.
Ein eigenständiges Geistwesen, das personifizierte Böse.
Er steht nicht unter der Befehlsgewalt Gottes. Der Satan ist und bleibt eigenständig. Normalerweise befördert er die, die nicht wollen, in den Himmel, aber bei mir macht er es umgekehrt. Vielleicht hat er meine Mutter benutzt, die mich in die irdische Welt zurück-

geschickt hat. Vielleicht saß er in ihr und hat sie gelenkt.
Er ist überall und schleicht sich in jede beliebige Ecke.
Wie das Böse! Und auch er ist böse!
„Genau so hast du es verdient!"
Mira!
„Du blöde Hexe!"
„Was soll das denn? Lassen Sie die Frau los!"
Mira faucht. Aus Leibeskräften. Ich kann sie verstehen. Ich weiß, was sie fühlt und wie sie die letzten sechs Jahre gelitten hat. Lieber Gott, wenn es in diesem Leben einmal wirklich gerecht zugehen soll, dann soll sie das ausführen, was sie jetzt am liebsten tun würde. Und danach lasst sie in Gottes Namen straffrei ausgehen.
Das würde dir so passen!
Mama?
Ich sagte nein und nicht der Teufel!
Das glaube ich nicht. Wieder so eine Sinnestäuschung!
Mira scheint sich mit Händen und Füßen zu wehren. Jemand hat die Alarmglocke betätigt und schnelle Schritte hasten über den Flur in meinen Raum.
„Was ist denn hier los?" – „Ruft den Doktor!" – „Wer ist das überhaupt?" – „Es muss eine Patientin von hier sein, sie trägt eines unserer Krankenhaushemden." Alle rufen wild durcheinander, es klappert, klimpert und scheppert.

„Lasst mich los! Ich bringe euch alle um und die Hexe da als Erste!"

„So, junge Frau, jetzt beruhigen Sie sich erst einmal."

Das ist die Stimme von Doktor Klein. Es folgt jedoch kein albernes Kichern einer Schwester, sondern wieder Geschrei und Gezeter. Etwas fällt mit einem ohrenbetäubenden Knall zu Boden und zerspringt.

„Vorsicht, Glas!" Wieder Doktor Klein.

Wenn Mira sich jetzt eine Glasscherbe schnappen und mir direkt ins Herz stoßen würde, dann könnten wir es schaffen.

Los, Mira, befrei dich und stich zu. Der Boden liegt voll mit tödlichen Waffen!

„Wie kommt die Frau überhaupt hier rein?" Wieder Klein.

Das frage ich mich allerdings auch. Ich kenne Intensivstationen zwar nur aus dem Fernsehen und von dem Szenario mit Sven, aber dort sind sie immer mit Türen gesichert, die man erst passieren kann, wenn einem Einlass gewährt wird.

„Ich bringe die blöde Kuh um! Ich muss das vollenden, was bereits angefangen wurde!", schreit Mira.

Das wäre mir nur recht, doch wird das wieder einmal keiner zulassen. Warum macht sie eigentlich solch einen Aufstand? Und das auch noch im Krankenhausnachthemd? Ob sie sich damit den Zutritt erschlichen hat? Hass macht erfinderisch. Sie hat alles erreicht, was sie wollte. Ich liege hier und kann mich nicht bewegen und mein Kind ist tot.

Was soll der Scheiß?

„Verdammt noch mal, die Schlampe soll endlich sagen, wer Lukas umgebracht hat!"

Daher weht der Wind! Die will nur wissen, wie viel ich weiß!

„So, jetzt ist Schluss mit dem Geschrei! Mir reicht es! Vielleicht haben Sie den Jungen selber umgebracht?"

Es folgt ein Schrei, der meinen Verstand einen Moment lang blockiert. Dann komme ich wieder zu mir. Es klatscht. Sicher hat Mira eine Backpfeife bekommen, denn sie bricht ihren Schrei abrupt ab.

Und ich schwöre euch allen:

Ich habe nicht gesehen, wer Lukas umgebracht hat!

Auszug aus der
Chronologie des Falles Fischer

Münster, Samstag, d. 05. Februar 2011, 17.00 Uhr

Nachdem Mira Kaiser sich unbefugten Zutritt zur Intensivstation des hiesigen Krankenhauses verschafft und versucht hat, Ariane Fischer zu erwürgen, wurde die völlig aufgelöste und scheinbar psychisch kranke

Frau in die geschlossene Anstalt des Alexianerstiftes eingewiesen. Der Polizeisprecher Kai Rossmann schließt nicht mehr aus, das Mira Kaiser vielleicht doch etwas mit dem Tod des kleinen Lukas zu tun haben könnte. „Die Frau muss jedoch erst psychisch stabilisiert werden, damit wir mit den Befragungen beginnen können!", so Rossmann. „Die Untersuchungen im Fall Fischer richten sich jetzt besonders auf die Familie Kaiser."
Ariane Fischer hat bei dem Angriff durch Frau Kaiser großes Glück gehabt, da Schwestern und Ärzte sofort eingreifen konnten.

Verdammt noch mal, könnt ihr nicht mal alle euern Mund halten?
Diese Intensivstation macht mich wahnsinnig. Die Apparate piepen, Leute stöhnen und dazu noch diese Schwestern, die einem immer gut zureden. Ich möchte zu gern einmal erleben, dass eine Schwester ausfallend wird und jemandem Bescheid gibt. Dem Kerl neben mir zum Beispiel. Der Mann spinnt. Zwischen uns ist nur dieser Vorhang, der laufend auf- und zugezogen wird. Der Typ ist eine Nervensäge hoch zehn. „Schwester, können Sie nicht mal...! Passen Sie auf, mein Bein...! Holen Sie mir doch bitte mal...!"

Er sagt zwar bitte und danke, aber sein Tonfall lässt keinen Zweifel daran, dass es sich um Befehle handelt. Und dann diese Angeberei vor seinen Besuchern. Scheußlich! Der Stimme nach geht er mindestens auf die Sechzig zu, aber nach seiner Prahlerei zu schließen, kann er viermal täglich seine Frau vögeln.
Ariane!
Verdammt, ist doch so. Das hält doch kein Menschenverstand aus.
Der hängt am Sauerstoff und japst wie ein Hund, der eine Stunde neben dem Fahrrad hergelaufen ist. Bevor der richtig auf seiner Mama liegt, fällt er wegen Sauerstoffmangel tot um.
Angeber!
Es könnte ihm doch mal eine Schwester den Marsch blasen, oder etwa nicht? Schwester Britta zum Beispiel. Ich glaube, die hat Haare auf den Zähnen, die könnte das! Die sagt aber auch nichts.
Und immer muss ich mir sein Gesülze anhören, tagein, tagaus. Zwei Tage verbringe ich nun schon neben diesem Arsch.
Meine Uhr fehlt mir: tick, tick, tick, tick.
Und die Ruhe, die fehlt mir auch.
Wie soll ich mir hier etwas überlegen?
Neben diesem Raum liegt der Frühstücksraum. Da unsere Tür niemals geschlossen wird, höre ich immer das Geklapper von Tellern und Tassen und das ge-

dämpfte Gemurmel des Personals. Gerade hat jemand in seiner Pause das Radio eingeschaltet und dann den Raum verlassen. Einen Teil der Nachrichten konnte ich verstehen. Sehr interessant. Wenn der Blödian neben mir mal kurz seinen Angebermund gehalten hätte, dann wüsste ich jetzt auch den Rest. Dass Mira mich erwürgen wollte, davon hat mir nämlich keiner was gesagt.
Schweinebande!
Obwohl – was nutzt mir diese Gewissheit?
Natürlich nichts!
Ich kann sie nicht zurückholen und ich kann auch sonst nichts tun.
Aber ich hätte schon gerne gewusst, wo die Hexe abgeblieben ist, das habe ich nämlich nicht verstehen können.
Danke, Herr Nachbar.
Wenigstens weiß ich ja jetzt, dass seine Frau die Rosensträucher im Winter mit alten Leinensäcken bedeckt.
Sehr wichtig!
Die Visite kommt. Auch das noch. Mindestens fünf Menschen, die neben mir stehen und mich analysieren.
„Die Ausscheidung gefällt mir nicht!"
Was kann einem daran nicht gefallen? Pipi ist Pipi, oder etwa nicht?
„Wir haben Blutspuren darin gefunden!"
Hmmmf!

„Das muss überprüft werden. Hat Frau Fischer Fieber?"
„Nein, sechsunddreißig, vier!"
„Gut, gut. Vielleicht eine leichte Blutung durch den Dauerkatheter. Na ja! Das kann auch auf der Sieben B weiter abgeklärt werden. So, Frau Fischer, Sie dürfen heute die Intensivstation wieder verlassen. Eine Schwester wird Sie nachher abholen. Ich wünsche Ihnen alles Gute, aber wir sehen uns ja noch!"
Und tschüss!
Plötzlich überkommt mich eine kleine Glückswelle.
Ich darf meinen Nachbarn gleich hier zurücklassen, juchhu!
Ich benehme mich wie ein kleines, albernes Mädchen, das weiß ich selber, aber so viel Unruhe kann man nicht ertragen. Man wird beschattet, analysiert, paralysiert, von links nach rechts gedreht wie ein Hähnchen im Grill und braucht keine Sekunde Angst vor Einsamkeit zu haben. Das Gehirn aber wird von so vielen Reizen überflutet, dass es streikt. Das vornehme Benehmen versteckt sich. Hier sowieso. Und an mir ist ohnehin nichts mehr schön. Ich wette, meine Haare hängen schon wieder in fettigen Einzelteilen vom Kopf. Ich weiß, wie Kranke aussehen, die sich nicht mehr bewegen können. Haare abstehend, Gesicht schief, Mund schief und Lülle im Mundwinkel.
Schrecklich!

„Guten Morgen, Frau Fischer, ich bin Schwester Elke. Ich wollte Sie gerne mitnehmen auf unsere Station!"
Das ging aber schnell!
Schwester Britta kommt dazu und sagt, dass sie meine Sachen ans Fußende lege. Dann erklärt sie Schwester Elke noch ein paar Dinge, die sie bei mir beachten müsse, und wird prompt von meinem Nachbarn unterbrochen. „Schwester Britta, wo ist denn mein Tee?"
„Ein Moment, den bringe ich Ihnen gleich!"
„Sie haben ihn mir aber schon vor einer halben Stunde versprochen!"
Ich muss hier raus, ganz schnell!
„Das weiß ich, und es tut mir auch leid, aber jetzt muss ich eben Frau Fischer entlassen. Danach kümmere ich mich um Ihren Tee!"
„Ist das eigentlich die Frau Fischer?"
„Jetzt reicht es! Sie warten jetzt, bis ich Ihnen den Tee bringe!"
Die Stimmung im Zimmer schmeckt nach Unbehagen. Aber das stammt nicht von mir. Ich hätte gerne gewusst, ob ich die Frau Fischer bin, aber ich werde es wohl sein. Nachdem Schwester Britta mich verabschiedet und mir für die Zukunft alles Gute gewünscht hat, schiebt Schwester Elke mich durch den Flur. Ich hätte Schwester Britta gerne noch den Rat gegeben, sich nicht von allen alles gefallen zu lassen, aber das kann ich ja nicht. Für mich selbst schreibe ich mir je-

doch tief ins Hirn: Sollte ich noch einmal auf diese Welt kommen, werde ich auf keinen Fall den Beruf der Krankenschwester erlernen. Also merken, Ariane: keinen Schwesternjob und einem Verein beitreten, der sich für die aktive Sterbehilfe einsetzt.

Entweder ist Schwester Elke heute schlecht gelaunt oder sie redet nie viel. Das Bett knallt gegen die Wand, Schwester Elke meckert vor sich hin, und ich nehme Ersteres an. Dann bleiben wir stehen. Metalltüren poltern, ich werde kurz weitergeschoben, dann knallen die Türen wieder zu. Ich bin bestimmt im Aufzug. Schwester Elke sagt noch immer nichts. Etwas surrt.

„Das ist schlecht. Ich kann nicht reden, ich bin im Krankenhaus!"

Was ist denn jetzt schon wieder los?

„Aber weißt du was? Ich habe gerade die Fischer von der Intensiv bekommen. Nein! ... Du weißt schon, die aus der Zeitung! ...

Ja, genau die!"

Also bin ich doch die Fischer. Aber das war mir sowieso klar. Nur weil für mich die Welt auf einen Radius von höchstens zehn Metern geschrumpft ist, steht für den Rest der Menschheit natürlich nicht alles still. Also bin ich die Sensation, die gerade von der schrecklichen Intensivstation zur anderen Station gefahren wird.

„Ich ruf dich später an! Du weißt doch, dass mich keiner mit dem Handy erwischen darf. Okay. Bis dann!"

Wo komme ich eigentlich hin? Sieben B. War ich vorher auch auf der Sieben B? Ich glaub nicht. Da Schwester Elke mich weiter wortlos und mit viel Frust durch die Gänge schiebt, werde ich es auch wohl nicht erfahren. Jedenfalls nicht von ihr.
„Frau Fischer kommt ins Zimmer zweiundsiebzig. Warte, ich helfe dir!" Anscheinend sind wir angekommen.
„Guten Morgen, Frau Fischer. Ich bin Schwester Gerda. So, wir fahren Sie jetzt erst einmal in Ihr Zimmer."
Sehr sympathisch!
Es klappert und klimpert, das kenn ich. So etwas macht mir keine Angst. „Ihre Sachen hänge ich hier in den Schrank rechts."
Das war Schwester Elke.
„Sie sind hier übrigens nicht alleine. Neben Ihnen liegt Frau Feldmann." Wieder Elke.
„Guten Morgen, Frau Fischer."
Oje, die kennt mich auch schon, das wird ja interessant. Ist nur die Frage, ob ich als verwaiste Mutter ihr volles Mitleid bekomme oder ob ich als Kindsmörderin, die nicht auf das ihr anvertraute Kind aufgepasst und dadurch seinen Tod verschuldet hat, bei ihr in Ungnade falle. Ich bin mir sicher, sie verschwindet gleich ins hiesige Restaurant, kauft sich jede Zeitung, in der ein kleiner Artikel über mich steht, und saugt die Worte auf wie eine Küchenrolle Tinte.

Schwester Elke erzählt mir noch, wo das Telefon steht und wo die Toiletten sind. Völlig unnütz. Wenn ich könnte, würde ich grinsen. Schwester Elke scheint ihren Schwesternjob nur auszuführen, wenn jemand in der Nähe ist. Ansonsten interessiert sie sich einen Dreck für irgendwas. Die könnte sehr hilfreich für mich sein. Ein Wochenende mit ihr alleine, und ich könnte über die Wupper springen, ohne dass sie davon etwas mitbekommt.
Es dauert nicht lange, und ich bin alleine im Zimmer.
„Stört es Sie, wenn ich das Radio anmache?"
Nicht ganz alleine!
Aber das stört mich nicht. Warum auch? Vielleicht erfahre ich ja letztendlich doch noch, wo Mira abgeblieben ist. Und außerdem, solange Frau Feldmann nicht auch noch mit ihren Bettgeschichten prahlt, ist mir alles egal. Musik läuft. Ziemlich leise. Sollten gleich die Nachrichten kommen, wird es für mich enorm schwierig werden, etwas davon zu verstehen. Frau Feldmann flüstert mir zu, sie werde einen Moment ins Café gehen, sei aber gleich wieder da.
Ich hoffe, dass sie sich jetzt nicht als mein Anstandswauwau gebärden will, denn dann wird die Situation für mich immer heikler. Seit dem Aufenthalt auf der Intensivstation ist meine Hoffnung auf ein schnelles Ende ohnehin schon stark geschrumpft. Ich glaube, ich bekomme Depressionen. Oder ich habe sie schon. Viel-

leicht hatte ich sie auch schon immer, das kann ich nicht sagen. Ich weiß nur, dass jeder Gedanke bei mir in Melancholie umschlägt und mein Herz bleiern schwer ist. Frau Feldmann hat das Radio ausgeschaltet, bevor sie sich auf die Suche nach Sensationszeilen gemacht hat. Also keine Nachrichten. Die Ruhe, die mich plötzlich umgibt, ist mir schon völlig fremd geworden. Auch wenn ich nur ein paar Tage auf der Intensivstation zugebracht habe, hüllt mich die Stille hier ein wie Watte. Wenn ich mich anstrenge, kann ich draußen auf dem Flur gedämpfte Schritte, Stimmen und andere Aktivitäten hören, aber ich will nicht. Die Watte gefällt mir besser und ich lasse mich in der Stille treiben. Meine Schwermut und Traurigkeit hüllt mich ein wie schwarze Galle. Wenn mich die Traurigkeit schon in meinem jetzigen Zustand so tief ergreifen kann, wie schmerzhaft würde ich sie dann erst erfahren, wenn ich zurückkehre?
Niemals!
Die Tür wird leise geöffnet. Das war aber ein kurzer Ausflug! Vielleicht hat der Kiosk schon zu. Ich habe keine Ahnung, wie spät es ist.
„Hallo, Ariane, mein Schatz!"
Ich möchte auf die Intensiv zurück!
„Wie geht es dir?"
Scheiße!

Er zieht sich einen Stuhl heran und setzt sich laut stöhnend hin.

„Mann, das ist vielleicht kalt draußen. Aber davon bekommst du hier natürlich nichts mit!"

Stille.

Er scheint wütend zu sein. Ich glaube, das Antiaggressionstraining, das ich ihm aufgebrummt habe, hat nichts gebracht. Das war meine Bedingung, wenn ich zu ihm zurückkehren sollte. Aber damals wusste ich schon genau, dass ich den Schritt wieder zurück zu ihm niemals schaffen würde. Nicht nach dem, was zum Schluss vorgefallen war. Der Schmerz in meinem Rücken taucht wieder auf, breitet sich rasend schnell aus und nimmt mir einen Moment lang den Atem. Mir wird schlecht. Hoffentlich sitzt Dirk nicht zu nah bei mir. Wenn mein Erbrochenes auf seinem Anzug landet, dann ist hier der Teufel los. Mir fällt ein, dass er nicht mehr zu mir gelassen werden sollte, und wenn er dann doch auftaucht, sollte das Personal sofort den netten Polizisten anrufen.

Ich bin aber nicht mehr auf der alten Station und habe keine Ahnung, wie gut hier die Übergaben innerhalb der Stationen sind. Ich kann nur hoffen.

„Ich muss mich um die Beerdigung kümmern. Der Leichnam von Lukas ist freigegeben worden. Heute erst."

Jetzt bleibt mein Atem ganz stehen.

Dirk fängt an zu weinen, was auch nicht unaggressiv klingt.
Meine Seele weint mit. Zu mehr bin ich nicht fähig.
Ich will nicht, dass mein Sohn alleine in die kalte Erde hinabgelassen wird. Ich will mit, ich habe ihm versprochen, dass ich ihn nie alleine lasse. Er hat nicht mal einen Seidenschal über seinem dünnen Körper.
Dirk, bitte, das kannst du nicht zulassen.
Warte, bitte.
„Die Vorstellung ist unerträglich, dass der Kleine nicht mehr bei uns sein soll!"
Bitte, Dirk, ich glaube, du verstehst mich.
Ich werde es bald schaffen.
Bitte warte solange, bitte.
„Das Bestattungsunternehmen hat mich gefragt, was sie Lukas anziehen sollen!"
Er weint wieder.
„Sie meinten, man solle das nehmen, was sie am liebsten vorher getragen haben!"
Der Schluchzer, der jetzt folgt, hört sich an wie ein Saugen. Dirk zieht dabei so viel Luft ein, dass mir seine nächsten Worte wie ein Tornado erscheinen, der aus seinem Mund hervorbricht. „Verdammt noch mal, Ariane, ich habe keinen blassen Schimmer, was Lukas gerne anhatte. Ich habe mich vor dem Bestattungsunternehmer völlig lächerlich gemacht mit meinem Gestotter. Völlig lächerlich!"

Meine Güte, Dirk, du bist noch erbärmlicher, als ich je gedacht hätte. Vielleicht warst du dem Mann in diesem Moment das erste Mal sympathisch. Dein Gestotter hat er bestimmt als Traurigkeit und Hilflosigkeit angesehen. Und als nichts anderes.

Ich erinnere mich an die Beerdigung von Fiona. Wir standen mit sechs verwaisten Elternpaaren an der offenen Waldbodenfläche, in die vorher die sechs kleinen hölzernen Kisten mit Asche gelassen worden waren. Die Einzigen, die nicht weinten, waren der Pastor und Dirk. Dirk war vielmehr mit seinen hochpolierten Schuhen beschäftigt, die durch den dreckigen Waldboden den Glanz verloren hatten.

Du bist so erbärmlich!

Auf dem Rückweg vom Friedhof zum Auto schiebt er mich zur Seite. „Hast du dir das Pärchen mal genau angesehen?" Er schnalzt mit der Zunge.

Ich sehe ihn fragend an. Meine Augen brennen und ich muss mich anstrengen, seinem Finger zu folgen. Er zeigt auf ein junges Paar. Der Mann schielt etwas. Er hält sich das Taschentuch vor die Nase und schnäuzt laut. „Kein Wunder, dass das Kind tot ist! Das ist doch Inzucht!"

„Wieso Inzucht?"

Ich weiß nicht, was schielende Augen mit der Paarung von Verwandten untereinander zu tun haben sollen. Ich verstehe es wirklich nicht, bekomme aber keine

Antwort. Er lässt mich mit meinem Unwissen stehen und geht zum Auto. Dort angekommen, holt er einen Lappen aus dem Kofferraum und poliert seine Schuhe. Ich kann sehen, wie Friedhofswärter Erde in die Grube werfen, um die wir gerade gestanden haben, und blicke Dirk böse an. Keine zwanzig Meter von seiner toten Tochter entfernt poliert der Mistkerl seine Schuhe. Ich hoffe, dass Fiona da oben im Himmel gerade anderweitig beschäftigt ist und nicht sieht, was ihr missratener Vater da macht.
„Ich dachte, du bist so hochkatholisch!", schreie ich. Dirk schubst mich rücklings ins Auto und ich taumle auf meinen hohen Absätzen hinein. Bevor ich richtig sitze, gibt der Porsche Vollgas und wir brausen um die nächste Ecke. Dirk hält an. Um mich herum sehe ich nur Bäume. Dann etwas Helles, das mich hart im Gesicht erwischt. Ich brauche einen Moment, bis ich verstehe, dass Dirks Faust in meinem Gesicht gelandet ist. Erst jetzt fängt die Stelle an zu brennen. Er reibt an meinem Kleid, und ich versuche meine kühlende Hand auf meine schmerzende Wange zu legen. Plötzlich liegt er auf mir, schiebt mein Kleid hoch und dringt hart in mich ein. „So, ich glaube, die Zeit der Abstinenz ist jetzt um. Ich schwöre dir, dieses Mal behältst du das Kind, dafür werde ich sorgen!" Ich versuche, meinen Verstand auszuschalten, wie so oft, aber es klappt nicht. Mein Magen dreht und dreht sich. Ich habe

Angst, mich zu übergeben, und fange an zu zählen. Ich habe erst die Zahl vierundzwanzig erreicht, als er wie ein Stier über mich zusammenbricht. Dann richtet er sich auf, dreht mein Kleid zu einer Wurst und zerrt daran herum.
„Ich schwöre dir, ich werde herausfinden, aus welchem Grund du unser Kind verloren hast! Und wehe, du hast es extra gemacht!"
Am liebsten möchte ich ihn daran erinnern, dass Fiona schon gentechnisch untersucht wurde und wir das Ergebnis bald erhalten werden, aber ich halte lieber den Mund. Ich möchte gar nicht wissen, was bei der Untersuchung herausgekommen ist. Fiona ist und bleibt fort, kein Ergebnis wird daran etwas ändern, und ich werde auch nie wieder ein Kind bekommen. Den Zahn kann er sich ziehen lassen. Wenn er wüsste, dass ich seit der letzten Periode die Pille nehme, würde er mich sicher totschlagen. Zum ersten Mal seit Fionas Ableben steigt so etwas wie ein Glücksgefühl in mir hoch. Ich fabriziere etwas gegen Dirks Willen und fühle mich gut dabei.
„Warum grinst du?"
„Ich grinse nicht, meine Wange brennt immer noch!"
„Dann stell nicht immer so niedere Äußerungen in den Raum!"

Dazu möchte ich gerne etwas sagen, bin aber froh, dass er mir die Lüge abgenommen hat, und starre aus dem Fenster.

Er wird nicht einmal daran zweifeln, dass ich ihn angelogen habe. Ich habe gerade mein Mädchen begraben, bin geschlagen und von meinem eigenen Mann vergewaltigt und bedroht worden. Wer würde da schon grinsen? Ich denke an das Gespräch mit dem Mitarbeiter des humangenetischen Labors, der uns in einer Sprechstunde erklärt, warum ich einen Abort gehabt haben könnte. Erbkrankheiten in der Familie, Neigung zu Fehlgeburten, Unfruchtbarkeit, obwohl er diesen Aspekt sofort wieder verwirft. „Sie haben ja schon zusammen ein Kind!" Ehe zwischen Verwandten, zum Beispiel zwischen Cousin und Cousine. Mir fällt das Pärchen vom Friedhof wieder ein. Ich verstehe immer noch nicht, was Dirk gemeint hat. Das Letzte, an das ich mich erinnere, war die fruchtschädigende Wirkung von Tabletten oder radioaktiven Strahlen etc. Dabei heimse ich einen bitterbösen Blick von Dirk ein. Aber das alles soll erst geklärt werden, wenn wir bei Fionas Untersuchung keine Gewissheit bekommen. Ich möchte davon trotzdem nichts wissen.

Dirk bugsiert den Wagen ein kurzes Stück über die Autobahn und fährt den Rest der Strecke über einen Feldweg. Er erzählt mir etwas von wunderschön gewachsenen Blumen und Büschen, von Vogelarten, die ich doch nicht kenne, und vom Wetter. Zum ersten Mal spüre ich die Hitze und fühle, wie mein Kleid mit dem Ledersitz verschmilzt. Als wir zu Hause ankommen, muss ich mich förmlich aus dem Sitz schälen und tapse auf wackeligen Beinen ins Haus. Dirk kommt mit einem Brief hinter mir her. „Hier, vom humangenetischen Labor Düsseldorf. Dann wollen wir mal sehen." Er reißt den Brief auf und überfliegt mit den Augen den Text. Am liebsten würde ich mir das nasse Kleid vom Leib reißen und mich stundenlang unter die Dusche stellen. Aber ich mache das, was Dirk von mir erwartet, und schaue ihn fragend an. Er scheint den Brief noch einmal zu lesen, dann gibt er mir das Ergebnis in die Hand. „Na ja, dann ist es wohl das Beste gewesen. Von uns ist jedenfalls keiner schuld!", sagt er, nimmt seinen Schlüssel in die Hand und verabschiedet sich von mir, er müsse noch zu einem Kunden. Er gibt mir ein Küsschen auf die Wange, wünscht mir einen schönen Tag und geht. Der Mann ist vollkommen verrückt, denke ich wie schon so oft zuvor und werfe mich in dem nassen, verschwitzten, stinkenden Kleid auf das teure, weiße Veloursofa. Ich sollte wirklich öfter genau das tun, was Dirk nicht toleriert. Dann geht es mir besser. Ich schaffe es nicht, den Brief auseinanderzufalten, um ihn zu lesen, und schlafe völlig erschöpft ein. Erst als meine Schwiegermutter an der Tür klingelt, um Lukas zu bringen, wache ich wieder auf. Ich sehe Re-

nate durch die Glastür, von Kopf bis Fuß gestylt, und erinnere mich daran, dass ich hatte duschen wollen. Renate hält Lukas an der Hand, der mich stürmisch begrüßt und dann etwas aus seinem Zimmer holen möchte. Jetzt begrüßt auch Renate mich, sagt aber nichts zu meinem Äußeren. „War es schlimm?", fragt sie stattdessen und ich fange an zu weinen. Ich halte immer noch den Brief in den Händen und erkläre ihr, dass ich nicht im Stande bin, mir das Ergebnis durchzulesen. Renate überfliegt den Zettel wie vorher Dirk und ich erkenne in der Art, wie beide den Kopf beim Lesen etwas schief halten, eine große Ähnlichkeit zwischen ihnen.
„Na ja, dass du dein Kind verloren hast, ist natürlich schrecklich, Ariane, aber in diesem Fall hat die Natur dafür gesorgt, dass der Kleinen viel erspart geblieben ist." Dann erklärt sie mir, dass Fiona an einer Spina bifida erkrankt war, also einem offenen Rücken, einer Fehlbildung der Wirbelsäule und des Rückenmarks, und an einem Anencephalus, einer offenen Schädeldecke, mit der sie nicht überlebensfähig gewesen wäre. Vielleicht hätte Fiona die Schwangerschaft bis zum Ende überstehen können, wäre aber spätestens bei der Geburt oder kurze Zeit später gestorben. Ich brauche einige Minuten, um dieses Wissen zu verarbeiten. Lukas kommt in den Raum und hält mir ein Buch entgegen. „Mama, lesen!", sagt er bestimmt, und zum ers-

ten Mal seit dem Unglück sehe ich ihn mit Liebe an und streichele über sein Haar. Mein Herz ist etwas leichter, weil mein schlechtes Gewissen nicht mehr darauf drückt. Ich hatte geglaubt, die Fehlgeburt sei die Strafe dafür, dass ich versucht habe, die Schwangerschaft zu ignorieren, und gedacht habe, dass es vielleicht besser sei, sie mit einer Abtreibung zu beenden. Renate merkt, dass mir die Information gut tut, und setzt sich neben mich aufs Sofa.

„Ariane, manchmal ist es wirklich leichter, mit der Wahrheit zu leben als mit dem, was man sich alles ausdenkt!"

Wie Recht sie hat. Bei dieser lieben Mutter kann man sich kaum vorstellen, dass ihr Sohn so missraten ist. Ob sie von den cholerischen, handgreiflichen Eskapaden ihres Sohnes wohl etwas weiß? Ich kann es nicht glauben, denn dann hätte Renate bestimmt unsagbare Angst um Lukas.

„Ich werde einmal in deine Wohnung fahren müssen, um Sachen für Lukas zu holen! Und komm mir nachher nicht damit, dass ich ihm das Falsche angezogen habe!"

Warte, bitte warte!

„Du wirst die Beerdigung deines eigenen Sohnes verpassen!"

Er speit mir die Worte entgegen. Seltsamerweise habe ich bei der Vorstellung, dass Dirk in Lukas' Nähe sein wird, keine Angst. Zum ersten Mal seit neun Jahren. Er kann ihm nichts mehr tun.
Obwohl er eigentlich nicht hinter dem Sarg von Lukas hergehen dürfte. Nicht einmal das hat er verdient. Auch dann, wenn er es nicht gewesen sein sollte, der die Hand um Lukas' Hals gelegt hat, hat er doch den Weg geebnet, der dahin geführt hat.
„Eigentlich ist das ja totaler Quatsch mit den Sachen! Er wird sowieso verbrannt!"
N. E. I. N.
„Die Vorstellung gefällt dir nicht, oder?"
Zum ersten Mal versuche ich, mich zu bewegen. Ich möchte Dirk würgen, nur einmal!
Mein Sohn soll nicht zu Asche werden und unkenntlich gemacht werden. Egal, ob ich einen Schritt zurück oder vorgehe, irgendwann möchte ich meinem Lukas wiederbegegnen und nicht seiner Asche. Wie soll ich mein Kind in einem Haufen Verbrannter wiederfinden?
Das kannst du mir nicht antun.
Er lacht hysterisch. Wie an jenem Morgen vor meiner Tür, als die Angst Besitz von meinem Körper ergriff, so wie sie es in den Jahren davor nie getan hatte, und ich nicht schnell genug mit Lukas fliehen konnte.
„Ariane, Ariane, wo bist du nur?"

Der Mann ist unberechenbar. Mal ist er aggressiv, dann weint er wieder wie ein kleines Kind, im nächsten Moment zischt er wie eine Schlange und jetzt wird er zynisch. Er setzt in verletzender Weise meine Vorstellung von Lukas herab und missachtet meine Bitte, obwohl ich sie nie ausgesprochen habe. Er weiß genau, dass ich der Verbrennung nie zustimmen würde.
Bitte, bitte, lass es nicht zu!
„Er wird verbrannt, basta!"
Ich zucke gequält zusammen.
Er will mich foltern, ich weiß. Er will mich für die letzten Jahre bestrafen, in dem ich ihm Lukas gezielt vorenthalten habe. Die Tür wird geöffnet und meine Nachbarin tritt ins Zimmer. Schlagartig stellt sich Dirks gute Fassade wieder ein. Ich bin sicher, dass er aufsteht und Frau Feldmann bei der Begrüßung die Hand gibt. Sie soll bleiben, sich aufs Bett setzen und meinetwegen das Radio auf ohrenbetäubende Lautstärke stellen. Einfach irgendetwas machen, damit Dirk verschwindet. Ich fass' es nicht! Die beiden reden übers Wetter!
„Meine Frau verpasst wirklich das schöne Wetter! Zwar ist es sehr kalt, aber wir haben einen herrlichen Sonnenschein!", sagt Dirk schließlich. Plötzlich steht Frau Feldmann wieder auf und verlässt mit der Nachricht das Zimmer, sie habe vergessen, die Toilette aufzusuchen. „Blöde Alte!", sagt Dirk, kaum dass sich die

Zimmertür geschlossen hat. Ich bin mir nicht sicher, ob er sie oder mich meint. Es folgt eine minutenlange Stille, als sei Dirk dabei, zu überlegen, ob er seiner Aggressivität wieder Raum geben soll oder ob es sich nicht lohnt, weil Frau Feldmann jeden Moment wiederkommen kann. Es passiert nichts. Dirk sagt nichts, er geht aber auch nicht und Frau Feldman kommt nicht wieder.
Nach einer Ewigkeit knallt etwas auf meine Bettdecke.
„Tut das eigentlich weh, wenn ich dir auf die Beine schlage?"
N E I N!
„Okay, vielleicht sind das keine Schmerzen für dich, aber das ganz bestimmt!" Ich warte auf ein Geräusch, auf einen Knall, auf irgendetwas, aber ich kann nichts wahrnehmen, bis ich schließlich seinen Atem ganz nah an meinem Ohr spüre.
„Dein Sohn wird verbrannt werden, schon morgen. Du wirst ihn nie, nie, nie, nie wiedersehen!" Er lacht. Hysterisch. Die Tür öffnet sich.
„Herr Fischer, ich möchte Sie bitten, das Zimmer Ihrer Frau zu verlassen!"
Kai Rossmann.
Dem Himmel sei Dank.
„Ach, der Herr Rossmann. Verraten Sie mir: Warum sollte ich das tun?"

„Herr Fischer, ich habe Ihnen schon einmal erklärt, dass die einstweilige Verfügung Ihrer Frau gegenüber immer noch besteht.
Ich bitte Sie zu gehen."
„Das werde ich nicht tun! Was sind Sie nur für ein Mensch! Wir haben unseren Sohn verloren und ich werde verdammt noch mal doch wohl mit meiner Frau gemeinsam trauern dürfen, oder?"
„Nein, das dürfen Sie nicht. Und wenn Sie jetzt nicht augenblicklich gehen, dann werde ich Sie verhaften, wegen Nichteinhaltens Ihrer Auflage."
„Sie arrogantes Arschloch! Können Sie sich eigentlich noch auf etwas anderes konzentrieren als auf mich? Suchen Sie lieber den Mörder meines Kindes und lassen Sie mich in Ruhe!"
„Okay, Beamtenbeleidigung kommt auch noch dazu! Und außerdem habe ich den eigentlichen Mörder vielleicht schon längst gefunden und weiß nur noch nicht, wie ich ihm seine Tat nachweisen kann!"
„Ha!"
„Herr Fischer, letzte Verwarnung! Sie können jetzt friedlich mit mir den Raum verlassen oder ich führe Sie in Handschellen ab."
„Das wagen Sie nicht!"
Es macht klick. Dirk schimpft weiter auf Rossmann ein, der mir zuruft, dass bald alles gut werde und ich mir

keine Sorgen machen solle. Meine Seele lacht wieder, einen Moment lang.

„Mann, Kindchen, den Mann möchte ich aber auch nicht geschenkt haben!" Frau Feldmanns Stimme bebt. „Wissen Sie, ich wusste ja nicht, wer er ist, hätte ja auch ein Schwager oder sonstwas von Ihnen sein können, und zuerst fand ich ihn auch ganz nett, aber als er Sie als seine Frau titulierte und ich seine tückischen Augen sah, da fiel es mir wieder ein. Er hat schon mal als mutmaßlicher Mörder Ihres Sohnes im Gefängnis gesessen. Ich habe schnell dem Personal Bescheid gegeben. Meine Güte, Frau Fischer, in den Augen Ihres Mannes spiegelt sich die Seele des Teufels. Dass Sie vor dem Angst haben, kann ich verstehen."

Wenn Sie alles so schnell kombinieren und danach handeln können, dann sehen Sie zu, dass ich in den Himmel komme!

Ganz schnell!

Mein Lukas soll verbrannt werden!

Ich brauche Ihre Hilfe!

Auszug aus der
Chronologie des Falles Fischer

Münster, Dienstag, d. 08. Februar 2011, 19.00 Uhr

Die Presse, die sich vor dem Krankenhaus positioniert hat, in dem Ariane Fischer liegt, wird Zeuge, wie Dirk Fischer von Kai Rossmann in Handschellen aus dem Krankenhaus abgeführt und in einem Polizeiauto weggebracht wird. Die Polizei äußert sich jedoch nicht zu dem Vorfall. Weiterhin gibt es auch noch keine Hinweise zu dem Zustand von Mira Kaiser, die vor drei Tagen, nach einem Angriff auf Frau Fischer, in die geschlossene Anstalt des Alexianerstiftes eingewiesen wurde.

Sieben

Der Schauplatz, an dem sich das kleine Intermezzo der letzten Tage abgespielt hat, hat sich beruhigt. Frau Feldmann hat sich zu einer respektvollen Frau entwickelt, die nett mit mir spricht, mich aber ansonsten in Ruhe lässt. Mich umbringen, das macht sie aber auch nicht. Den Anstandswauwau lässt sie zwar nicht raushängen, wie ich befürchtet hatte, aber bestimmt begutachtet sie jeden, der zu mir ans Bett tritt. Die Psychiaterin war wieder da und hat sich wieder namentlich mit Müller vorgestellt, obwohl ich ja jetzt weiß, dass sie nicht so heißt. Da ich jetzt nicht mehr alleine im Zimmer liege, habe ich aber jetzt wenigstens einen Zeugen. Nur für den Fall des Falles. Sie hat mir erklärt, sie sei in der letzten Zeit im Urlaub und danach stark beschäftigt gewesen und hätte erst jetzt wieder für mich Zeit. Ich weiß noch nicht, ob ich ihr diese Begründung abkaufen soll, obwohl sie eigentlich ganz plausibel klingt. Es kommt mir ein wenig so vor, als habe sie es nicht geschafft, den Zugang zur Intensiv zu erhalten. Wenn sie nicht die Echte ist, dann könnte das auch sehr schwierig für sie werden. Sie ist auch nicht lange geblieben. Angeblich soll sie angefunkt worden sein. Auch so eine Lüge, denn mein Gehör funktioniert aus-

gesprochen gut. Es hat weder etwas gesurrt noch geklingelt, und es ist auch keiner gekommen, um sie aus meinen Klauen zu befreien. Ich und Klauen. Wenn ich die doch hätte! Ich habe nichts und ich kann auch nichts. Aber das muss ich mir ja nicht immer wieder selbst vorsagen, noch dazu, wo meine Möglichkeiten ohnehin ständig schrumpfen. Ich weiß es auch so. Die ganze Zeit über zerbreche ich mir den Kopf darüber, wie ich es anstellen soll. Ich hoffe inständig, und jetzt bete ich wirklich zu Gott, dass Lukas noch so ist, wie er war. Dirk hat mich in seiner Boshaftigkeit nur ärgern wollen. Bestimmt. Frau Doktor Müller hat mir kurz berichtet, dass sie sich gerne weiter mit mir unterhalten möchte, hat ein paar Worte mit meiner Nachbarin getratscht und ist dann wieder verschwunden, mit der Terminankündigung, am Montag so gegen neun Uhr würde sie wiederkommen.
Wie gesagt, um sich weiter mit mir zu unterhalten.
Die spinnt!
Heute Nacht habe ich ununterbrochen von einem brennenden Lukas geträumt. Die Nachtschwester hat mich dreimal umgezogen und gemeint, ich hätte über neununddreißig Fieber. Kein Wunder, wenn man wie ein Irrer durch das Krematorium rast und seinen Sohn sucht, den man schließlich durch ein hitzebeständiges Fenster auf einer Bahre liegen sieht, unter der sich gerade ein helles Feuer entzündet. Ich versuche, in diese

Muffel, die Hauptbrennkammer, zu gelangen, und hämmere wie verrückt an das heiße Glasfenster. Plötzlich schreit Lukas, und ich schreie mit. Ich fühle noch, wie sich der Schmerz in mein Fleisch bohrt, bei nur einer Innenhandfläche. Neben mir hängt eine Digitaluhr, die die verbleibende Zeit der Hauptverbrennung anzeigt. Siebenundachtzig Minuten. Darunter die bis jetzt erreichte Hitzegradzahl von siebenhundert Grad. Ich weiß, dass die Hitze bis eintausendzweihundert hochfährt, und sehe mich Hilfe suchend um. Nichts. Gerade als die Haare von Lukas Feuer fangen, wache ich auf. Zum ersten Mal. Ich träume noch fünfmal davon und kein einziges Mal schaffe ich es, die Glasscheibe zu zerschmettern. Nach dem letzten Alptraum versuche ich wach zu bleiben. Ich kann nicht mehr. Die Vorstellung, dass Lukas' Asche nach dem Verbrennungsvorgang in eine Mühle kommt, dort in einem Mahlvorgang bearbeitet wird und danach etwa mit dem Aussehen von grobkörnigen, grauen Cornflakes zu vergleichen ist, halte ich nicht aus. Zwei bis drei Kilogramm bleiben von einem ausgewachsenen Menschen übrig. Die Asche, die nur noch aus Knochenmasse besteht. Von Lukas wäre noch weniger übrig.
Mutter, hilf du mir wenigstens, hab Erbarmen!
Nichts.
Verdammt noch mal, wo bist du eigentlich?
Immer noch nichts.

Leck mich!
Nein, natürlich nicht. Verzeih, das habe ich nicht so gemeint.
Bitte, Mama!
Nichts.
Nun hilf mir doch.
Stille.
Dann sag mir wenigstens, was ich auf der Erde noch vollenden soll! Bitte!
Sie redet nicht mehr mit mir. Seitdem ich ihr unterstellt habe, dass der Teufel sie benutzt hat, ist Funkstille.
Ich bin so müde, aber ich darf nicht einschlafen, nicht um alles in der Welt. Wo ist denn eigentlich die Feldmann? Kann die nicht mal etwas zu meiner geistigen Unterhaltung beitragen und mir eine Geschichte erzählen? Frau Feldmann?
„Hallo, Ariane, mein Schatz!"
Meine Augen füllen sich mit Tränen. Ich bin mir sicher, das tun sie. Ich fühle, wie die Tränen, vom Fieber glühend heiß, über meine Wange zum Kinn hinablaufen.
„Es tut mir so leid, dass ich dich bis jetzt noch nicht besucht habe.
Aber du weißt ja!"
Ich weiß!
„Ich habe ihm gesagt, dass ich zu einer Freundin fahre. Zur Ulrike, die kennst du doch auch noch? Sie hat ex-

tra mit mir telefoniert und wir haben pro Forma ein Treffen vereinbart."
Es tut so gut, dass du da bist!
„Ulrike weiß Bescheid, sie wird mich nicht verraten."
Bitte geh nicht sofort wieder!
„Wie geht es dir?"
Nimm den Stuhl, setzt dich zu mir.
Dein Sohn hat Lukas verbrennen lassen!
„Mein Gott, Kind, was haben sie nur mit dir gemacht? Du bist ja ganz mager!"
Mager?
Renate stöhnt. Sie kramt in ihrer Tasche und schnäuzt anschließend in ein Taschentuch. Sicher ein weißes mit Spitze.
„Ich kann den Tod von Lukas kaum verkraften!"
Sie weint. Soll sie.
„Und dann das ganze Theater mit der Presse und der Polizei. Weißt du eigentlich, wie weit die Ermittlungen vorangekommen sind? Sicher nicht, bestimmt sagt dir keiner etwas. Im Moment konzentrieren sie sich ganz auf Familie Kaiser. Aber ich kann mir beim besten Willen nicht vorstellen, dass einer der beiden das getan haben soll. Obwohl, Menschen können so unberechenbar sein, das wissen wir beide ja am besten!"
Weißt du das?
Nach meiner Trennung von Dirk habe ich mich nur noch selten mit meiner Schwiegermutter getroffen,

immer heimlich. Bei keinen dieser Besuche haben wir über Dirk gesprochen. Sie hat nicht gefragt und ich habe nichts gesagt. Wir haben uns auch so verstanden. Wie viel sie von dem gewusst hat, was Dirk mit Lukas und mir gemacht hat, weiß ich bis heute nicht. Aber als Mutter wird sie sicher wissen, wie ihr Sohn tickt. Bestimmt ist ihr Mann auch nicht viel besser. Wie der Vater, so der Sohn!
„Ich war vorhin bei Lukas."
Lukas!
„Er sieht aus, als ob er schläft."
Mein Lukas ist noch ganz! Meine Seele freut sich so und schwappt vor Glück über. Vor Glückseligkeit könnte ich in meine geballten Hände beißen. Sag es noch einmal!
„Dirk hat ihm seine Lieblingshose anziehen lassen und das blaue Kapuzenshirt. Ach ja, und seine geliebten Turnschuhe. Die Bestatter haben gesagt, das gehe in Ordnung. Ich glaube, die haben die Schuhe vorher geputzt. Aber das ist ja auch egal! Wenigstens hat er seine Lieblingsdecke über sich, dann braucht er nicht zu frieren."
Ich bin sicher, dass sie meine Tränen sieht, sie sagt aber nichts.
„Ich weiß ja, dass Neunjährige nicht mehr mit Teddys spielen, aber ich habe ihm einen ganz großen weißen

gekauft und zu ihm gelegt. Er soll nicht so alleine daliegen. War das richtig?"
D A N K E !
„Ariane, es tut so weh, diesen kleinen Schatz da so liegen zu sehen. Dirk sagt, dass du wie immer zu feige bist und dich nur versteckst. Ich kann dich verstehen. Bleib, wo du bist. Nirgends kann es so schrecklich sein wie hier."
Renate fängt jetzt richtig an zu schluchzen. Minutenlang höre ich, wie sie röchelnd die Luft einzieht und dann stotternd auspustet.
„Morgen wird Lukas beerdigt. Im ganz kleinen Kreis. Wir versuchen, zu erreichen, dass die Öffentlichkeit erst hinterher davon erfährt."
Dann wird er nicht verbrannt?
„Vorher werde ich ihn mir noch ein letztes Mal ansehen. Soll ich ihm etwas von dir sagen?"
Mein Gott, sie muss doch meine Tränen sehen!
Plötzlich atmet sie tief durch. Ich weiß, was jetzt kommt, und würde den Augenblick gerne noch hinauszögern.
„Ich muss jetzt gehen. Und…" Wieder weint sie. Mein Schwiegervater wird gleich die Tränenspuren in ihrem Gesicht lesen. Ich weiß, das kann er. Er kann alles!
„Ariane, es tut mir so leid, dass ich dir nie geholfen habe. Ich wusste immer, was Dirk mit dir macht, er ist wie sein Vater, und ich habe dich nie beschützt oder

gewarnt. Es tut mir so leid und ich fühle mich schuldig. Für alles, was damals und was jetzt passiert ist."
Bürde dir keine Schuld auf!
„Ja, ich hätte dir helfen müssen, dir und Lukas. Aber ich war immer feige. Du bist stärker, du hast es geschafft, Dirk zu verlassen. Du wirst es nicht glauben, aber zeitweise war ich richtig eifersüchtig auf dich."
Erniedrige dich nicht so vor mir! Ich bin auch feige, sieh mich doch an!
„Ariane, es tut mir so leid!"
Ich bin mir sicher, dass sie sich gerade an meinen Hals hängt und sich unsere Tränen vermischen.
„Kind, ich muss jetzt wirklich gehen. Aber ich komme wieder, wenn ich darf."
Ich höre, wie sie mir einen Kuss gibt und geht.
„Ich werde Lukas morgen für dich drücken und ihm sagen, dass er dein ein und alles ist und du ihn über alles liebst!"
Dann geht sie. In der Tür spricht sie kurz mit jemandem und die Tür schließt sich.
Komm bitte wieder! Erzähl mir alles!
Mein Lukas ist nicht verbrannt worden. Irgendwo liegt er jetzt in seine Lieblingssachen, unter seiner Lieblingsdecke und mit einem Teddy. Er ist nicht alleine. Er sieht aus, als wenn er schläft, hat sie gesagt. Danke, Renate. Ich danke dir für alles. Ich würde dir nie einen Vorwurf machen, dass du uns nicht geholfen hast. Nie!

Wir sind doch zwei zerbrechliche Seelen, die kraftlos mit der Zeit schwimmen, bis das Ende kommt!

Acht

„Guten Morgen, Frau Fischer. Ich bin es, Frau Müller."
Lass mich!
Jeder Tag fängt so an. Irgendjemand kommt und will etwas von mir oder hat etwas mit mir vor. Tagein, tagaus. Gewöhnlich ist es mir egal, aber heute möchte ich meine Ruhe haben. Frau Müller, oder wie auch immer sie heißt, zieht sich einen Stuhl heran und setzt sich dicht zu mir. Mein Sohn wird heute beerdigt, ich will einfach meine Ruhe haben. Seltsamerweise macht mir die Vorstellung, dass Lukas ohne mich begraben wird, jetzt keine Angst mehr. Im Gegenteil. Er ist nicht alleine! Dank Renate. Ich bin froh, wenn die Zeremonie vollbracht ist und Lukas heil und geschützt in der Tiefe liegt. Die Vorstellung von der Verbrennung war viel schlimmer. Nachdem meine Schwiegermutter gegangen war, konnte ich endlich wieder friedlich schlafen. Ich war noch so müde, dass ich die Prozedur des Waschens heute Morgen kaum mitbekommen habe. Schlafen, schlafen, schlafen. Das möchte ich jetzt auch.
„Frau Fischer, wie geht es Ihnen eigentlich? Ach ja, wir waren ja bei Ariane. Also, Ariane, wie geht es Ihnen?"
Lass mich in Ruhe!

„Ich sehe schon, an Ihrem Zustand hat sich nichts geändert. Sie starren immer noch an die Wand und wollen von nichts etwas wissen!"

Sicher wird in der Nähe von Lukas' Grab ein Baum stehen, auf dem ein Vögelchen sitzt und trillert. Lukas liebt Vögel. Er war immer ganz traurig, wenn sich die Zugvögel im Herbst aufmachten, um in den Süden zu fliegen. „Aber die kommen doch nächstes Jahr wieder, und außerdem sind noch viele hier!", habe ich ihn immer getröstet. Und dann haben wir unser Vogelhäuschen aufgestellt, direkt vor unserem Küchenfenster, und die Vögel gefüttert, die hiergeblieben waren. Eigentlich war es noch viel zu früh dafür, aber Lukas wollte es so. Er musste sich davon überzeugen, dass sie uns nicht alle alleingelassen haben.

„Wollen Sie an Ihrem Zustand denn gar nichts ändern, Ariane?"

Ganz bestimmt trillert ein Vögelchen ein Liedchen. Lukas wird sich freuen. Wer weiß, wer in diesem Vögelchen steckt. Vielleicht sogar Mutter. Jetzt weiß ich ja, dass nichts unmöglich ist – außer dieser Welt schnell zu entkommen.

„Ariane? Ihr Sohn wird heute beerdigt. Finden Sie es denn nicht schlimm, dass Sie nicht dabei sind?"

Doch! Aber wenn, dann wollte ich mit ihm unter die Erde gehen und bestimmt nicht oben stehen und zusehen, wie sein Sarg hinabgelassen wird.

„Vielleicht können wir ja mal versuchen, dass Sie ganz langsam in diese Welt zurückkehren?"
Woher wissen Sie eigentlich davon, dass mein Sohn heute begraben wird?
„Es gibt da eine spezielle Therapieform, die würde ich gerne mit Ihnen ausprobieren."
Die Beerdigung sollte doch geheim sein!
Bestimmt irgendein Idiot, der wieder gequatscht hat. Würde mich nicht wundern, wenn dieser Idiot Dirk persönlich wäre. Dirk fehlen wirklich neunundneunzig Cent zu einem Euro. Vor den laufenden Kameras kann er gut den verzweifelten Vater spielen. Das passt zu ihm. Ich hoffe, dass sie Lukas ohne großes Tamtam unter die Erde bekommen. Daran, dass die Erde kalt und dunkel ist, möchte ich lieber nicht denken.
„…Sie müssen sich einfach nur fallen lassen und mir gut zuhören. Ich…"
Einfach fallen lassen, das ist es. Wenn ich genau wüsste, dass ich im obersten Stockwerk liege, das Zimmer leer wäre und ich es schaffen würde, die Fenster zu öffnen, dann könnte ich den Schritt wagen. Sieben B, vielleicht heißt das auch „siebte Etage". Selbst Mutter könnte mich nicht mehr zurückschicken, wenn ich aus dem siebten Stockwerk hinunterstürzen würde. Auf keinen Fall. Aufwachen, aufstehen, zum Fenster rennen und es aufmachen, auf den Sims springen und dann ab in die Tiefe. Hört sich so leicht an. Doch dann

kommen meine „Aber wenn…?" Tja, was ist, wenn ich gar nicht mehr stehen und gehen kann? Wenn das Fenster nicht aufgeht, wenn ich, wenn, wenn… Ich sehe gerade vor mir, wie der ganze Ablauf vorzüglich klappt. Ich wache auf, zwinge mich, keinen Gedanken an Lukas aufkommen zu lassen, renne zum Fenster, öffne es, trete auf die Fensterbank und springe. Unter mir ein Baum, in dem ich baumelnd hängenbleibe, oder ein kleiner Teich, in dem ich putzmunter lande, vielleicht auch die Erkenntnis, dass die Sieben B im Erdgeschoss liegt.

„… kommt aus Amerika. Es gibt schon einige äußerst interessante Berichte, von Patienten…"

Ich komme nicht zurück!

Kommt aus Amerika. So ein Quatsch. Ich bin Deutsche, keine Amerikanerin. Ich will weder dort leben noch etwas mit mir anstellen lassen, was dort vielleicht vorzüglich klappt. Wenn es denn überhaupt stimmt.

Du steckst doch mit Bernhard unter einer Decke!

Weißt du was, Frau Müller oder Klassner, oder wie du sonst heißt: Du kannst mich mal. Und das kreuzweise. Ich weigere mich, dir auch nur eine Sekunde länger zuzuhören. Jawohl, ich weigere mich. Ich habe dir schon einmal geraten, dich lieber mit Leuten zu beschäftigen, die tatsächlich wollen, dass ihnen geholfen wird.

Ich will es nicht!

Gleich kommst du mir noch mit einer Delphintherapie und lässt das arme Tier extra von weither einfliegen, damit es im hiesigen Krankenhausschwimmbad, das sicher nur sechs mal acht Meter misst, mit mir plantschen kann. Klasse! Ihr bringt so etwas, du und Bernhard. Du, weil du so grob gestrickt bist, und Bernhard hat das nötige Kleingeld für so etwas. Hauptsache, ihr bekommt raus, was ich weiß. Delphine sind keine Fische, die man in einem kleinen Becken plantschen lässt. Delphine sind Zahnwale; sie können zwischen fünfzig bis hundert Kilometer täglich wandern und bis zu fünfhundert Meter tief tauchen. Das könnte hier schwierig werden. Außerdem leben sie meist in Salzgewässern und nicht in Chlorbecken, die mit dem Dreck von Leuten durchsetzt sind, die ihre Ausscheidungen nicht kontrollieren können. Pfui Teufel!
Was seid ihr nur für Menschen?
„Ich glaube, Frau Fischer, das Ganze hat heute überhaupt keinen Zweck!"
Sag ich doch.
„Mal in meinem Kalender schauen, vielleicht bekomme ich morgen noch eine Stunde für Sie dazwischen?"
Da habe ich keine Zeit!
„Frau Fischer, ich werde versuchen, morgen gegen zwölf Uhr zu kommen. Abgemacht?"
Ich sag ja, keine Zeit!

„Also, dann bis morgen! Schönen Tag noch, Frau Feldmann."

Ach so, einen schönen Tag, den wünscht sie mir natürlich nicht. Aber das ist mir egal. Psychiaterin. Gut, dass ich mein Studium nach drei Semestern abgebrochen habe. Dieser Beruf wäre für mich wirklich die falsche Wahl gewesen. Leuten gegen ihren Willen Gespräche aufdrängen und ihr Inneres nach außen kehren. Die Psychologie beschreibt und erklärt das Erleben und Verhalten des Menschen. Ich hätte das Verhalten so einiger Menschen analysieren können: Dirks, das meines Schwiegervaters, meiner Schwiegermutter, selbst mein eigenes. Aber ich war ja immer und ewig nur mit Dirk beschäftigt, damit, herauszufinden, was als Nächstes kommt, was ich wie abwenden kann usw. Dirk war nicht immer nur schlecht. Wäre er das, dann würde ich schon lange nicht mehr leben, denn wenn er zuschlug, dann richtig. Dirk gibt sich nicht mit halben Sachen zufrieden. Warum auch? Er ist einer, der alles bekommt und macht, was er sich vornimmt. Paradoxerweise war ich manchmal richtig froh, wenn ich seine Ausraster hinter mich gebracht hatte, die sich schon Tage vorher zusammenbrauten wie ein Gewitter. Hinterher ging er mir zuerst aus dem Weg, dann versuchte er, seine Ausrutscher durch Höflichkeit zu überspielen, und schließlich wurde er wieder der Mann, in den ich mich einmal verliebt hatte. Charmant, höflich, zuvorkommend und lustig. Ja, auch lustig konnte er sein, so lustig, dass ich mich vor Lachen bog und kaum wieder aufhören konnte. Am Anfang lagen zwischen seinen Ausrastern oft noch mehrere Monate. Doch die Intervalle wurden immer kürzer. Irgendwann waren sie so kurz, dass ich mich auf seine gute Seite nicht mehr einlassen konnte.

Es war mir nicht mehr vergönnt, über einen seiner Witze zu lachen, eine seiner Zärtlichkeiten zu genießen. Und so gerieten wir allmählich in eine Teufelsspirale, aus der es nur eine Möglichkeit gab zu entkommen: Ich musste fliehen. Ich musste vor dem Feind zurückweichen, hastig, panisch. Vor meinem Angreifer, vor meiner Gefahr. Etwas anderes blieb mir nicht mehr übrig, dieser Schritt war unausweichlich. Damals ging es wirklich um Leben und Tod. Schmerz durchzuckt meinen Rücken. Ich wölbe mich unter ihm, kann ihm aber nicht ausweichen. Wenn er mich umgebracht hätte, dann hätte ich damals schon alles hinter mir gehabt – aber Lukas hätte ohne mich weiterleben müssen.

Außerdem hatte ich damals noch wirklich Angst vor dem Tod.

Vor dem, was mich erwartet, wenn mein Herz aussetzt und ich nicht mehr atmen kann. Wenn nichts mehr so ist, wie es einmal war. Die Vorstellung, für immer und ewig nicht mehr zu existieren, löste fast Panik in mir aus. Einfach weg zu sein. Ich hatte Angst, dass das Sterben ein schmerzhafter Prozess sein könnte oder der

Tod ein schlimmer Zustand ist. Gibt es den Himmel, gibt es die Hölle? Was passiert mit mir? Der Tod ist ein Übergang von einem Zustand in den anderen, aber wie sieht dieser Zustand aus? Die Toten, die ich bis jetzt gesehen hatte, wirkten alle entspannt und friedlich. Es ging eine tröstliche Ruhe von ihnen aus. Diese Ruhe umgab sie fast wie eine Aura, in die man sich fallen lassen konnte. Seitdem habe ich keine Angst mehr vor dem Tod. Nur noch vor dem Leben. Vor dem Leben ohne Lukas. Ich habe die Grenze zwischen dem Hier und dem Danach erlebt. Ich sah ein Licht, das absolute Geborgenheit verströmte. Doch ich durfte nicht dorthin, und so kehrte ich widerwillig in meinen Körper zurück. Aber jetzt weiß ich: Keine Seele geht verloren. Meine hängt im Moment zwischen dem Diesseits und dem Jenseits in der Luft. Beide Seiten haben mich fest im Griff, halten mich fest, zerren an mir herum und lassen mich nicht los. Manchmal fühle ich mich wie ein Seil beim Tauziehen. Ich gehe einen Schritt vor, zwei wieder zurück, dann drei wieder vor. Dabei wird einem schwindelig. Warum darf man nicht einfach gehen, wenn man denn möchte? Wer zieht an der falschen Seite? Vielleicht ich selber, ohne es zu merken. Oder meine Mutter.
Mama?

Nichts. Sie spricht wirklich nicht mehr mit mir. Das hat sie früher auch schon mal getan. Dann wusste ich, dass ich mein Verhalten wirklich ändern musste.
Mama, ich kann nicht!
Keine Chance. Funkstille.
Jetzt geht es nicht um eine Jacke, die ich als Sechzehnjährige unbedingt haben wollte. Damals habe ich meine Mutter zu zwingen versucht, sie mir zu kaufen, indem ich mich im Türrahmen zur Küche verkeilte und ihr so den Weg versperrte. Jetzt jedoch geht es um viel mehr.
Mutti, du kannst unmöglich wollen, dass ich so leiden soll!
Was wollen denn alle von mir? Ich habe nicht gesehen, wer Lukas erwürgt hat! Warum glaubt mir denn keiner?
Ariane, bleib bei der Wahrheit!
Mama! Da bist du ja wieder.
Ich lüge nicht.
A R I A N E!
Okay, vielleicht habe ich in einem kurzen Moment Hände gesehen, die Lukas den Schal um seinen kleinen Hals legten, aber…
Mutter, bitte!
Ariane!

O nein, Mutter, das kannst du nicht von mir erwarten.
Auf keinen Fall. Wenn du das von mir verlangst, dann geh.
Und komm nie wieder.
Raus!
Verschwinde!

Auszug aus der
Chronologie des Falles Fischer

Münster, Montag, d. 14. Februar 2011, 14.00 Uhr

Heute Morgen wurde Lukas Fischer unter Ausschluss der Öffentlichkeit auf dem Waldfriedhof Münster beigesetzt. Anwesend waren nur sein Vater, seine Großeltern und einige Freunde und enge Bekannte. Die Schulkameraden und Lehrer von Lukas hatten ihm im Vorfeld ein Lebensbäumchen mit bunten, selbstgemalten Fähnchen zum Friedhof gebracht. Auf die Fähnchen waren die Wünsche der Kinder für Lukas geschrieben oder gemalt. Am Rande des Friedhofgeländes trafen die Angehörigen zwar auf einige Presseleute, die die Trauernden jedoch mit Respekt behandelten. Renate Fischer, Großmutter des Jungen, bedankte sich dafür und erzählte ihnen unter Tränen von dem Lebensbäumchen, auf dem während der ganzen Beisetzungszeremonie ein kleines Vögelchen gesessen und geträllert haben soll.

Teil Zwei

Neun

Manchmal muss man von einem Menschen fortgehen, um ihn zu finden. Ein Zitat von einem österreichischen Schriftsteller, der lange, lange vor mir gelebt hat. Ich könnte seine Worte auf so viele Menschen projizieren, mit denen ich bestimmte Lebensabschnitte geteilt habe. In diesem Fall meine ich aber meine Mutter. Wir gehen uns aus dem Weg. Seit ich sie fortgeschickt habe, versuche ich so wenig wie möglich an sie zu denken. Was natürlich kläglich misslingt. Natürlich erinnere ich mich jetzt noch häufiger an sie als vorher.
Besonders an bestimmte Momente, die ich mit meiner Mutter verbracht habe und in denen ich mich geborgen und gut fühlte. Mama und ich zusammengekuschelt auf der Couch, eine dicke Kakaotasse in der Hand und eine flauschig weiche Decke über uns. Wir sehen fern oder sie liest mir etwas vor. Draußen heult der Wind und ich kuschele mich noch enger an sie. Ich kann sie riechen, sie riecht nach Kuchen und einem Deo, nach Vanille. Oder sie riecht nach dem Essen, das sie kurz zuvor für uns beide zubereitet hat. Aber auf jeden Fall riecht sie nach Vanille. Das tut sie immer. Der Geruch bleibt. Fasziniert schaue ich auf die Fältchen, die sich beim Lachen um ihre Augen legen und von denen ich noch nicht weiß, dass es Auswirkungen des Alters sind, über die man sich in der Regel maßlos ärgert. Ich

finde meine Mama schön, so schön wie keine andere Mama, und möchte sie weder hergeben noch gegen eine andere tauschen. Oder die Ausflüge im Sommer, unsere Radtouren, wenn sie fröhlich vor mir herradelte und dieser Vanilleduft sanft zu mir herüberwehte. Meine Mama und Vanille.

Ja, das gehört zusammen, so wie Lukas und ich.

Ich mag weder an Lukas noch an meine Mama denken. Ich weiß, dass beide jetzt da oben sind und furchtbar böse auf mich sein werden.

Ich weiß, ich weiß, ich weiß!

Unser kurzer, aber folgenschwerer Streit ist heute genau zwei Wochen her. Nicht, dass ich die Tage und Nächte mitgezählt hätte. Ich weiß es von dem Fernseher, den meine neue Nachbarin von morgens bis abends dudeln lässt. Frau Feldmann hat mich schon vor zehn Tagen verlassen. Es fiel ihr schwer, mich alleine zu lassen, das merkte man ihr an. Obwohl es natürlich auch sein kann, dass die Tatsache, neben einer berühmten Person zu liegen, und der ganze Rummel, der um mich veranstaltet wurde, sie nur von ihren eigenen Sorgen ablenken konnte. Das mit der berühmten Person setze ich jetzt mal in Anführungsstriche. Ich habe mitbekommen, dass die Gute irgendeinen Tumor hat, der auf der Chirurgie entfernt werden sollte, darum der Wechsel. Als Frau Feldmann ging, hat sie geweint. Aber sie wolle wiederkommen, sobald es ihr besser gehe. Bis jetzt hat sie das allerdings noch nicht geschafft. Ich hoffe, es geht ihr gut.

Meine neue Nachbarin ist schon ziemlich alt. Sie hört schlecht und sehen kann sie wohl auch nicht mehr allzu gut. Ständig stößt sie irgendwo an oder lässt scheppernd etwas fallen. Das macht mich ganz nervös. Es erinnert mich ein wenig an die Zeit mit Dirk, wenn ich voller innerer Unruhe auf die nächste Attacke wartete. Wenn eine Schwester ins Zimmer kommt und sie beim Namen nennt, hört es sich an, als schreie sie in ein Megaphon. Manchmal schreit sie bis zu dreimal, bevor Frau Mester endlich reagiert. Es gibt auch Momente, in denen ich richtig lachen muss bei dem, was Ömachen, so nenne ich sie immer, irrtümlich versteht und welche Kommentare sie dazu abgibt. Ansonsten lasse ich mich von meiner Melancholie treiben. Ich werde schon noch sterben.

Irgendwann!

Renate war noch einmal hier. Sie hat mir von der Beerdigung erzählt und davon, dass sie ruhig verlaufen ist. Zwar hätten ein paar Reporter vor dem Friedhof gewartet, sie jedoch in Ruhe gelassen. Und sie hat von einem Lebensbäumchen erzählt, das Lukas' Klassenkameraden ihm gebracht haben. Auf diesem Bäumchen habe ein kleines Vögelchen gesessen und geträllert. Während der ganzen Beerdigung. Renate hat an das Bäumchen jetzt kleine Vogelfutterbällchen ge-

hängt. „Lukas freut sich bestimmt darüber!", hat sie gemeint. Ich musste so weinen, als sie das erzählte. Vor Glück, vor Rührseligkeit. Ja, selbst das kann ich in meinem Zustand empfinden.
Danke, Renate. Für alles.
Natürlich überlege ich immerzu, warum ich gezwungen werden soll, zurückkehren. Hier ist doch alles beendet. Ich habe Dirk verlassen, um mich und Lukas zu retten, ich habe vor Bernhard und Mira auf Knien gelegen und mich entschuldigt. Ich weiß nicht, wem ich auf der irdischen Welt sonst noch geschadet habe, damit ich zurückgehen muss, um mich zu entschuldigen oder etwas zu tun, was ich noch nicht vollbracht habe. Mama ist drüben, Fiona ist drüben, Lukas ist drüben und Sven auch. Bei ihm müsste ich mich entschuldigen, also muss ich in diese Richtung und nicht zurück. Das Ömachen kommt wieder ins Zimmer geschlurft, der Fernseher läuft heute ausnahmsweise sehr leise. Bestimmt eine Schwester, die den Ton leiser gestellt hat. Ich kann die Stimmen jedoch verstehen, wenn ich mich anstrenge. Gerade laufen die Nachrichten. Ich glaube es nicht! Mein Name ist gefallen und der von Dirk. Und von Lukas. Das erste Mal, dass ich etwas aus dem Fernseher über uns höre. Aber nicht ungewöhnlich, denn hier läuft nur RTL. Was haben die schon mit uns zu tun? Es muss also etwas sehr Gravierendes passiert sein. Frau Mester hantiert wieder ein-

mal lautstark herum, sodass ich nichts verstehen kann. Der Verschluss einer Flasche springt zu Boden. Ich höre sie oberhalb der Bodenfläche stöhnen und nach ihm suchen. Soll sie das Ding doch einfach liegen lassen. Kinder würden so etwas tun. Weiterspielen und sich nicht um Dinge kümmern, die den Spielvorgang beeinflussen.
Jetzt kann ich wieder etwas verstehen. Es geht um Dirks Alibi und dass er wieder in Untersuchungshaft kommen soll oder schon in Haft ist.
Gerade, als es spannend wird, ist auf einmal der Ton weg.
„Hmmmf! Jetzt bin ich auf die Fernbedienung gekommen!"
Wirklich hmmmf. Da gebe ich ihr Recht. Eine Schwester kommt ins Zimmer und schreit Frau Mester an, sie wolle sie jetzt mit zum Röntgen nehmen. Dann richtet sie das Wort an mich, auch nicht viel leiser. „Und für Sie ist Besuch da!"
Ich warte. „Gehen Sie ruhig zu ihr hin und setzen sich an ihr Bett!", höre ich die Schwester etwas leiser sagen. Dann verschwindet sie und schließt die Tür.
Ausländer, Alte und Kranke werden meistens angeschrien, sagte meine Mutter immer, weil man meint, dass sie sonst nicht kapieren, was man will. Bei Frau Mester stimmt das natürlich. Sie versteht wirklich nichts, wenn man nicht in voller Lautstärke mit ihr

spricht. Mein Gehör funktioniert jedoch wunderbar. Im Moment ist es sogar das Beste, was ich zu bieten habe. Gerade als ich mich frage, ob mein Besuch etwa gar nicht ins Zimmer getreten ist, höre ich Stoff rascheln. Dann wieder nichts mehr. Allmählich wird mir unheimlich, obwohl ich für die anderen sicher viel unheimlicher bin als sie für mich. Wie ich so daliege, an die Wand starre und mich nicht einen Millimeter bewege. Nichts sage, nur atme.
Schritte kommen langsam an mein Bett.
„Prinzessin? Hallo, meine Prinzessin, wie geht es dir?"
Und dann ist alles wieder da. Alles, was ich krampfhaft zu vergessen versucht habe. Die Stimme. Sein Gesicht. Selbst seinen Geruch meine ich wahrzunehmen. Einfach alles. Einen kurzen Moment erliege ich der Versuchung, aufzuspringen, in seine Arme zu stürzen und mich einfach nur zu freuen.
„Hallo, Prinzessin!", sagt er wieder und ich versuche, meine Hand in seine zu drücken, denn ich weiß, dass er sie festhält und sich genauso freut wie ich.

Auszug aus der
Chronologie des Falles Fischer

Münster, Montag, d. 28. Februar 2011, 17.00 Uhr

Das Alibi von Dirk Fischer ist geplatzt. Seine neue Freundin gibt bei der Polizei an, dass sie ihm ein falsches Alibi gegeben habe, weil er sie dazu gezwungen habe. Dirk Fischer sei zum Zeitpunkt des Todes seines Sohnes nicht bei ihr gewesen. Er sei erst gegen halb zwölf nach Hause gekommen und ihr zudem ziemlich verstört und aggressiv vorgekommen. Nachdem sein Alibi nicht mehr haltbar war, wurde Dirk Fischer sofort wieder in Untersuchungshaft gebracht.
„Die meisten Indizien und Zeugenaussagen, die wir haben, gehen in die Richtung von Dirk Fischer.", so Kai Rossmann, Leiter der SOKO Fischer.
Dass Bernhard oder Mira Kaiser etwas mit dem gewaltsamen Tod von Lukas Fischer zu tun haben könnten, schließt die Polizei zu diesem Zeitpunkt aus. Mira Kaiser befindet sich noch immer in der Psychiatrie.
Lukas' Mutter, Ariane Fischer, ist bis heute noch nicht vernehmungsfähig.

„Meine kleine, schöne Prinzessin! Wie habe ich dich vermisst!"
Er weint, ich weiß es genau, auch wenn ich keinen Schluchzer höre.
Die ganzen Jahre über habe ich versucht, dich zu vergessen, weißt du das?

„Meine Güte, jetzt sitze ich hier, heule dir einen vor und weiß nicht einmal, ob du mich überhaupt bei dir haben möchtest."
Doch, doch, ganz bestimmt!
„Ich will dir nichts vormachen oder vorlügen!"
Er macht eine Pause. Es fällt ihm schwer, Worte zu finden. Sicher legen sie sich gerade wie dicke Wurzeln um seine Stimmbänder, und er muss sie erst einmal entwirren. Er räuspert sich. Das hat er früher auch immer gemacht. Das gefällt mir. Aber ich will auch nicht lügen. Ich habe dich gehasst. Oh, wie abgrundtief habe ich dich gehasst! So wie ein kleines Mädchen nur hassen kann, wenn der Papa fortgeht und sich nicht mehr um es kümmert.
„Ich weiß, dass ich ein schlechter Vater bin. Verzeih!"
Jetzt höre ich, wie er weint. Das möchte ich nicht. Ich bin wieder das kleine Mädchen, das es nicht mit ansehen kann, wenn Mama oder Papa weinen. Es gibt nichts Schlimmeres. Nichts Zerstörerisches. Es macht einen noch kleiner und hilfloser. Zu weinen, ist den Kindern vorbehalten, nicht den Eltern. Mama hat auch oft geweint, nachdem Papa gegangen war. Sie hat gar nicht erst versucht, die Tränen zu stoppen, die ihr in Sturzbächen aus den Augen strömten. Aber sie hat mir erklärt, dass sie einfach nicht aufhören könne zu weinen, weil Papa jetzt bei einer anderen Frau sei. Er liebe sie einfach nicht mehr. Ich konnte mir beim besten Wil-

len nicht vorstellen, wie man meine Mama nicht mehr lieben konnte. Meine Mama war klug, lustig und schön. Ich habe nicht einmal Streitereien zwischen meinen Eltern mitbekommen, sodass ich das alles hätte verstehen können. Er ist einfach gegangen. Mein Papa bei einer anderen Frau. Unvorstellbar. Ich war neun, als das passierte. Jetzt bin ich vierunddreißig, und es ist für mich immer noch rätselhaft. Einmal habe ich Papa mit der neuen Frau gesehen. Nur ein einziges Mal. Sie trug ein tiefrotes, kurzes Kleid. Ich werde niemals ein rotes Kleid tragen, schwor ich mir damals. Diesen Schwur habe ich bis heute gehalten. Obwohl Dirk mich immer in rote Kleider stecken wollte. Gott sei Dank ist er nie auf die Idee gekommen, mir ein rotes Kleid zu schenken, denn dann hätte ich wirklich ein Problem gehabt. Bei Dirk galt nur ein einziges Wort. Seines. Er konnte auf recht schmeichelhafte Art und Weise sagen, was ich zu tun hatte.

„Liebling, ich würde mir wünschen, das du heute Abend das lange, schwarze Abendkleid anziehst, mit dem großen Rückenausschnitt." Dann zog die liebe Ariane das natürlich auch an, obwohl ihr gar nicht danach zumute war.

„Ich wollte schon viel früher zu dir kommen, aber…"
Er stockt und sucht wieder nach Worten.
Wie er wohl heute aussieht? Ob seine tiefschwarzen Haare mit Grau durchzogen sind? Bestimmt. Vielleicht

ist er schon ganz ergraut. Das letzte Mal habe ich ihn mit vierzehn gesehen. Dann zog er mit seiner Neuen – so nannten Mama und ich die Frau immer noch, obwohl die Zwei da schon fünf Jahre zusammen waren –, nach Berlin. Seitdem war ich, das pubertierende Kind, so beleidigt, dass ich mich weigerte, mit ihm zu reden. Ich ignorierte seine Briefe, seine Anrufe und sagte alle seine Einladungen ab. Ich war so gekränkt, dass ich Geburtstagspakete und Weihnachtspakete ungeöffnet zurückschickte und dann furchtbar wütend wurde, als keine mehr kamen. Als Mama mir zu meinem sechzehnten Geburtstag mitteilte, dass Papa es letztendlich wohl aufgegeben hätte, bekam ich einen Tobsuchtsanfall. Eigentlich geschieht es ihm ganz recht, dass er hier sitzt und nach Worten sucht, die ihm scheinbar zwischen seiner und meiner Welt verloren gegangen sind. „Jetzt bin ich hier!", sagt er letztendlich und das reicht mir.

Ich kann ihm nicht zeigen, wie sehr ich mich freue und wie leid mir meine frühere Ignoranz tut. Ich hoffe, er versteht mich auch so.

„Ariane, ich bin nicht gekommen, um dir etwas vorzulügen, wie zum Beispiel, dass ich mich um dich gekümmert hätte, wenn du es denn gewollt hättest. Soll ich dir die Wahrheit sagen? Ich bin ein Feigling. Das sieht man doch schon allein daran, dass zwanzig Jahre vergehen mussten, damit ich jetzt neben dir sitze und

versuche, mich bei dir zu entschuldigen. Jetzt, wo du dich nicht wehren kannst. Du kannst mich nicht einmal rausschmeißen. Geschweige denn beschimpfen. Maria hat so oft mit mir geschimpft, dass ich so kampflos aufgegeben habe. Sie sagt, ich sei ein erbärmlicher Feigling. Die ganzen zwanzig Jahre lang hat sie mir prophezeit, dass es genauso kommen wird. Dabei hat sie natürlich nicht gemeint, dass ich zu dir komme, weil du krank bist, sondern sie war der festen Überzeugung, dass ich einmal alt und krank sein und den Drang verspüren würde, mich mit dir auszusprechen und zu versöhnen."
Maria!
So heißt sie. Seine Neue. Für uns nur seine Neue. Er muss mir den Namen einmal gesagt haben, aber ich habe ihn in eine weit entfernte Ecke geschoben. Maria. Ich habe ihr Unrecht getan. Überzeugt davon, dass sie meinen Papa nur für sich allein haben wollte, habe ich mich von ihm abgewandt, um ihn zu bestrafen. Bestraft habe ich letztendlich mich selbst. Vielleicht wäre sie nett zu mir gewesen. Bestimmt sogar. Jetzt ist es zu spät, Papa. Es gibt so viel, was ich gerne von ihm wissen möchte. Er soll mir erzählen, was er während der ganzen Jahre ohne mich erlebt hat.
„Ein Feigling bin ich, weil ich mich geschämt habe, euch alleine gelassen zu haben! Du hattest ganz recht, dass du wütend auf mich bist."

Er schweigt wieder. Minuten verstreichen, in denen meine Kindheit, ohne ihn, vor meinem geistigen Auge abläuft.
Du hast mir so gefehlt, Papa!
Weißt du, wie es ist, wenn man in der Schule an einer Weihnachtsaufführung teilnimmt, in der man sogar die Auszeichnung bekommt, dass man die Maria spielen darf, und man die ganze Zeit über von der Bühne ins Publikum starrt und dein Gesicht sucht?
Trauer überkommt mich, genau wie damals, als ich ihn in der Menge nicht finden konnte. Nur alle diese fremden Väter. Diese Eifersucht, wenn Freundinnen erzählten, was sie mit ihrem Papa am Wochenende gemacht hatten. Ja, sogar Eifersucht, wenn meine Freundinnen auf ihre Väter böse waren, weil sie ihnen etwas nicht erlaubten. Selbst da stieg die Eifersucht wie Galle in mir hoch. Ich hätte mich gerne von ihm anschreien lassen. Weiß Gott, alles wäre besser gewesen, als ohne ihn leben zu müssen.
Papa, ich bin so froh, dass du da bist!
Er räuspert sich wieder. In diesem Moment wird die Tür geöffnet.
Lasst uns alleine! Bitte!
So lange Zeit, die ich ihn nicht gehabt habe.
Ich möchte mit ihm allein sein, er soll mir alles erzählen und ich möchte

seiner Stimme lauschen, wie ich es getan habe, wenn er mir vorgelesen
hat. Lasst mich noch einmal Kind sein und stört uns nicht. Das ist das
Letzte, was ich mir wünsche. Bitte! Kein Ömachen jetzt, das wieder laut
herumklappert oder mit sich selber spricht, keine Schwester, die sich an
mir zu schaffen macht oder mit meiner Nachbarin herumschreit. Kein
Fernseher, kein Radio.
Nur Papa und ich.
„Ach, Ariane, der Herr Rossmann! Guten Morgen, Herr Rossmann." – „Guten Morgen, Herr Benning. Haben Sie es doch noch einmal nach Münster geschafft? Das freut mich!"
Die beiden kennen sich?
Mir fällt es wie Schuppen von den Augen. Natürlich, die Polizei wird alle befragt haben. Nicht nur Dirk und die Fischers. Wie konnte ich nur so dumm und naiv sein? Sie werden sogar meinen Vater verhört und nach seinem Alibi gefragt haben.
Ich habe alles falsch gemacht, alles!
„Guten Morgen, Frau Fischer. Wie ich sehe, haben Sie ja endlich mal etwas Farbe um die Nase bekommen!"
„Gibt es etwas Neues?", fragt mein Vater.

„Nein. Leider nein. Wir stecken fest. Ich hatte gehofft, Ihre Tochter wäre vielleicht…"
Er bricht seinen Satz ab. Abrupt. Er ist auch einer von denen, die hoffen, dass ich wieder aufwache, mich aufsetze und sie schlauer mache. Er ist einer derjenigen, die nicht verstehen, warum ich hier liege und nicht zurückkehre. Vielleicht hat er keine eigenen Kinder. Dann kann er mich auch nicht verstehen.
„Herr Rossmann, haben Sie einen Moment für mich Zeit?"
„Ja?", er stellt die Antwort fragend.
„Vielleicht können wir kurz ins Café gehen und uns über die ganze Sache unterhalten. Ich weiß, Sie werden sicher auch denken, was für ein erbärmlicher Vater ich bin, dass ich erst jetzt komme und mich um meine Tochter kümmere, aber bei der Beerdigung meines Enkels ist mir einiges klar geworden!"
Du warst auf Lukas' Beerdigung?
„Ich möchte gerne wissen, wie meine Tochter die letzten Jahre verbracht hat. Wissen Sie, ich stand am Grab meines einzigen Enkels und hatte keine Ahnung wer er überhaupt war. Ich kenne sein Bild nur aus der Zeitung. Ich werde im Leben nicht mehr gutmachen können, was ich getan und verpasst habe, aber …" Er stockt. Es fällt ihm schwer, den Faden wieder aufzunehmen. Rossmann hilft ihm aus der Misere. „Herr Benning, für manche Dinge ist es nie zu spät! Kommen

Sie." Papa verabschiedet sich von mir und sagt er würde gleich wiederkommen. Ich glaube ihm.
„Ich werde herausbekommen, wer dir und Lukas das angetan hat!", flüstert er mir ins Ohr und geht. Ich kann den Luftzug spüren, der durch die kurz geöffnete Tür zu mir herüberweht, und weine. Nein, mein Vater soll nicht in meinem beschissenen Leben herumbohren. Es reicht, dass er mich verkümmert und hilflos im Bett liegen sieht. Bestimmt bin ich vollkommen unansehnlich. So sollte wirklich kein Wiedersehen nach zwanzig Jahren sein. Aber ich kann es nicht ändern. Er soll nicht wissen, wie oft Dirk mich verprügelt und gedemütigt hat und dass mein Leben nur aus Obachtgeben und Angst bestand. Mein Vater soll glauben, ich sei glücklich gewesen und schön. Er soll denken, ich hätte einen liebevollen Ehemann gehabt. Eine tolle Familie. Und wäre so glücklich gewesen, wie Prinzessinnen eben sein sollten. Ganz bestimmt soll er nicht mit meinem Dreck konfrontiert werden.
Papa, komm zurück.
Komm wieder her zu mir, sonst hatte doch alles gar keinen Sinn!

Auszug aus der
Chronologie des Falles Fischer

Münster, Dienstag, d. 01. März 2011, 10.00 Uhr

Kai Rossmann, Leiter der SOKO Fischer und gleichzeitiger Pressesprecher, gibt bekannt, dass er gegen vierzehn Uhr eine Pressekonferenz anberaumt hat.
Hier will er sich den offenen Fragen der Bevölkerung stellen und so weitere Mutmaßungen weitgehend zu klären und neue zu verhindern versuchen.

Auszug aus der
Chronologie des Falles Fischer

Münster, Dienstag, d. 01. März 2011, 15.00 Uhr

Kai Rossmann hat sich in einer Pressekonferenz den Fragen der Presse gestellt. Zuvor hat er den Tathergang eingehend geschildert. Die meistgestellte Frage lautet, ob Dirk Fischer der Mörder seines Sohnes Lukas ist.
„Wir gehen davon aus!", so Kai Rossmann. „An Lukas' Schal wurden DNA-Spuren von Dirk Fischer gefun-

den. Da Herr Fischer seit vier Jahren keinen Kontakt zu Frau und Kind haben durfte, sind diese DNA-Spuren ein wesentlicher Beweispunkt."

Dirk Fischer fiel am besagten Tag schon Stunden vor der Tat auf, als er vor der Haustür seiner Frau randalierte. Er schweigt dazu, beteuert aber weiterhin seine Unschuld. Darum kann zum jetzigen Zeitpunkt auch noch nicht geklärt werden, ob Ariane Fischer ebenfalls ums Leben kommen sollte.

Dirk Fischer wurde dem Haftrichter vorgeführt.

Zehn

Papa ist wieder da. Allerdings kam mir sein Wegbleiben ziemlich lang vor. In der Zwischenzeit bin ich ein paarmal gedreht worden, habe eine Nacht geschlafen und bin wieder gedreht worden. Wenn ich ein Hähnchen wäre, wäre ich bald gar... Ich habe schlecht geschlafen, fast so schlecht wie in der Nacht, als ich im Traum durchs Krematorium rennen musste, um Lukas zu befreien. Heute Nacht sah mein Traum ganz anders aus. Immer saß ich auf einer Bank in einem überfüllten Park, trug ein rotes, kurzes Kleid und versuchte vergeblich, in der Menge meinen Vater auszumachen. Ein paarmal meinte ich ihn zu sehen und versuchte ihm zu folgen. Aber die vielen fremden Menschen rannten mich einfach um, stellten sich mir in den Weg oder hielten mich sogar grinsend fest. Dann endlich hatte ich ihn gefunden und rannte auf ihn zu. Doch da kam von der anderen Seite eine Frau und warf sich ihm an den Hals. Die beiden ließen mich stehen und gingen davon. Beim Aufwachen schlug mein Herz bis zum Hals. Ich hätte gerne meine Hände um die pochende Stelle gelegt, aber das habe ich mir selbst eingebrockt. Wo war Papa die ganze Zeit, nachdem er mit dem Kommissar ins Café gegangen ist? Ich war mir sicher,

dass er nicht zu mir zurückkehrte, weil er von meinem Leben so angeekelt war. Mir war zum Weinen zumute. Frau Mester hatte nach dem Mittagessen schon Kaffee bekommen und schmatzte nun an ihrem Kuchen herum. Papa war immer noch nicht wieder aufgetaucht. Doch dann klopfte es, und mein Herz fing wieder wild an zu schlagen.
„Hallo, Prinzessin! Wie geht es dir? Papa ist da!"
Mein Papa!
„Entschuldige, dass ich gestern nicht wieder zu dir gekommen bin, aber ich war mit Herrn Rossmann ziemlich lange im Café, und als ich zur Station zurückkam, sagten mir die Schwestern, dass sie dich gerade fertig machen würden und du danach sicherlich schlafen würdest. Schwester Elke hat mir jedoch versprochen, dass sie dir eine gute Nacht wünscht und dir auch sagt, dass ich heute Nachmittag wiederkommen werde. Das hat sie doch, oder?"
Nein, das hat sie nicht!
Aber Schwester Elke ist auch immer mit ganz anderen Dingen beschäftigt.
Er zieht sich wieder einen Stuhl an mein Bett. Das Geräusch kenne ich, und es heißt, dass derjenige, der das tut, etwas länger bleibt und nicht sofort wieder geht. Ich freue mich und lausche.

Bestimmt riecht er noch nach dem Aftershave, das er damals immer benutzt hat. Mama hat gesagt, dass Männer selten ihre Sorte wechseln.

Bevor Papa etwas sagen kann, kommt eine Schwester ins Zimmer und bittet Frau Mester, mit ihr zur Sonographie zu kommen. Die kämpft jedoch immer noch mit ihrem Kuchen und lässt sich nicht beirren.

„Ach, guten Tag, Herr Benning, da sind Sie ja wieder. Schön!"

Schwester Elke. Die falsche Schlange. Du hast mir nicht gesagt…

„Guten Tag, Schwester Elke. Haben Sie schon wieder Dienst?"

„O ja, manchmal kommt es mir so vor, als sei ich die ganze Zeit hier!"

„Ja!", sagt Papa. Schwester Elke ist wieder mit Frau Mester beschäftigt.

„Haben Sie meiner Tochter auch gesagt, dass ich heute wiederkomme? Ich hatte die ganze Zeit über ein schlechtes Gewissen, weil ich nicht noch einmal zu ihr gegangen bin!"

„Keine Sorge, Herr Benning. Ich habe Ihrer Tochter gesagt, dass Sie wiederkommen. Nicht, Frau Fischer? Und geht es Ihnen heute gut? Ich sehe schon, ich glaube, ja. Dann bis später. So, Frau Mester, dann gehen wir mal! Der Kuchen kann warten!"

Die Tür schließt sich hinter ihr.

Alte Hexe!
„Meine Güte, die Schwestern sind wirklich alle nett."
Papa, glaube nie nur an das, was du siehst!
„Prinzessin, du siehst heute wirklich gut aus. Viel besser als gestern."
Das meint er nur. Er wird sich an meinen Anblick gewöhnt haben. Ein bisschen vielleicht. Mehr nicht. Ich kann mir nicht vorstellen, dass man an lüllenden Menschen etwas gut finden kann. Bei kleinen Babys sieht das ja vielleicht noch ganz reizend aus, aber dann hört es auch auf. Der Einzige, der mir die Wahrheit ins Gesicht gesagt hat, ist Bernhard. Er hat sich daran ergötzt, dass ich hilflos und krüppelig im Bett liege. Sicher hängt der Dauerkatheter an meinem Bettgitter. Ich trage immer noch die Krankenhaushemden, weil mir keiner etwas anderes mitbringt, und ins Bett scheiße ich auch. Der Gedanke, der mir gerade kommt, ist beklemmend. Vielleicht mache ich gerade ins Bett und mein Papa sitzt daneben. Bei manchen Zuständen, die ich mir selber aufgebürdet habe, hätte ich vorher besser überlegen sollen.
Jetzt ist es zu spät.
„Prinzessin! Herr Rossmann hat mir alles erzählt."
Nicht alles, Papa. Es gibt so vieles, das auch er nicht weiß!
„Du hast wirklich kein schönes Leben gehabt an der Seite deines Mannes. Ich mache mir solche Vorwürfe,

dass ich nicht für dich da gewesen bin. Vielleicht wäre dann alles anders gekommen."
Vielleicht!
Vielleicht aber auch nicht!
Wahrscheinlich eher nicht!
Was hätte er schon tun sollen? Auch Mama hat es nicht geschafft, mich von dem Monster fortzubekommen. Bei ihm saß ich fest. Seine Klauen hielten mich umklammert. Nicht einmal ein Blatt Papier wäre zwischen seine Meinung und mein Bedürfnis gekommen. Nicht einmal ein Blatt Papier.
„Ich bin froh, dass Dirk im Knast sitzt!"
Also doch! Da habe ich die Nachrichten doch richtig verstanden. Dirk sitzt wieder, sein Alibi ist geplatzt. Das gönne ich ihm!
Ich glaube, Kindsmörder werden von den anderen Insassen nicht sehr freundlich empfangen. Ich grinse. Bestimmt lülle ich auch, aber das ist doch egal.
Dirk im Knast. Ha! Gut so!
„Ich würde gerne einmal mit deinem Mann sprechen!"
WAS?
„Ich kann mir denken, dass du dem nicht zustimmen würdest, aber der Mann hat meine Tochter geschlagen und meinen Enkel umgebracht. Dirk ist kein Mensch! Vielleicht wollte er dich auch umbringen, wer weiß?"
Du hast dich auch nicht um mich gekümmert!

„Mein Gott, wie muss ein Mensch ticken, um solche Dinge zu tun?"
Du nennst das Dinge?
„Was kann einen Menschen dazu bewegen, so zu werden? Oder so zu sein?"
Jetzt komm mir nicht noch damit, dass er vielleicht eine schlechte Kindheit hatte!
„Ich frage mich, wann es angefangen hat. Schon vor dem Unglück mit Sven oder danach?"
Himmelherrgott noch mal, auf welcher Seite stehst du eigentlich?
Mein Vater versucht tatsächlich, den Grund dafür zu finden, warum Dirk mich geschlagen hat. Ich glaube, ich bin im falschen Film! Morgen setzt er sich neben mich und unterbreitet mir, dass alles an mir gelegen hat. Und wieder stehe ich dort, wo ich schon die ganzen beschissenen letzten Jahre gestanden habe: Ich bin schuld. Na los, sag es: „Ariane, wenn du besser auf Sven aufgepasst hättest, dann wäre es nie soweit gekommen." Ich muss dich enttäuschen, euch alle. Er hat mich schon vorher geschlagen, gedemütigt und vergewaltigt. Meinetwegen besorg dir die Prozessakten, dann kannst du es schwarz auf weiß lesen. Svens Ertrinken war ein schrecklicher Unfall. Ich war damit beschäftigt, Lukas und mich vor Dirks Schlägen in Sicherheit zu bringen. Sven war zu diesem Zeitpunkt ganz am anderen Ende des Gartens, saß auf einer De-

cke und spielte mit Legos. Ich habe keine Ahnung, warum er quer durch den Garten zum Swimmingpool rüber ist. Ich bin mit Lukas auf dem Arm vor Dirk davongelaufen, ins Haus hinein. Dirk ist durch den Garten zu seinem Auto, hat sich in seinen Porsche gesetzt und ist davongebraust. In dem Moment klingelte Bernhard schon vorne am Tor. Das Ganze dauerte keine drei Minuten. Verdammt, lies es nach. Keine drei Minuten.
„Ich würde auch gerne einmal mit deiner Psychiaterin sprechen. Man sagte mir, dass sie sich um dich kümmert."
Mit wem hast du dich eigentlich sonst noch über mich unterhalten?
Weißt du was? Du hast dich zwanzig Jahre einen Scheiß um mich gekümmert. Am besten, du verschwindest!

Er ist wirklich nicht mehr lange geblieben und ich habe mich auch geweigert, ihm weiter zuzuhören. Frau Mester wurde von der falschen Schlange zurück ins Zimmer gebracht und ich konzentrierte mich auf ihr Geschmatze beim Kuchenessen. Danach zählte ich bis vierhundertzweiundfünfzig und ignorierte meinen lang vermissten Vater. Er drückte mir ein dickes Küsschen irgendwohin ins Gesicht und sagte, er wolle morgen wiederkommen. Wenn er kommt, werde ich wie-

der zählen, so lange, bis er sich aufgelöst hat. Das schwöre ich. Jahrelang habe ich in meinen geheimsten Träumen auf ein Wiedersehen gehofft, bei dem wir uns schluchzend in die Arme fallen. Wir hatten uns aus den Augen verloren und plötzlich sehen wir uns wieder und nehmen die zweite Chance wahr, die uns geboten wird.
Papa und ich. Papa und seine Prinzessin.
Die schönste Geschichte der Welt sollte unser Wiedersehen werden. Wir zusammen im Café, er drückt meine Hand, sagt mir, wie schön er mich findet, dass er mich jeden Tag bitter vermisst hat und kaum ohne mich leben konnte. Er erzählt mir von seinem Leben, das trotzdem gut war, beteuert aber immer wieder, dass es ohne mich recht einsam für ihn war, ohne seine Tochter, seine Prinzessin. Wir erzählen und erzählen. Und wir lachen. Zwischendurch kullern sogar die Tränen, aus Kummer über den vergangenen Verlust und die Leere ohne den anderen und aus Freude, dass wir uns endlich wiederhaben. An dieser Nichterfüllung lässt sich ermessen, was ich als Vater-Kind-Liebe sehe.
Ich habe mir alles ganz anders vorgestellt. Aber mein Traum ist zerbrochen. Und meine Tränen verwischen jede Spur davon, was ich und wie ich uns gesehen habe.
Schwester Elke kommt und möchte mich für die Nacht fertigmachen. In diesem Fall ist es gut, dass sie es ist

und keine andere. Sie ist stets wortkarg, und so kann ich mich in meiner Traurigkeit suhlen, ohne gestört zu werden. Gestern noch habe ich angenommen, dass es vielleicht meine letzte Aufgabe auf Erden sei, mich mit meinem Vater zu versöhnen, um danach in Frieden gehen zu dürfen. Heute hat mich die Wirklichkeit eines Besseren belehrt.
In meinen Leben gibt es kein gutes Ende.
Schwester Elke wäscht mich immer noch, das Wasser plätschert.
Jetzt cremt sie mich ein, auch das kann ich hören, weil die anderen es immer wie ein Mandala erklären. Elke wird mir immer sympathischer. Die Stille kann ich heute gut gebrauchen. Unser Ömachen scheint schon zu schlafen. Ich könnte mir ja jetzt die Mühe machen und lauschen, ob das Schnarchen bis zu mir herüberdringt, aber ich will nicht.
„Mann, Sie sehen wirklich schick aus. Ihr Vater hat einen guten Geschmack, das muss ich ihm lassen. Frau Fischer, er hat Ihnen ein hellrosa Nachthemd mit weißer Spitze mitgebracht. Ich habe es Ihnen angezogen und Ihnen Ihre schönen Haare ordentlich durchgebürstet."
Papa hat mir ein neues Nachthemd mitgebracht?
„Wenn ich morgen Zeit habe, dann sollten wir Ihre Haare mal wieder waschen. Ich hätte auch gerne solch

schöne Haare. Wenn Sie meine sehen könnten, dann würden Sie mich bedauern!"
Schwester Elke? Sind Sie es wirklich?
Sie klappert wieder, stellt Waschschüssel und Utensilien weg. Klopft auf meine Decke und knurrt etwas vor sich hin.
„Frau Fischer, ich muss mich noch bei Ihnen entschuldigen. Ich habe in der Hektik gestern vergessen, Ihnen die schönen Grüße von Ihrem Vater zu übermitteln und dass er heute wiederkommen wollte. Ich habe ihm vorhin einfach etwas vorgelogen. Sie wissen schon, dass ich es Ihnen ausgerichtet habe, aber ich wollte Ihrem Vater nicht ein noch schlechteres Gewissen einreden, als er schon hat. Wir haben uns gestern kurz unterhalten. Ich bin auch ohne meinen Vater aufgewachsen. Ich kenne das. Einmal hat er versucht, mit mir Kontakt aufzunehmen, aber ich wollte nicht. Seit gestern muss ich immer daran denken, wie sich ein Vater ohne sein Kind fühlen kann. Daran habe ich bisher noch nie gedacht. Ich glaube, wenn man Kind ist, dann bleibt man Kind. Und Kinder sind nun mal die egoistischsten Geschöpfe, die es gibt!"
Sie macht eine Pause. Vielleicht will sie mir sagen, ich solle froh sein, dass er hier ist und zu mir kommt. Vielleicht meint sie sich aber auch selber. „Ich glaube, ich werde meinem Vater einmal schreiben! So, Frau Fischer, dann wünsche ich Ihnen eine... ach, das hätte

ich ja fast vergessen, ich muss den Urinbeutel noch leeren." Schwester Elke stellt etwas auf den Boden.

„Meine Güte, das gefällt mir aber gar nicht. Ihr Urin ist viel zu wenig und ganz rot. Ich werde den Doktor anfunken müssen!"

Schwester Elke, Sie werden mir wirklich immer sympathischer!

Elf

Papa ist schon wieder da. Ich habe ihn ignoriert, so wie ich es mir geschworen habe, obwohl ich schon zugeben muss, dass Schwester Elke meine Meinung etwas ins Wanken gebracht hat.
Trotzdem habe ich keine Notiz mehr von ihm genommen, sondern nur gezählt und gezählt und gezählt, bis er wieder ging. Gut, dass Frau Mester heute sehr durcheinander war und den Redefluss meines Vaters immer wieder unterbrach. Zeitweise kümmert er sich sogar um die alte Dame. Wie auch jetzt gerade wieder. Frau Mester war der festen Überzeugung, Papa sei der neue Pfleger und müsse mit ihr die Toilette aufsuchen. Geschieht ihm ganz recht. Hoffentlich muss er ihr die Hose runterziehen und den Po abwischen. Damit hat er nämlich nicht gerechnet.
Heute Nacht habe ich wieder geträumt. Von dem ganzen Drama mit Sven.
Ich bin schuld, ich bin schuld, ich bin schuld.
Ich weiß. Ich kann es drehen und wenden, wie ich will, ich brauche mir nichts vorzumachen. Wenn ich Sven nicht alleingelassen hätte, dann würde er noch leben. Wenn ich Lukas auf den Arm und Sven an die Hand

genommen hätte, dann hätte das Schicksal einen anderen Verlauf genommen.

Die Sache mit Sven hat mich noch kleiner gemacht und mein Selbstbewusstsein, das damals ohnehin schon im Keller war, bis in die Tiefgarage geführt. Vielleicht hätte ich es sonst eher geschafft, mich von Dirk loszueisen.

Vielleicht?

Ich bin schuld!

„Du bist schuld!", schreit mich Dirk an und ich verstecke mein Gesicht hinter Lukas' Kopf, der tief erschrocken vor mir steht. Seine Hände halten meine Schultern. Er zittert.

„Man kann ein Kind nicht unbeaufsichtigt am Pool stehenlassen. Was hast du dir dabei gedacht?" Ich versuche weder, ihm zu erklären, dass wir vor ihm geflohen sind, noch dass Sven überhaupt nicht in der Nähe des Pools war.

Dirk setzt sich auf die teure Rattanliege und stellt den Schirm so, dass sein Gesicht nicht geblendet wird. Was wirklich passiert ist, will er gar nicht hören. Er ist wütend. Jeder andere Mann wäre geschockt, würde vielleicht sogar versuchen, seine Frau zu trösten. Aber Dirk ist wütend. Lukas steht auf, geht zu der Decke, auf der immer noch die Legos liegen, mit denen Sven zuletzt gespielt hat, und setzt sich.

„Kommt Sven bald wieder?", fragt er und baut den angefangenen Turm noch höher.

„Ich hoffe es!", sage ich und versuche zu lächeln. Ich hoffe es wirklich. Schließlich habe ich ihn wieder zurückgeholt. Er lebt. Dirk hat mit dem Arzt gesprochen, aber ich erfahre nichts. Und ich frage auch nicht danach. Mein Herz ist schwer, und das Einzige, was mir jetzt hilft, ist die Hoffnung, dass alles gut werden wird.

„Dir Presse wird uns auseinandernehmen, wenn sie davon erfährt. Die Frau des großen Immobilienmaklers Fischer ist zu dumm, zwei Kinder auf einmal zu beaufsichtigen!" Er schlägt zornig den weißen Schirm zurück, der wie ein Rollo an der Liege befestigt ist, und regt sich dann über die Sonne auf, die ihm jetzt voll ins Gesicht scheint. Ich möchte nicht mehr leben. Ich sehe zu meinem Sohn, der unbekümmert mit den Legos spielt, als sei nichts geschehen, und weiß, dass ich den Tod nicht als Zufluchtsort wählen kann. Denn wohin dann mit Lukas?

„Ich kann nur hoffen, dass Bernhard dich nicht anzeigt! Aber wer weiß? Wenn Sven das nicht überlebt, dann gnade dir Gott!" Die letzten Worte lässt er zwischen uns stehen wie den Geruch von faulen Eiern und geht. Eine Welle von Übelkeit überrollt mich, so schnell, dass ich es gerade noch schaffe, Lukas am Kragen seines Poloshirts festzuhalten, um mich im Gebüsch zu übergeben. Lukas wehrt sich mit Händen und Füßen.

„Schatz, nicht dass du auch noch in den Pool fällst!", bringe ich gerade noch heraus, da schießt die zweite Welle aus meinem Magen. Als die Magenkrämpfe etwas nachlassen, sammle ich mit Lukas die Legos in die Holzkiste ein, nehme die Decke und mein Kind und gehe ins Haus. Aus den Augenwinkeln sehe ich den gefährlichen Swimmingpool.

Der muss weg.

Beim Abendessen hat sich Dirk etwas beruhigt und redet sogar mit Lukas. Sie lachen und ich wage zu fragen, ob wir den Pool nicht besser abschaffen sollten.

„Weil du zu unfähig zum Aufpassen bist?", fragt er und lacht wieder.

Ich kann daran nichts Komisches finden und merke, wie meine Augen wieder in Tränen schwimmen. Ich versuche, das Kartoffelstück zu schlucken, das ich gerade im Mund habe, aber es bleibt mir im Hals stecken. Es kommt weder vor noch zurück und ich muss fürchterlich husten.

„Bist du jetzt auch noch zu dumm, um zu essen?"

Mir reicht es. Ich spüle das Kartoffelstück mit Apfelschorle runter, nehme Lukas von seinem Tripp-Trapp-Stuhl hoch und verlasse ohne ein weiteres Wort das Esszimmer. Selbst aus dessen Fenster kann ich den Pool sehen. Mir wird nichts anderes übrig bleiben, als meinem dreijährigen Sohn das Schwimmen beizubringen.

An diesem Abend spricht Dirk kein Wort mehr mit mir. Ich stelle mich schlafend, als er ins Zimmer kommt, immer darauf gefasst, dass er gleich ausrastet oder auf meine Bettseite rutscht und sich das holt, was er will, und sei es nur, um zu sehen, ob ich wenigstens dafür noch zu gebrauchen bin. Aber er lässt mich in Ruhe. Schon bald höre ich seine tiefen Atemzüge und kann mich etwas entspannen. An Schlaf ist jedoch nicht zu denken. Ich versuche die Erinnerungen an das Schreckliche beiseite zu schieben, aber es gelingt mir nicht. Die Decke klebt an meiner Haut und ich habe Durst. Ich kann es jedoch nicht wagen, nach unten in die Küche zu schleichen. Die Vorstellung. einen Schluck kalten Orangensaft zu trinken, manifestiert sich allmählich fast quälend in einem Wunsch. Aber Dirk könnte wach werden, wenn ich jetzt aufstehe. Also bleibe ich liegen und versuche meinen trockenen Mund mit Speichel zu überlisten. Hoffentlich muss ich gleich nicht noch auf die Toilette. Aber natürlich: Keine Stunde später liege ich immer noch wach, gäbe mich schon mit einem klitzekleinen Schluck Wasser zufrieden und muss aufs Klo. Wenn ich mich auf eins verlassen kann, dann darauf, dass immer das eintrifft, was für mich am ungünstigsten ist. Ich schaffe es noch eine weitere Stunde lang, meine Blase zu ignorieren, die

mich mehr quält als der Wunsch nach Orangensaft, doch dann rutsche ich aus dem Bett. Als ich stehe, konzentriere ich mich auf Dirks Atmung und gehe langsam zur Tür. Gott sei Dank, die Tür steht offen. Ich schaffe es, über die lockere Dielenleiste hinweg und bis nach unten zu kommen. Wieder lausche ich nach oben. Nichts. Da Not erfinderisch macht, reiße ich im Gästeklo Papier von der Rolle ab, schmeiße es ins Klo und pinkele darauf. Auf das Abziehen muss ich ebenfalls verzichten. Erleichtert wage ich mich bis in die Küche und genehmige mir eine halbe Flasche kalten Orangensaft. Als ich die Flasche wieder zurückgestellt und den Kühlschrank geräuschlos geschlossen habe, weiß ich, dass das wieder einmal ein Fehler war, denn gleich werde ich abermals auf die Toilette müssen. Ich lege mich wieder hin, Dirk schläft immer noch, und das ist das erste Mal in den letzten Stunden, dass das Glück auch mal zu mir kommt. Es verweilt sogar noch ein Weilchen, denn ich schlafe tatsächlich ein und werde erst wieder wach, als Dirk das Bett schon verlassen hat. Ich höre ihn in der Küche klappern und mit Lukas reden. Die beiden allein zusammen sind mir nicht geheuer, also springe ich aus dem Bett und ziehe das Nächstbeste an, das ich greifen kann.
„Morgen!", murmelt Dirk und mustert mich von Kopf bis Fuß. Mein Anblick scheint ihm nicht übel aufzusto-

ßen, denn er bleibt mit seinem Blick in der Höhe meiner Brüste stehen und grinst.
Nackter kann ich mir nicht vorkommen. Schnell nehme ich Lukas in die Arme. Dirk schmiert ihm ein Butterbrot mit Nutella. Das Wohnzimmerfenster steht sperrangelweit offen und ich starre zum Pool hinüber. Mein Kind hätte hineinfallen können, während ich schlief! Ich wage es noch einmal: „Bitte, Dirk, können wir diesen Pool nicht abschaffen?" Auch Dirk schaut durch die offene Tür in den Garten und nickt. Er nickt! Ich kann es kaum glauben.
„Wenn ich ehrlich bin, habe ich heute Nacht auch daran gedacht. Wir müssten ihn ja nicht gleich abschaffen. Was hältst du davon, wenn ich einen Gärtner beauftrage, der das Poolgelände großzügig einzäunt und dann die Zäune hübsch bepflanzt?"
Ich falle Dirk dankbar um den Hals. Das ist weder in letzter Zeit passiert, noch wird es je wieder geschehen. Obwohl Lukas sich freut und lacht und sich an unseren Beinen festkrallt.
„Ich habe vorhin mit Bernhard gesprochen!" In mir tobt ein Tornado und ich bekomme kaum Luft. „Svens Zustand ist unverändert. Wir müssen abwarten." Ich habe keine Ahnung, wie Svens Zustand überhaupt ist, wünsche mir nur, dass er besser sein möge als der, in dem ich ihn zum Schluss gesehen habe. Dirk bietet mir an, Lukas im Kindergarten vorbeizubringen. Als die

beiden verschwunden sind, springe ich unter die Dusche, schließe aber nur eine kurze Sekunde lang die Augen, um mir den Schaum abzuwaschen. Denn sofort sehe ich wieder Sven in einem Krankenhausbett vor mir, an Schläuche angeschlossen und um sein Leben kämpfend.

Nass, wie ich bin, setze ich mich im Schlafzimmer auf das Bett und schaue in den Garten hinaus, direkt auf den Pool. An diesem Anblick habe ich mich einmal ergötzt! Heute kann ich das kaum noch glauben. Eine Stunde später sitze ich immer noch da und starre auf den gleichen Punkt. Es klingelt. Ich greife nach einer Shorts und einem Top und gehe zur Tür. Vor der Tür stehen zwei Unbekannte, die mir einen Dienstausweis zeigen. Sie kommen von der Zivilpolizei, wollen mich befragen und sich den Schauplatz ansehen, an dem ich gestern das Verbrechen begangen habe, meiner Aufsichtspflicht nicht nachgekommen zu sein.

„Hat Familie Kaiser mich angezeigt?"

„Nein, aber einer solchen Sache müssen wir immer nachgehen."

Wir gehen in den Garten.

„Bernhard, ich meine Herr Kaiser, hat gesagt, sein Sohn könne schwimmen!"

„Heißt das, Sie haben den Jungen alleine im Wasser gelassen?"

„O Gott nein!", stottere ich und zeige ihnen die Stelle, an der ich mit den beiden gesessen und gespielt habe. Den Umstand, dass mich Dirk vor den Kindern schlagen und ich mich mit Lukas ins Haus retten wollte, lasse ich aus. Wenn Dirk davon Wind bekäme, dass ich etwas darüber gesagt habe, wäre hier die Hölle los. Ich erzähle etwas von Saft holen, dass Lukas unbedingt mitkommen wollte und Sven brav auf der Decke gespielt habe, weit weg vom Pool. Dann habe es an der Tür geklingelt und Bernhard wollte seinen Sohn abholen. Das Ganze habe keine drei Minuten gedauert, aber da sei schon alles zu spät gewesen.

„Ich habe keine Ahnung, warum Sven zu dem Pool rübergelaufen ist!" Ich fange an zu schluchzen und die Männer sehen mich mitleidig an. Mir ist schlecht. Ich schlucke die aufstoßende Galle gequält herunter. Sie schauen sich den Garten noch genauer an, messen die Schritte zwischen unserem Aufenthaltsort und unserer Küche und der Haustür ab und verschwinden wieder. Die ganze Zeit über heule ich. Nachdem die Zwei verschwunden sind, suche ich die Gästetoilette auf und erbreche die Galle auf mein Pipi und das Klopapier von heute Nacht. Wieder muss ich duschen, denn die Angst klebt an mir wie Dreck. Als ich im Auto sitze, um Lukas abzuholen, fange ich vor Unterzuckerung an zu zittern. Auf dem Beifahrersitz liegt eine Colaflasche. Ich halte an und trinke das lauwarme Zeug. Nach ein paar Minuten hört mein Zittern auf und ich kann weiterfahren.

Ich weiß nicht, was ich erwartet habe, vielleicht habe ich auch gar nicht darüber nachgedacht, aber als ich das Gelände des Kindergartens betrete, empfängt mich Schweigen. Die Stille ist schlimmer, als würde ein Presslufthammer neben meinem Ohr arbeiten, und mir wird schwindelig. Mütter und Erzieherinnen starren mich an oder schauen betreten weg. Jeder weiß es, alle denken das Gleiche.

Da kommt die Mutter, die nicht aufgepasst hat!

Nur Lukas' Erzieherin redet mit mir und erzählt mir, Lukas habe heute zum ersten Mal ein Strichmännchen gemalt. Sie zeigt es mir stolz. Ich spüre die vernichtenden und fassungslosen Blicke in meinem Rücken. Allmählich macht sich das Koffein aus der Cola bemerkbar. Zitternd nehme ich das Blatt entgegen und verlasse dann fluchtartig mit dem Kind den Kindergarten. Ich trinke sonst nie Cola, und ich passe sonst auch immer gut auf Kinder auf, würde ich am liebsten schreien, aber ich gehe wortlos.

Der Nachmittag wird schrecklich. Es ist unerträglich heiß und Lukas schreit erbärmlich im Schwimmbecken, das um diese Zeit in der prallen Sonne liegt. Die Hitze hüllt mich ein wie eine dicke Winterdecke und mein Kopf fühlt sich dumpf an.

„Ich will nicht schwimmen lernen!", schreit er.

„Du musst!"
Wir streiten und streiten. Lukas bemüht sich nicht eine Sekunde lang. Sobald ich ihn loslasse, geht er unter wie ein Klotz. Erst als ich seine sonnenverbrannten Schultern sehe, komme ich zur Besinnung.
„Das hat doch alles keinen Zweck!", heule ich, verlasse mit dem Kind das tödlich gefährliche Wasser und gehe ins Haus. Wassertropfen, vermischt mit meinen Tränen, sprenkeln unsere dunklen Fliesen. Die Angst, dass Sven sterben könnte, lässt mich kaum atmen. Es geht nicht nur darum, dass dieses liebe, kleine Kind nicht sterben soll, damit die Situation nicht noch schlimmer für mich wird. Ich mag das Kerlchen mit seinem rötlichen Haar so sehr. Sven tut meinem ängstlichen Lukas so gut. Aber ab jetzt wird es keinen Spielgefährten mehr für ihn geben. Weder das noch ein Geschwisterchen. Die Nachmittage wird er ab heute nur noch mit seiner unfähigen, depressiven Mutter verbringen.
Lieber Gott, bitte lass Sven nicht sterben!
Aber Gott ist wieder nicht auf meiner Seite. Wer weiß, wo der sich immer aufhält? Auf jeden Fall nicht bei mir. Nicht einmal in meiner Nähe! Drei Tage später kommt Dirk mit der vernichtenden Nachricht, dass Sven für hirntot erklärt worden sei und es jetzt an Mira und Bernhard liege, ob die Maschinen, die ihn am Leben erhalten, abgestellt würden oder nicht. Es dauert weitere zwei Tage. Schließlich lassen Bernhard und

Mira die Maschinen abstellen. Da breche ich zusammen. Ich schreie und schreie, bis Dirk mir eine knallt. Dieses eine Mal ist es das Beste, was er tun kann. Ich hätte sonst nie wieder aufgehört zu schreien. Als ich am nächsten Morgen zur Tür gehe und der Postbote mir ein Einschreiben mit der Nachricht in die Hand drückt, dass Familie Kaiser mich wegen Unterlassung der Aufsichtspflicht mit Todesfolge angezeigt hat, stehen schon die ersten Presseleute vor der Tür.

Die Wochen bis zur Verhandlung sind ein nicht endenwollender Alptraum. Das einzige Gute in dieser Zeit ist, dass Dirk mich nicht ein einziges Mal schlägt. Er versucht mich von der Öffentlichkeit weitgehend fernzuhalten und verteidigt mich sogar gegenüber der Presse. Natürlich tut er das nur, damit ich ihn nicht verrate. Seine Schläge, seine Demütigungen. Es geht einzig und allein darum, seine weiße Weste vor der Presse sauberzuhalten. Zeitweise macht mich das so wütend, dass ich es ihm am liebsten ins Gesicht sagen würde, aber ich weiß jetzt, was gut für mich ist, und halte den Mund. Laut Gerichtsurteil ist Svens Tod ein tragischer Unglücksfall. Für mich hat das Urteil jedoch keine Aussagekraft. Denn ich schaue in die hasserfüllten Augen von Mira und Bernhard.

Ich bin schuld!

Die Schuldgefühle bohren sich wie ein Geschwür tief in meinen Körper.

„Weißt du was, Ariane?", fragt mein Vater plötzlich fröhlich. Ich habe nicht einmal mitbekommen, dass er mit Frau Mester wieder ins Zimmer getreten ist.
„Ich habe mir das alles genau überlegt. Ich reiche Urlaub ein und werde herausbekommen, was passiert ist!"
Es ist schlichtweg unmöglich, in einem kurzen Jahresurlaub all das verstehen zu können, was hier passiert ist!
Er macht eine Pause und ich könnte mir selber in den Hintern treten, dass ich nicht einfach weitergezählt habe. Jetzt muss ich mich schnell wieder auf eine Zahl konzentrieren. Aber mir fällt keine ein.
Die Zahlen in meinem Gehirn sind verschwunden, genau wie die Fähigkeit, ihn einfach rauszuschmeißen.
„Ich bleibe! Maria wird mich verstehen!"
Na, dann ist es ja gut!
„Als Erstes werde ich mich wirklich mit Dirk unterhalten müssen! Was meinst du, ob ich eine Chance habe…"
Ich weigere mich, diesem Schrott länger zuzuhören.
Mein Vater spielt Sherlock Holmes und ich soll dem ergeben zustimmen. Und zusehen. Mach ich aber nicht, kannste vergessen. Wenn ich könnte, würde ich jetzt mit den Armen fuchteln und mit den Füßen

stampfen. Und neben all dem Gestikulieren wütend Einspruch brüllen.

Warum willst du in meiner Scheiße wühlen? Nimm deine eigene!

Aber mir ist schon klar, warum. Du willst nur von dir ablenken. Während du in meiner Vergangenheit herumstocherst und meinst, du könntest die Polizeiarbeit besser verrichten als ein kompetenter Rossmann, hast du nur ein Ziel vor Augen: dass dein schlechtes Gewissen mir gegenüber schmilzt.

Herrje, was tust du mir doch leid!

Das ist ein Ablenkungsmanöver. Du versuchst mit militärischer Taktik, von der geplanten Offensive abzulenken, die ich dir ins Gesicht schmettern könnte.

Das funktioniert nicht, Papa. So nicht.

Du fütterst dein Gehirn mit Fehlinformationen, die auf ein anderes Ziel gerichtet sind als deins. Selbst bei dir bin ich jetzt schon der Bösewicht. Wir haben uns zwanzig Jahre lang nicht gesehen, und sogar du benutzt mich als Sündenbock.

Und da fragt noch ein Arsch von euch, warum ich nicht zurückkomme?

Die Zahlen fallen mir wieder ein. Ich glaube, ich war bei dreihundert und soundso.

„Ich habe vorhin mit dem netten Doktor gesprochen."

Dreihundertundeins, dreihundertzwei, dreihundertdrei…

„Er sagt, dass sie dich eigentlich verlegen wollten, aber etwas mit deinen Nieren ist nicht in Ordnung, deshalb bleibst du."

Dreihundertvier, dreihundertfünf, dreihundertsechs...

„Die wollten dich doch tatsächlich in die Psychiatrie verlegen. Ich dachte, ich höre nicht richtig! Aber Doktor Klein hat mich beruhigt und mir gesagt, dass du nirgends hinkommst, bevor das mit den schlechten Nierenwerten nicht geklärt ist!"

Psychiatrie?

Das Zählen kann ich ruhig aufgeben, denn ich bekomme trotzdem mit, was Papa sagt. Manchmal klappt es, jetzt nicht. Es gibt Dinge, mit denen muss ich mich einfach abfinden – je früher, desto besser. Je mehr ich mich dagegen sträube, desto schlimmer ist das Verlieren. Mit grässlicher Regelmäßigkeit steigt Bedauern darüber in mir auf, dass ich immer noch lebe. Um diesen Punkt dreht sich alles. Er steht neben mir, vor mir und hinter mir. Egal, wohin ich schaue, mein Ziel ist nirgends in Sicht. Ich kann mich nicht geschlagen geben, also muss ich hier verweilen und mir jeden Mist anhören, den ich nicht hören will. Schlimm. Ich suche immer wieder nach der Lücke im Zaun, durch die ich schlüpfen kann, aber er scheint nirgends durchlässig zu sein, auf jeden Fall nicht für mich. Oder ich bin blind und sehe das Schlupfloch einfach nicht. Andere hätten es längst geschafft, aber ich nicht. Das kehrt

auch in typischer Regelmäßigkeit wieder, dass ich immer alles erst als Letzte schaffe, obwohl ich früher einmal in allem die Erste und die Beste war. Lang ist es her... Aber ich brauche gar nicht mit Wehmut daran zu denken, das hilft mir jetzt auch nicht weiter.
„... dann ist das mit der Psychiatrie vielleicht doch nicht so schlecht, was meinst du?"
Jetzt habe ich nicht mitbekommen, was Papa erzählt hat. Er will mich also auch in der Klapsmühle sehen. DANKE!
Für den Augenblick reicht es mir wirklich. Ich möchte schlafen. Diesen Wunsch verspüre ich immer häufiger.
„Ich habe dir übrigens noch eine neue Zahnbürste und zwei Nachthemden zum Wechseln mitgebracht. Ich bin mir sicher, die Hemden würden dir gefallen, wenn du sie dir denn anschauen könntest." Ich kann hören, wie schwer vor Kummer sein Herz ist, und plötzlich schäme ich mich. Und genauso schnell wie ich vorhin wütend geworden bin, bin ich es nicht mehr. Meine Emotionen fahren Karussell. Und plötzlich frage ich mich, ob ich wirklich meine Selbstachtung verlieren soll, indem ich das Fehlverhalten meines Vaters so hoch bewerte, dass ich die Freude, ihn wiedergefunden zu haben, durch Hass ersetze, weil er nicht das macht, wovon ich zwanzig Jahre lang geträumt habe.
Meine Güte, wie bin ich ungerecht.

Er wird sich unser Wiedersehen auch anders vorgestellt haben!

Auszug aus der
Chronologie des Falles Fischer

Dirk Fischer wurde dem Haftrichter vorgeführt. Der Haftrichter beschließt, dass er bis zur Hauptverhandlung in Untersuchungshaft bleibt.
Weiterhin gibt Kai Rossmann bekannt, dass Fischer die Tatvorwürfe immer noch von sich weist und seine Unschuld beteuert.

Zwölf

Unsere Lippen hängen aneinander und unsere Körper sind ineinander verkeilt. Unser Atem ist noch hastig und unregelmäßig. Wir haben uns geliebt, lassen einander aber nicht los. Ich könnte ewig mit den Lippen auf seinem Mund verweilen. Schließlich löst er seine Lippen von meinen und ich lasse meinen Kopf langsam auf die Decke sinken. Unsere Atemzüge werden immer gleichmäßiger und schließlich synchron. Ich dürfte nicht hier sein, aber trotzdem wüsste ich keinen Ort, an dem ich jetzt lieber wäre. Plötzlich fängt er an zu lachen. Ich lache mit. Grundlos, denke ich.
„Das war grandios!", sagt er und küsst mich wieder.
„Ja, das war es wirklich!" Ich verliere mich in seinen meerblauen Augen und weiß, dass ich mich noch tagelang nach diesem Blick sehnen werde. Er lacht wieder. Vielleicht macht er das immer, vielleicht ist er solch ein fröhlicher Typ, ich weiß es nicht. Ich habe ihn so lange nicht gesehen, und als er plötzlich vor mir stand, ist er genau der geworden, den ich früher in ihm gesehen habe. Das sage ich ihm und er lacht wieder.
„Und warum fandest du mich früher blöd?"
„Ich dich? Nein, auf keinen Fall. Aber du mich!"
„Ich dich? Wie kommst du denn darauf?"

„Karin hat es mir erzählt!"

„Karin? Wieso?" Er deckt uns mit dem Laken zu und setzt sich aufrecht hin. Das Lachen hat sein Gesicht verlassen. Er sieht mich ernst an. Ich zucke mit den Schultern und versuche, leichtfertig zu grinsen. „Hast du mal ein Glas Wasser für mich?"

„Ein Glas Wasser?"

„Ja, oder etwas anderes. Egal. Mein Mund ist ganz trocken!"

„Ariane, bitte. Natürlich habe ich ein Glas Wasser für dich. Ich hole dir gleich alles, was du willst, aber im Moment möchte ich lieber wissen, was Karin dir erzählt hat!"

Jetzt muss ich wirklich lachen. „Aber Mark, ich bitte dich! Das Ganze ist fast zehn Jahre her! Woher soll ich wissen, was sie mir damals erzählt hat?" Mark lacht nicht. Allmählich wird mir das Ganze unangenehm. Natürlich weiß ich noch, was sie mir rein freundschaftlich und unverblümt mitgeteilt hat. So war Karin nun einmal: Nicht auf den Mund gefallen und schonungslos offen. Er wird nicht aufhören zu bohren, ich sehe es in diesen Engelsaugen, die mich vor ein paar Minuten noch vor Begierde wahnsinnig gemacht haben. Seine Augen werden einen Moment lang größer, fordern mich auf, nun endlich zu reden. Ich gebe mich geschlagen. Auch wenn ich versuche, das Ganze unter der Rubrik Teenagergehabe abzutun, wird mir klar, dass man sich auf beste Freundinnen nicht verlassen kann, und das nicht erst seit heute.

„Also schön. Ich habe Karin mal gesagt, dass du ein süßer Kerl bist, und daraufhin hat sie mir gestanden, dass du mich nicht leiden kannst!"

Mark ist sprachlos. Er ist wirklich sprachlos. Er schluckt und bewegt seine Augen unruhig hin und her.

„Das habe ich nie gesagt!"

„Schon gut!"

„Nichts ist gut. Ariane, es ist genau andersherum: Du hast mir sehr gefallen und Karin hat mir erzählt, dass du mich langweilig und öde fändest!"

„Das habe ich nie gesagt!"

Wir lachen beide. Sein Mund trifft meinen und ich scheine wieder festzuhängen. Nur ungern reiße ich mich schließlich los.

„Weißt du was? Irgendwann haben wir alle mal zusammen auf dem Schulhof gestanden und du standest schräg vor mir und hast mich angesehen. Und immer, wenn ich in den letzten Jahren an unsere Schulzeit gedacht habe oder einfach nur an dich, dann fiel mir dieser eine, kurze Moment wieder ein, in dem ich damals dachte: Wie kann der Mensch mich nur so lieb anschauen, wenn er mich nicht leiden kann?"

„Warum hast du nie mit mir darüber gesprochen?"

„Und warum hast du nie etwas gesagt?"

„Wenn jemand mich öde findet, wie soll ich dem erklären, dass ich es nicht bin? Öde, das definiert doch jeder anders. Dann hätte ich mich doch noch lächerlicher gemacht, oder?"
„Na ja, in diesem Fall wohl nicht!"
„Ja!", sagt er, und die Art, wie er dieses Ja ausspricht, macht mich traurig. Karin hat uns hintergangen, aus welchem Grund auch immer. Sie wusste, dass mein Selbstvertrauen nicht groß genug war, Mark danach noch weiter anzuschmachten. Ich weiß nicht, ob sie ihn selber wollte oder mal gehabt hat, und ich frage auch nicht. „Mark kann dich nicht leiden!", – ein Satz, der nicht hätte zu fallen brauchen. Vielleicht wäre dann alles ganz anders gekommen.
„Vielleicht wären wir zusammengekommen?" Mark spricht aus, was ich gerade gedacht habe. „Und vielleicht wären wir heute noch ein Paar, verheiratet und mit zwei Kindern!"
Jetzt muss ich lachen. Er grinst wieder. Seine Augen funkeln aufs Neue und ich merke, wie ich mich wieder in ihnen verliere. Ich sollte gehen und das beenden, was gar nicht hätte anfangen dürfen, aber ich kann nicht. Es gefällt mir hier. Sein Schlafzimmer ist modern eingerichtet, von der restlichen Wohnung habe ich nicht viel gesehen, weil wir förmlich ins Schlafzimmer geflohen sind. Unsere Sachen liegen auf dem Boden

verteilt. Hier stinkt es nicht nach Geld und Perfektionismus und das ist hervorragend.

„Ich hole dir was zu trinken!", sagt er und geht hinaus. Ich wage es, unter die Decke zu schauen, und stelle fest, dass es hier nach Sex riecht. Herrgott, meine Beine sind nicht rasiert und mein Schamhaar wächst ungleichmäßig nach. Als ich in Richtung meiner Achselhöhle schnuppere, empfängt mich Schweißgeruch. Das Ganze müsste mir peinlich sein, ist es aber nicht.

„Hier, ich habe auch Sekt zu bieten!" Mark hält mir ein gefülltes Glas entgegen. „Ich bin mit dem Auto!" Er grinst und kommt zu mir unter die Decke. „Ariane, meine Süße, bis du fährst, haben wir den Alkoholspiegel längst wieder abgebaut!" Ich kichere alberner als in meiner pubertären Zeit und trinke das Glas schlückchenweise aus. Die ganze Zeit beobachtet er mich dabei und ich habe keine Angst. Wenn Dirk von uns wüsste, dann würde er mich umbringen. Das ist mir klar. Die Realität scheint aber momentan meilenweit weg zu sein. Dirk befindet sich wegen eines großen Objekts für eine Woche auf Mallorca. Und mir bleiben noch fünf von diesen sieben Tagen. Lukas ist bis morgen bei Dirks Mutter, damit ich zu dem Klassentreffen gehen konnte, zu dem mein Mann mich selber geschickt hat. Sogar Kleidungsvorschläge hat er mir unterbreitet, bestimmt, damit man sieht, wen ich abbekommen habe. Den großen Immobilienhai Fischer. Bestimmt nicht, hatte ich mir trotzig in den Kopf gesetzt, aber so getan, als sei ich von seiner Wahl vollauf begeistert. Das Kostüm, das er mir ausgesucht hat, werde ich in den nächsten Tagen einmal anziehen, damit es getragen aussieht. Vielleicht werde ich sogar einige Kleckser Alkohol darauf spritzen und Dirk bitten, es mit in die Reinigung zu nehmen. Zum Klassentreffen bin ich in einer schlichten hellen Jeans und einem blau-weiß gestreiften Strickpullover erschienen, und dazu trug ich einfache, flache Ballerinas. Wenn der Weg nicht zu weit gewesen wäre, dann hätte ich das Rad genommen und den Mercedes in der Garage gelassen. Seit Fionas Beerdigung vollbringe ich leidenschaftlich gern Dinge hinter Dirks Rücken, die mich aufmuntern, weil ich weiß, dass ich etwas Verbotenes tue, wovon er nichts weiß. So wie das Treffen mit Mark. Aber das Ganze hier so einfach zu rechtfertigen, wäre ungerecht. Ich bin nicht zu dem Klassentreffen gekommen, um mich an ihn ranzuschmeißen.

Wir haben uns alle unterhalten und Karin führte das Wort, wie früher schon. Dann kam Mark, fast eine Stunde zu spät. Unsere Blicke trafen sich, genau wie damals auf dem Schulhof, und wieder dachte ich das Gleiche. Also hielt ich mich von ihm fern. Aber er war wirklich zu dem geworden, als den ich ihn früher schon gesehen hatte. Ab und zu schielte ich zu ihm herüber. Unsere Blicke trafen sich noch öfters, und erst nachdem Karin und ein paar andere sich verabschiedet hatten, stellte er sich neben mich und fragte: „Hallo, Ariane. Wie geht es dir?" Ich musste lachen, und mir rutschte ein: „Jetzt gut!", heraus. Verlegen nippte ich an meiner Apfelschorle. Die Geselligkeit hatte mich beschwipst gemacht, obwohl ich überhaupt noch keinen Alkohol getrunken hatte. Scheinbar gefiel ich ihm heute besser als früher, denn er wich keinen Schritt mehr von meiner Seite. Er erzählte ein wenig von seinen letzten zehn Jahren und was er gemacht und erlebt hatte, und danach erzählte ich von meinem Leben. Seines hörte sich viel interessanter und sonniger an. Dirks Schläge und Demütigungen ließ ich natürlich aus und auch, dass ich gerade eine äußerst schmerzhafte Fehlgeburt hinter mir hatte. Das Einzige, wovon ich unverblümt und ohne Zurückhaltung erzählen konnte, war mein Leben mit Lukas. Mark hörte interessiert zu. Doch schließlich wusste ich nicht mehr, was ich sagen sollte, und unser Gespräch versiegte. Ich hing an diesen blauen Augen fest und sah auf den Mund, den ich am liebsten geküsst hätte. Ich stolperte und Mark fing mich auf. Die Berührung war nur kurz, reichte aber aus, dass ich mich in diese Arme wünschte. Die Letzten gingen bereits. Wir mussten etwas tun. „Ich geh dann jetzt auch!", sagte ich und nahm meinen Blazer vom Haken. Keiner sollte mich in dem Mercedes nach Hause fahren sehen, deshalb beschloss ich, nach der

allgemeinen Verabschiedung die Toilette aufzusuchen. Dort hielt ich mich extra lange auf, schalt mich vor dem Spiegel selbst eine Idiotin, dass ich Mark so angeschmachtet hatte, und überprüfte mein Handy. Keine Anrufe, keine SMS. Nach zehn Minuten verließ ich das Gebäude. Ich musste bis hinter die nächste Ecke laufen, wo ich das Auto regelrecht versteckt hatte. Und dann sah ich Mark am Wegrand stehen und in sein Handy sprechen. Sicher rief er seine Freundin an, die ihn abholen sollte. Etwas wie Neid und Trotz kam in mir hoch. Ich vergaß den Mercedes und hielt neben ihm an.
„Na, schöner Mann? Kann ich Sie irgendwohin mitnehmen?"
„Ich habe mir ein Taxi gerufen!"
„Scheiß drauf!", sagte ich und ließ ihn einsteigen.
Von dem Moment an war klar, was passieren würde.
„Karin, Karin, Karin!", sagt er gerade und lacht. Dann küsst er mich wieder. „Ich glaube, wir sollten mal das nachholen, was uns unsere Karin früher versagt hat!" Bevor ich wieder albern lachen kann, befindet er sich schon auf mir und küsst mich weiter.

„Guten Morgen, Frau Fischer!"
Ich werde wach.
„Meine Güte, gut sehen Sie heute aus! Richtig rote Bäckchen! Sie haben doch wohl kein Fieber?"

Natürlich nicht.
Na ja, wissen kann ich das natürlich nicht, aber es liegt wohl eher an meinen Traum. Ich grinse. Solche Träume sollte man öfters haben. Endlich habe ich mal an etwas in meinem Leben gedacht, das schön war. Wirklich schön. Ich kann Marks Küsse noch heute schmecken, obwohl es inzwischen schon wieder Jahre her ist.
„Ich soll Ihnen von Ihrem Vater bestellen, dass er heute etwas später kommt!"
Bei mir gibt es keine Zeiten, die eingehalten werden müssen. Eigentlich ist es ganz egal, wann er kommt, Hauptsache, er kommt! Die Zeit messe ich daran, wann ich gedreht werde und wann das Essen verteilt wird. Wenn die letzte Schwester, die mich zur Nacht fertig gemacht hat, „Gute Nacht, Frau Fischer!", sagt, dann beginnt auch für mich die Nacht. Würde ich vierundzwanzig Stunden lang schlafen, so würde ich es nicht einmal merken. Im Moment dreht es sich ein wenig in meinem Kopf. Ich bin noch nicht ganz wach und muss mich erst zurechtfinden. Ich schmecke immer noch Marks Küsse, und das ist gut. Warum soll ich mich in meinem restlichen Leben, das sich noch schier endlos lang vor mir erstreckt, nicht mit schönen Erinnerungen beschäftigen? Davon gibt es schließlich allzu wenige. Der Abend und die Tage danach mit Mark, das war die einzige Erinnerung, an der ich mich festhalten konnte, als mein Leben mit Dirk immer schlim-

mer wurde. Ich konnte nachts neben Dirk liegen, gedemütigt und geschlagen, und meinen Schmerz mit der herrlichen Erinnerung an Mark lindern. Seine Küsse und sein wahnsinnig guter Geruch waren mir so präsent, dass die Schmerzen zu Eis gefroren und ich die zarten Fingerkuppen, die über meinen Körper glitten, spüren konnte.
Mark und ich.
Ich und Mark.
Als ich frühmorgens ging, verabredeten wir uns nicht für ein zweites Mal. Ich erklärte ihm, dass er abends nicht zu mir kommen könnte und ich auch nicht zu ihm, wegen Lukas.
„Lukas ist schon zu alt dafür, dass er nichts verraten würde!"
Ich versuchte zu lächeln. Meine Schwiegermutter würde Lukas am nächsten Morgen vorbeibringen und danach könnte ich mich unmöglich noch einmal loseisen. Mark sagte kein Wort, hörte sich nur mein Gestotter an und kam dann zu mir.
„Ariane, quäl dich nicht so. Ich habe schon verstanden. Es ist gut!"

Er nimmt mich in den Arm und küsst mich auf die Stirn. Tränen laufen über meine Wangen und ich sehe ihn an. „Es ist gut so! Ich wusste vorher, dass du verheiratet bist und ein Kind hast.", sagt er und schiebt mich zur Tür. Als ich auf der Treppe stehe, drehe ich mich noch einmal um und versuche mir seine Augen einzuprägen. Dann fahre ich nach Hause und falle wie tot ins Bett.

Erst als gegen zehn Uhr morgens mein Handy klingelt, schrecke ich hoch. Meine Schwiegermutter ist am Telefon und fragt, ob Lukas nicht noch eine Nacht bleiben könne, sie wollten mit ihm in den Zoo gehen. Ich widerspreche nicht, aber als ich auflege, überkommt mich Sehnsucht und ich weiß, dass Renate mir keinen Gefallen getan hat. Ich ziehe die Bettdecke tief über meinen Kopf und hoffe, dass das Bild von Mark verschwindet. Ich schäle mich aus dem Bett, suche die Toilette auf und betrachte mich Ehebrecherin im Spiegel. Ich kann keine Spur von schlechtem Gewissen entdecken und putze meine Zähne. Mein Handy klingelt. Einen Moment lang denke ich, dass vielleicht Mark mich anruft und wir uns sehen können, aber er hat meine Nummer nicht. Mark kennt nicht einmal meinen Nachnamen. Er würde mich auch niemals so unter Druck setzen, das weiß ich. Ich bin mir sicher, er wird nicht einmal Karin nach meinen Nachnamen fragen, geschweige denn danach, wo ich wohne. Es ist Dirk, der wissen will, ob alles in Ordnung ist, und mir einen schönen Tag wünscht. Ich gehe unter die Dusche, obwohl ich Marks Geruch gerne länger an mir haften lassen würde. Sobald ich die Augen schließe, sehe ich die seinen. Und

sein Lachen. Und meine Finger in seinem Haar. Ebenso seine Hände. Und alles andere fällt mir wieder ein. Es dauert noch genau acht Stunden, dann halte ich die Sehnsucht nach ihm nicht mehr aus. Entschlossen ziehe ich mich an, hole den Wagen aus der Garage und fahre los. Aufkommende Zweifel darüber, ob er mich überhaupt sehen möchte, ignoriere ich. Ich klingele. Ich könnte mich jetzt total blamieren, falls seine Freundin mir aufmacht, aber das ist mir egal. Noch nie war ich so sicher, etwas tun zu müssen. Noch nie. Der Türsummer geht, und ich steige die Stufen hoch. Mark steht in der Tür. Sein Blick ist erst verdutzt, dann grinst er. Bevor ich etwas sagen kann, zieht er mich in die Wohnung und küsst mich.
„Ich.. weißt du, ich…"
„Ich weiß!", unterbricht er mein Gestotter und küsst mich wieder.
Vergeblich versuche ich mich zu rechtfertigen, bis Mark mich am Kinn festhält. „Ariane, kannst du nicht einfach einmal fünf Minuten den Mund halten?" Ich muss lachen. Doch, natürlich kann ich. Sogar zehn Minuten. Wenn er will, die ganze Nacht lang. Wenn nur sein Mund nicht aufhört, mich zu küssen.

„Hallo, Ariane, da bin ich schon!"
Papa.
Auch er küsst mich.

Natürlich ganz anders als Mark in meinem Déjà-vue, aber er ist ja auch mein Vater. Ich freue mich, dass er wieder da ist. Den Kampf gegen ihn habe ich aufgegeben. Ariane, habe ich mich gefragt, möchtest du weiter schmollen, weil alles anders gekommen ist, als du es dir erhofft hast, oder willst du ihn die restliche Zeit, die du noch hier verbringen musst, so hinnehmen, wie er ist? Mit Letzterem komme ich weitaus besser klar. Wenn er mir egal wäre, dann könnte er es ja auch nicht schaffen, dass ich mich dermaßen über ihn ärgere.

„Ich habe mit Renate gesprochen. Wirklich eine reizende Frau. Ich bin froh, dass du wenigstens eine nette Schwiegermutter hast."

Seine Stimme bricht und er weint.

Papa, was hast du denn?

„Entschuldigung, mein Engelchen. Genau das wollte ich natürlich nicht. Dir einen vorheulen." Er schnieft ins Taschentuch.

„Also, wirklich eine nette Frau. Aber ich glaube", jetzt beugt er sich ganz nah zu meinem Ohr, „dein Schwiegervater ist keinen Deut besser als dein Mann. Ich habe mich mit Renate im Café getroffen. Meine Güte, ist die Frau fahrig! Ich glaube, die sieht hinter jeder Ecke ein Gespenst. Zum Schluss habe ich mich auch zu allen Seiten hin umgedreht. Schlimm!" Bestimmt schüttelt er sich jetzt wie ein Hund.

„Meine Güte, meine Güte. Was muss das für eine Hölle sein, wenn man stets in so einer Angst lebt! Warum hast du das Schwein denn nicht viel früher verlassen?"
Ich spüre seinen Zorn, der mehr aus Verzweiflung als aus Vorwurf besteht.
Papa, das weiß ich auch nicht.
Er weint wieder. In meinem Zimmer scheinen stets alle zu weinen. Sicher wirkt mein Anblick auch nicht gerade aufbauend. Das ist mir klar. Und der Anlass dafür, bei mir zu sitzen, ist natürlich ebenfalls nicht erfreulich. Wieder stelle ich mir Papa vor, wie er wohl heute aussieht, und sehe ihn mit dick verheulten, traurigen Augen vor mir.
Das möchte ich nicht. Ich möchte, dass er lacht und fröhlich ist und sich nicht mit Dingen beschäftigt, die weit hinter meiner jetzigen Zeit liegen. Ich kann es ihm nicht sagen und ihn auch nicht stoppen. Selbst wenn ich es endlich schaffen werde, zu sterben, wird er nicht eher Ruhe geben, bis er jedes Blättchen in meinem Leben umgedreht und verstanden hat. Ich verstehe ihn jetzt besser. Er kann nicht anders. Ich hoffe nur, dass er sich nicht irgendwann für das rächen möchte, was mir angetan worden ist. Wenn ich hier liege und in meiner gespenstischen Dunkelheit an die Vergangenheit denke, frage ich mich doch selber: Wie konnte es nur so weit kommen?

Doktor Klein steht an meinem Bett und bespricht sich mit einem Nephrologen. Wenn ich ihn richtig verstanden habe, dann läuft mein Pipi nicht mehr. Und es blutet.

Es gibt Schlimmeres. Weitaus Schlimmeres. Hier zu liegen, ins Dunkle zu starren und zu warten, warten, warten, auf die Erlösung, die seit Wochen nicht kommt. Ich weiß genau, dass ich mit meiner Feigheit selbst daran schuld bin, aber diese Gewissheit hilft mir auch nicht weiter. Die Schwestern kommen und gehen, Papa kommt und geht. Die Psychiaterin kommt nicht mehr. Vielleicht hat sie mich aufgegeben. Und Dirk sitzt immer noch in Untersuchungshaft. Ich könnte diese Welt wirklich verlassen, es gibt keinen Grund mehr, zu bleiben.

Mama?

Sie wird nicht mehr mit mir sprechen. Ich habe sie weggeschickt und ihr befohlen, nicht wiederzukommen, also warum sollte sie es tun? Selbst nach dem Tod bleibt wohl noch so etwas wie Stolz in der Seele haften. Das gefällt mir. Obwohl ich Mama schon gerne sprechen möchte. Nur ganz kurz. Ich will ihr sagen, dass hier alles seinen rechten Weg geht. Dirk sitzt im Gefängnis, wohin er auch gehört, um das Grab von Lukas wird sich Renate kümmern, um meins dann sicher auch, und Papa beschäftigt sich mehr mit mir als je zuvor. Ich weiß, dass Mama immer sehr traurig war, nicht nur darüber, dass er sie verlassen hat, sondern auch darüber, dass er damit gleichzeitig auch mich verlassen hat. Es gibt nichts mehr, was ich hier noch tun könnte oder vollbringen müsste. Warum darf ich also nicht gehen?

Doktor Klein räuspert sich. Jetzt habe ich nicht aufgepasst, worum es geht. „Okay, dann werde ich heute noch die Sonographie der Nieren veranlassen. Vielen Dank, Doktor Speeth." Sie verlassen zusammen den Raum, ohne ein Wort. Das passiert in letzter Zeit immer öfter. Selbst bei den Schwestern. Im Moment schalten sie beim Waschen das Radio ein, summen mit und lassen mich weiterschlafen. Die Schwestern reden nicht mehr viel mit mir. Sie haben mich aufgegeben. Alle. Bis auf Papa. Es macht mich traurig, dass ich gerade ihm wehtun werde, aber ich muss gehen. Als ich zweimal gedreht worden bin und den Essenswagen höre, der sich rollend auf dem Flur nähert, holt Schwester Elke mich ab und bringt mich zur Sonographie. Die Untersuchung wird von Doktor Speeth durchgeführt. Außer „Aha", und „Soso", sagt er nichts und lässt mich von Schwester Elke wieder auf die Station fahren. Es ist schon fast Abend, als Doktor Klein zu mir ans Bett tritt und mir unterbreitet, dass er mich auf die Nephrologie verlegen möchte. Papa sitzt an meinem Bett. Ich höre, wie er den Stuhl mit Schwung zurückschiebt.

„Warum?", fragt er.

„Aus dem Anlass heraus, dass Ihre Tochter kaum ausscheidet und der Urin blutig ist, habe ich heute Morgen einen Nephrologen hinzugezogen. Er hat zu einer Sonographie der Nieren geraten. Beim Ultraschall hat sich dann leider ergeben, dass sich sowohl in der rechten als auch in der linken Niere ein Tumor befindet."

„Krebs?", fragt mein Vater und seine Angst ist zum Greifen nah.

„Das können wir noch nicht sagen. Um das herauszubekommen, müssen einige weitere Untersuchungen gemacht werden. Deshalb möchte ich Ihre Tochter auch in die Nephrologie verlegen."

„Wie kommt das denn jetzt? Ich meine, hätte man das nicht früher... ich weiß auch nicht!"

„Herr Fischer, ich…"

„Benning!"

„Wie bitte?"

„Mein Name ist Benning, nicht Fischer!"

„Ja, natürlich. Entschuldigung. Also, Herr Benning. Ich habe Ihnen ja in unserem letzten Gespräch schon gesagt, dass mir einige Blutwerte bei Ihrer Tochter nicht gefallen und auch nicht die blutige, geringe Ausscheidungsmenge. Im Blutbild zeigt sich eine Anämie. Die jetzt erkannten Raumforderungen in beiden Nieren

müssen in einer erneuten Sonographie punktiert werden. Dabei werden Proben entnommen, die von unserem Pathologen histologisch beurteilt werden. Erst danach können wir sagen, um welche Arten von Tumoren es sich handelt."
„Okay!"
„Wir werden Sie noch heute verlegen, Frau Fischer. Ich wünsche Ihnen alles Gute!"
Er wendet sich von meinem Bett ab, spricht noch einmal kurz mit meinem Vater und geht hinaus. Gespenstische Stille schwängert die Luft, als die Tür ins Schloss gefallen ist. Mein Vater weiß nicht, was er jetzt sagen soll.
Papa, quäl dich nicht!
Mir ist es doch ganz egal, ob eine oder beide Nieren befallen sind. Man darf es gar nicht laut aussprechen, geschweige denn denken, aber wenn beide Nieren befallen sind, wäre das das Wunderbarste, was mir passieren könnte. Die Frage ist nur, wie lange das Ganze dann dauern wird. Eigentlich habe ich gar keine Eile, es ist ja alles geregelt, wie ich es Mama ja auch schon mitteilen wollte. Aber ich muss trotzdem von hier weg. Ich muss ganz schnell zu Lukas. Ich habe eine wahnsinnige Angst, dass er dort oben herumirrt und nicht weiß, wo er hinsoll. Er war doch noch nie allein. Ich war immer bei ihm. Wie soll er sich bloß in diesem großen Universum zurechtfinden? Er ist noch so klein

und ich muss ihm so viel erklären. Verdammt, ich kann einfach nicht mehr länger hier warten und warten, ohne dass etwas passiert.
Verflixt noch mal.
Ich bin aber auch wirklich zu dumm! Immerzu liege ich hier im Bett, scheiße mich zu und mache keine Anstalten, einen Schritt nach vorne zu gehen. Was muss eigentlich noch passieren? Ariane, damals hast du auch immer gewartet und gewartet, bis ES passierte.
Mein Rücken schmerzt, ich bekomme kaum Luft.
Meine Narbe scheint sich in meine Haut zu bohren und ich kann nichts dagegen tun.
Keine Luft bekommen, das ist es!
Verdammt, verdammt, tut das weh!
Jede Erinnerung legt sich über meinen Rücken und streut Salz in meine offene Wunde.
Herrgott Ariane, wach endlich auf!
Mutter?
Natürlich nichts. Ich habe wohl mit mir selber gesprochen. Wenn Papa gleich geht und die Schwestern mich zur Nacht fertig gemacht haben, dann werde ich gehen. Jawohl. Es muss sein.
Für Papa ist es egal, ob es heute, morgen oder in naher Zukunft passiert. Vielleicht auch je eher, desto besser. Je weniger Zeit er bei mir verbringt, desto leichter wird sein Abschied. Also, Schwestern, macht mich schnell

nachtfein, löscht das Licht und lasst mich das tun, was meine einzige Aufgabe auf Erden noch sein kann.
Tschüss, Papa, leb wohl!
Ich liebe dich!

Auszug aus der
Chronologie des Falles Fischer

Münster, Dienstag, d. 15. März 2011, 18.00 Uhr

Pressesprecher Kai Rossmann gab heute Nachmittag bekannt, dass die Gerichtsverhandlung im Fall Fischer auf Dienstag, den 12. April 2011, anberaumt wurde.
Der mutmaßliche Täter Dirk Fischer schweigt weiterhin zu dem ganzen Vorfall, beteuert aber seine Unschuld.

Dreizehn

Meine Doofheit darf ich gar nicht laut aussprechen! Nur gut, dass ich das auch nicht kann. Selbst ein Psychologe würde mich jetzt auslachen und mein versuchtes Dahinscheiden ignorieren. Ich kann sehen, wie alle an meinem Bett stehen und sich über mich lustig machen. Sie erklären meinem Vater etwas von nicht ausreichender Sättigung und dass sie auch noch nicht wüssten, woher das käme, aber dass ich erst einmal zur Beobachtung auf der Intensivstation bleiben würde. Wieder hier, in dem lautesten Trakt des Krankenhauses. Zu meinem schmucklosen Dasein gesellt sich nun wieder der Lärm, der mich nervös und unausgeglichen macht. Wenigstens ist mein dummer Nachbar von damals nicht mehr da. Es würde mich nicht wundern, wenn der Trottel inzwischen den Himmel erreicht hat, ich aber in der Hölle lande. Ich habe noch nie an Gerechtigkeit geglaubt oder in der Hoffnung darauf gelebt. Ohne dieses große Durcheinander in meinem Kopf wäre vieles leichter. Vielleicht kann ich mich irgendwann auch daran noch gewöhnen, aber im Augenblick noch nicht. Ich merke, wie meine schlechte Laune in meinem Inneren hochkriecht und über meine Hoffnung und Sehnsucht trampelt, als wären sie gar

nicht da. Meine schlechte Laune lässt sich weder ignorieren noch herunterspielen. Nicht einmal überspielen könnte ich sie jetzt, und das ist genau der Zeitpunkt, zu dem Dirk immer gefragt hat: „Du hast so schlechte Laune, kriegst du deine Tage?"
Nein, nein! Mir fehlt nichts!
Verdammt, selbst das weiß ich nicht. Vielleicht liege ich hier dick verpackt in Damenbinden, die vom Rücken bis zum Bauchnabel reichen, damit kein Blut ins Bett kommt. Mit Netzhöschen natürlich, und auf solch einer Gummiunterlage werde ich auch liegen. In meinem Zustand muss man für alles dankbar sein. Das habe ich hier gelernt. Eigentlich ist es mir schleierhaft, wie ich mit meinem hohen angeborenen IQ mich so maßlos verzetteln konnte. Papa war gegangen und ich wartete geduldig darauf, dass eine Schwester kommen und mich zur Nacht fertig machen würde, aber nichts geschah, für eine lange Zeit nicht. Bis plötzlich die Tür geöffnet wurde und gleich zwei Schwestern auf einmal eintraten und die Möbel verrückten.
„Hallo, Frau Fischer, ich bin es, Schwester Gerda. Wir wollten Sie gerne auf eine andere Station verlegen!"
Das hatte ich ganz vergessen, zu sehr damit beschäftigt, mich um den Ablauf meines baldigen Ablebens zu kümmern. Ich dumme Kuh rede mir auch noch selber Mut zu, das könne ich auch auf der anderen Station tun. Natürlich muss ich mich dort erst zurechtfinden,

oder vielleicht auch nicht. Eigentlich ist nachts alles möglich. Hoffe ich zumindest. Das Teufelchen und das Engelchen in meinem Kopf bekämpfen sich aufs Äußerste. Sie führen eine reine Zweck-WG. Mehr nicht. Aber das ist normal, darüber mache ich mir keine Sorgen. Engel und Teufel passen genauso wenig zusammen wie Frau und Mann. Gekrönt von meiner Hoffnung auf meinen einfachen, nächtlichen Selbstmord, überkommt mich fast Euphorie.
Bringt mich schnell weg!
Schwester Gerda und irgendeine Lernschwester, die es bis heute nicht nötig hatte, sich bei mir vorzustellen, packen meine Sachen ein. Sie sind furchtbar langsam dabei. Aber wozu sich aufregen? Vielleicht sollte ich so lange etwas lesen? Kicher! Ich fühle mich vollkommen siegessicher und strotze nur so vor Euphorie. Ich könnte sogar ein Liedchen pfeifen. Ich bin froh, dass meine schlechte Laune einfach so verflogen ist. Scheinbar werden meine Habseligkeiten strategisch eingepackt, denn die beiden sind immer noch nicht fertig. Okay, ihr beiden, hört mal zu, ich will, dass ihr Folgendes macht: Bringt mich auf die andere Station, am besten in ein Einzelzimmer. Sagt einfach, ihr hättet mich schon für die Nacht fertig gemacht, und beteuert den anderen dort unbedingt, dass ich nachts meine Ruhe brauche.
Hallo!

„So, da bin ich wieder. Ihre Unterlagen habe ich jetzt auch, es kann losgehen!"
Auf dann!
Ich werde in den Fahrstuhl geschoben.
„Frau Fischer, Sie kommen auf die Zwei B. Das ist unsere Nephrologie."
Bereitwillig lasse ich mich fahren. Mein Bett ächzt beim Schieben, jemand sollte es mal ölen. Ich sage euch, schon in ein paar Stunden könnt ihr mit dem Bett machen, was ihr wollt, ich brauche es nicht mehr. Ich muss mich jedoch noch einige Zeit gedulden, denn zuerst werde ich in ein Zimmer gebracht und einer Frau Hein vorgestellt. Sicher meine Nachbarin. Klingt nett, die Dame.
Keine Angst, ich werde es nicht tun, wenn du dabei bist!
Die Schwestern stellen sich ebenfalls vor, haben aber sonst kein Interesse an mir. Mein Zustand hält schon zu lange an, als dass sie noch die Hoffnung hätten, ich könnte zurückkehren und mich an ihren Charakter erinnern. Mein Bett wird so barsch gegen die Wand gefahren, dass ich zusammenschrecke. Das gefällt mir nicht! Selbst Tote sollte man nicht so behandeln. Mein Bett steht direkt an der Tür, ich höre das geschäftige Treiben auf dem Flur, das hier ganz enorm ist. Türen knallen, Stimmen reden durcheinander, etwas piept, dann gehen Schellen, irgendwo klingelt ein Telefon.

„Frau Hein kann in die Dialyse!", schreit jemand in unsere Richtung und meine Zimmernachbarin fängt an zu kramen. Ich kann mein Glück kaum fassen. Wenn die Frau jetzt in die Dialyse kommt, dann habe ich massenhaft Zeit. Sie wird mit ihrem Bett hinausgefahren und die Tür knallt zu. Ich bekomme das Gefühl, hier völlig überflüssig zu sein. Ich fühle mich einsam, ganz allein.

Obwohl ich für mein Vorhaben genau diesen Zustand brauche, macht er mir momentan Angst. Hier ist es dunkel. Stockdunkel. Ich will sterben und ich habe Angst. Zweifel kommen auf. Meine Meinung läuft parallel zu meiner Wahrheit, ganz nah nebenher. Aber sie treffen sich nicht. Ich habe keine Angst vor dem Tod, nur vor dem Übergang, weil sich mir wieder jemand in den Weg stellen könnte.

Verdammt!

Ich versuche es trotzdem, warte geduldig ab, bis eine Schwester mich zur Nacht fertig gemacht hat, bis das große Treiben auf dem Flur etwas nachlässt und die abendliche Stille einkehrt. Die ist auf jeder Station gleich. Leise Schritte von den Sohlen der Schwesternschuhe, gedämpftes Husten. Die Hast ruht ein paar Stunden aus und ich bin allein. Zwischenzeitlich bin ich eingeschlafen, aber jetzt bin ich bereit, den Auftrag auszuführen, den ich mir selbst erteilt habe. Bevor ich anfange, überlege ich, ob ich mein Leben noch einmal

Revue passieren lassen soll. Aber wozu? Ich glaube, ich habe mein ganzes Leben mit dem Sterben verbracht. Zuerst bin ich vor dem Tod geflüchtet, jetzt habe ich mich um einhundertachtzig Grad gedreht und komme ihm entgegen. Ich brauche nicht mehr in meine Vergangenheit zu schauen. Ich kann jetzt einfach anfangen und halte die Luft an. Es glückt wirklich. Ich puste Luft aus und lasse keine mehr rein. Hier ist alles still. Außer in meinem Ohr. Ich höre meinen Herzschlag, der von Sekunde zu Sekunde lauter und schneller wird. Wenn das das Schlimmste von allem sein soll, dann kann ich nur lachen. Als die Sauerstoffzufuhr in meinem Gehirn nachlässt, sehe ich Sternchen. Das Hellste, was ich in den letzten Wochen gesehen habe. Sie springen mir punktförmig in die Augen und drehen eine Runde durch meine Iris. Ich könnte kichern, so witzig sieht es aus, aber dann würde wieder Sauerstoff in meinen Körper dringen. Also reiße ich mich zusammen. Ich habe längst den Zustand erreicht, an dem jeder normale Mensch nach Luft schnappen würde. Ich nicht! Die Pünktchen fangen an, sich zu drehen, und ich sehe sie mal oben, dann wieder unten. Mein Herz trommelt wild in meinem Ohr, und ich höre ein Röcheln. Die ganze Zeit über hätte ich meinen Tod schon selbst herbeiführen können, aber ich will in Frieden gehen und nehme mir deshalb diese Dummheit nicht übel.

Mein Körper wird leicht und ich fliege.
 Denk an Dirk!
Mutter?
Ich wusste es! Was will sie? Warum kommt sie gerade jetzt?
Sie wird es nicht wagen, das Monster Dirk zwischen mich und den Tod zu stellen.
Mama, ich habe es aufgegeben, über ihn nachzudenken und darüber, was er warum getan hat! Ich kann ihm nicht mehr helfen, also was willst du?
Meine Güte, was soll das, denk an Dirk. Sag mir lieber, wann ich mal nicht an ihn gedacht habe. Der ist doch krank. Wenn dem etwas nicht passt, dann dreht der total durch.
Bleib bei der Wahrheit, Ariane!
Und was ist die Wahrheit, Mutter?
Mutter?
Mama?
Was ist die Wahrheit?
Etwas knallt in mein Gesicht und ich höre meinen Namen. Mama ist weg. Ich war mit irgendetwas beschäftigt, aber es ist mir entfallen. Meine Atmung holpert, vielleicht habe ich schlecht geschlafen. Stimmen murmeln über meinem Kopf. Meine Akustik ist verlorengegangen. Dann gleicht sich der Rhythmus meiner Atmung meinem Herzschlag an und ich kann einige Sätze identifizieren.

„Die Sättigung war bei zwanzig, jetzt haben wir sie aber schon wieder bei siebzig. Die Lippen sind noch etwas blau."
„Frau Fischer, gleich ist alles wieder gut. Ich lege den Sauerstoffschlauch jetzt in die Nase, das reicht!"
Sauerstoff?
Mein verschwundener Gedanke hängt fest. Irgendwo verkeilt in meinem Kopf. Dann fällt es mir wieder ein.
Ich habe es vermasselt.
Wie schon so oft. Mama kann ich diesmal nicht die Schuld geben, sie hat mich nicht zurückgeschickt. Das habe ich wohl selbst getan.
Lukas? Vielleicht komme ich später. Jetzt mal wieder nicht!
Lukas wird von mir enttäuscht sein. Wie so oft. Irgendwann läuft sein Fass, das mit Geduld und Gutmütigkeit gefüllt ist, über. Dann will er mich nicht mehr.
Ich kann spüren, wie meine Seele zittert. Das ganze Bett bibbert.
„Was ist passiert?"
Die Stimme sagt mir etwas.
„Da sind Sie ja, Doktor Speeth. Frau Hein hat geklingelt, weil Frau Fischer so komisch geröchelt hat. Ich habe dann bemerkt, dass sie kaum Luft holt und ich muss gestehen, ich habe ihr eine geknallt. Jetzt atmet sie wieder normal. Doktor Seelmann war gerade in der

Nähe und hat gesagt, ich soll die Sättigung und die Vitalfunktionen überprüfen."
„Und?"
„Sättigung erst bei zwanzig, dann siebzig und jetzt schon bei fünfundneunzig. Der Blutdruck war erst bei einhundertundachtzig zu hundert und jetzt bei einhundertdreißig zu fünfundsiebzig. Puls erst bei einhundertundvierzig, jetzt bei sechsundneunzig. Soll ich noch mal messen?"
„Nein, in Ordnung. Frau Fischer? Alles wieder okay? Schwester Maike?"
„Ja?"
„Wir werden vorsichtshalber ein EKG schreiben, und lassen Sie den Sauerstoff auf Stufe sieben laufen."
Schwester Maike telefoniert, Doktor Speeth bedankt sich bei Seelmann und bei Frau Hein. Dann verlässt er mit Seelmann den Raum. Ich bin tief getroffen und kann seine Dankbarkeit nicht teilen. Ich möchte mit Teer besprenkelt werden, mit richtig schön heißem, den ich spüren kann, damit mir meine Dämlichkeit klar vor Augen geführt wird. Ich habe meinen selbsterteilten Auftrag wieder nicht ausgeführt. Die Wiederkehr von Frau Hein in unser gemeinsames Zimmer habe ich verpasst.
Verschlafen.
Herrgott noch mal, diese Einsicht ist beschämend. Ich kann mein Schamgefühl nicht ignorieren, sicher werde

ich rot. Ich hätte in meinem ganzen Tod noch genug schlafen können. Ein fahrbares Gerät wird ins Zimmer gerollt. Eine Schwester stellt sich vor und sagt, dass sie jetzt ein EKG schreiben wird. Soll sie.
Ich möchte so gerne weinen. Ich möchte bei meiner Mama im Arm liegen, sie soll mir ein Märchen vorlesen, in dem alles gut wird, und mit mir heißen Kakao trinken und noch ein Märchen vorlesen. Und noch eins und noch eins, bis ich glaube, die Welt sei gar nicht so schlecht und das das Gute immer siegt. Dass man aus Fehlern lernt und sie deshalb auch stets nur einmal begeht und dass alles Schlechte sich immer zum Guten kehrt. Schneewittchen soll Wirklichkeit werden, der Schal um Lukas' Hals soll sich lösen und er soll husten, Luft holen und wieder da sein. Es surrt. „Na ja, das EKG scheint aber in Ordnung zu sein!" Dann klopft es.
„Guten Abend, ich wollte nur einen Moment zu meiner Schwiegertochter!"
NEIN!
„Kommen Sie ruhig rein, ich bin gleich fertig!"
„Ich meine, wenn ich störe, dann komme ich morgen wieder. Es ist schließlich schon sehr spät."
„Nein, kommen Sie, ich bin wirklich sofort fertig. So! O je. Was ist denn jetzt los? Vielleicht könnten Sie doch einen Moment draußen warten? Doktor Speeth, können Sie bitte einmal schnell kommen?"

Es surrt und surrt, draußen genauso wie in meinem Kopf. Ich kann diesen Menschen nicht ertragen, nicht eine Sekunde lang! Er soll verschwinden. Er ist schlimmer als das Monster, schlimmer als mein Leben. Er ist alles zusammen, Satan, Teufel, Mord und Tod. Seine Seele ist dunkel und finster, bösartig und grau. Man kann nicht neben ihm stehen, ohne das zu merken. Er ist des Monsters Vater, der sein Monsterkind so erzogen hat, wie es schließlich geworden ist. Er ist mein schlimmster Feind, dem alles egal ist. Alles. Die Luft, die man in seiner Gegenwart einatmet, brennt einem in der Kehle. Sie ist mit seinen Zellen verseucht, sodass man keuchen muss. Mein Herz rast, ich kann spüren, wie es in meinem Körper galoppiert und keinen Rhythmus findet. Doktor Speeth kommt ins Zimmer gerannt und flucht. Die Fingerabdrücke meines Schwiegervaters sind noch auf meinen Körper gebrannt, ich kann sie jetzt bei jedem Herzschlag spüren. Sein Schweiß hat sich eitrig durch meine Haut gebohrt und löst das gleiche Pochen aus. Ich packe meine Seele und versuche sie aus meinem verwundeten Körper zu zerren. Sie soll mit meinem wilden Herzschlag zerspringen und im vergifteten Blut untergehen.
„Wir werden ihr etwas zur Beruhigung geben und sie dann auf die Intensivstation verlegen!"
Ich will nicht!

Habt keine Angst, es wird nicht mit mir zu Ende gehen. Ganz gewiss nicht. Ha, das Zeug, das ihr mir spritzt, kenne ich. Das habe ich schon öfter bekommen. Es lullt einen im Kopf so angenehm ein. Trotzdem kann ich meine letzten Gedanken noch fassen. Ich habe die Hoffnung aufgegeben. Genau in diesem Moment. Die Müdigkeit, die auf unnatürlichem Weg hervorgerufen wird, überfällt mich und teilt sich mit meiner Gewissheit ein Zimmer. Mit der Gewissheit, dass es für mich keine Hoffnung auf Gnade gibt. Ich fühle mich wie ein Wesen mit tausend Leben, von denen eins qualvoller ist als das andere.
Warum hilft mir niemand?
Meine Gedanken werden brüchig und morsch. Das liegt an der Spritze. Die Dunkelheit wird noch dunkler und macht meine neue Erkenntnis noch furchteinflößender.
Irgendwann stirbt jeder. Ich werde bis zum Zeitpunkt meines natürlichen Todes aushalten müssen.
Lieber Gott, lass uns einen Pakt schließen: Halte mir Albert vom Hals, und ich werde nie wieder versuchen, mich selber zu töten.
Denk an Dirk!
„So, das EKG sieht jetzt besser aus, wir können Sie auf die Intensivstation bringen!"
Ja, Mama. Selbst Dirk wäre mir jetzt lieber!

Teil Drei

Vierzehn

Albert! Sechs Buchstaben zu viel. Man sollte sie ausradieren. Wären in dem Namen nicht die Buchstaben L und A enthalten, die auch in Lukas vorkommen, würde ich dafür plädieren, dass diese sechs Buchstaben dem Alphabet entzogen werden. Albert, wie Allgott, wie Allmächtig.

Ich war drei Tage lang auf der Intensivstation, dann wurde ich wieder in die Nephrologie verlegt. Hier liege ich jetzt schon seit Wochen, aber mein Schwiegervater ist nicht wiedergekommen. Scheinbar hat Gott den Pakt akzeptiert, ohne dass ich seinen Handschlag in meiner Hand gespürt habe, und meine Abmachung gutgeheißen. Also werde ich mich diesem Schicksal beugen. Ich werde hier ausharren, bis Gott mich holt, ansonsten lande ich in der Hölle und nicht bei Lukas. Das muss ich mir immer vor Augen halten, wenn ich schwach werde und meine Gedanken frohlockend in den Todeswunsch umschlagen. Er darf nicht umschlagen, dieser Drang, denn dann ist Lukas für immer verloren. Und ich mit. Ja, ganz bestimmt, ich mit.

Die Psychologin war wieder da. Wieder mit verkehrtem Namen, aber irgendwie anders. Vielleicht gehört sie doch nicht zu Bernhard. Diesmal war sie netter, nicht mehr so herablassend wie zuvor. Sie hat mich nicht einmal zum Wiederkommen gedrängt, aber mich trotzdem sehr nachdenklich gestimmt. Vielleicht ist sie sich sicher, dass der wahre Mörder hinter Schloss und Riegel sitzt. Das scheinen alle zu glauben, denn ich höre nichts anderes sagen.

Zum Schluss sagte die Psychologin zu mir, erst wenn ich meine wahre Angst bekennen und mich ihr stellen würde, könne ich wirklich wissen, wie stark ich sei. Damit habe ich tagelang nichts anfangen können, bis ich verstand, dass sie genau weiß, was mein Ziel ist. Alle wollen mir das Gleiche sagen: Mutter, der liebe Gott und die Müller. Alle reden drum herum. Warum sagen sie es nicht gerade heraus? Glauben sie, dass sie mir mit meiner hohen Intelligenz Futter für die Gehirnzellen bieten müssen? Brauchen sie nicht. Jede einzelne Zelle ist durch Dirks Schläge und Grausamkeiten verkleinert und verändert worden. Umgedreht, anders bestückt, vielleicht sogar ein wenig verrückt geworden. Wer kann schon mit Toten reden? Geschweige denn mit dem lieben Gott einen Pakt schließen? Unmöglich. Nach der erneuten Sonographie, in der Proben aus beiden Nieren genommen wurden, wurde meinem Vater unterbreitet, dass die linke Niere inoperabel befallen sei, jedoch der Knoten aus der rechten Niere operativ entfernt werden könnte. Mich persönlich sprach keiner an. Die Köpfe hingen über meinem Bett und quatschten einfach drauflos. Sie besprachen, das die linke Niere komplett und der bösartige Tumor aus der rechten Niere entfernt werden würden. Gesagt, getan. Ich wurde in Narkose gelegt und ausgeschlachtet, ohne je eine Einwilligung unterschrieben zu haben. Sicher hat das mein Vater für mich erledigt. Aber wie heißt es noch so schön, einmal Kind, immer Kind. Bis dahin fand ich das Ganze noch in Ordnung. Obwohl, ich komme mir halbiert vor, wie ein halbes Mastferkelchen. Die Nephrektomie sei gut verlaufen, hieß es und die Wunden verheilten ebenfalls gut. Alles Dinge, die weder für mich schmerzhaft waren noch mein Leben verlängern würden. Dann wurde ein MRT von meinem Kopf gemacht. Dabei wurde eine Fernmetastase im Kleinhirn festgestellt. Eins Komma zwei Zentimeter groß. Ich fand das weitaus weniger beängstigend als alle anderen. Da das Geschwür ebenfalls inoperabel ist, kamen sie auf die glorreiche Idee, mich einer Chemotherapie auszusetzen. Ich konnte mir kaum vorstellen, dass jemand mir das antun wollte – a, ohne mich zu fragen, und b, weil es in meinem Zustand sinnloser nicht sein konnte.

Nierenamputiert, schwachsinnig, metastasiert im Kopf, mit erheblichen Wahrnehmungsstörungen und nicht richtig in der Welt verankert. Eine todkranke Frau, auf die niemand wartet und die noch dazu nicht richtig beieinander ist. Das würde keine Krankenkasse bezahlen, da war ich mir sicher. Selbst keine private. Und das Ganze auch noch ohne meine Zustimmung. Unmöglich. Aber manchmal siegt die Unmöglichkeit, auch wenn man selbst anderer Meinung ist.

Im Moment hänge ich am Tropf. Die zweite Chemotherapie läuft mir in Form von Flüssigkeit in die Adern und macht mit meinem Körper, was sie will. Meinem Vater haben sie erklärt, was jetzt mit mir passieren wird, mir nicht. Der Ansprechpartner für alle ist jetzt mein Vater, schließlich kann der antworten. Sie haben mich zu ihm gemacht: Er spricht für mich, er denkt für mich, er entscheidet für mich. Da Väter immer nur das Beste für ihre Kinder wollen, ist der Grundgedanke eigentlich nicht schlecht, aber bei der Chemotherapie hätte ich mich anders entschieden. Die Übelkeit, die auftreten kann, und all die anderen schmerzhaften Nebenwirkungen sind mir relativ egal, schließlich bekomme ich davon nichts mit, aber jetzt werde ich mit Glatze begraben. Das habe ich mir anders vorgestellt. Natürlich ist mir klar, dass ich mich im Laufe der letzten Wochen bereits in ein hässlichen Entlein verwandelt habe, aber im Sarg liegen ohne Haare und begutachtet werden, finde ich äußerst unschön. Vielleicht wird mir noch so eine Perücke über die kahle Kopfhaut gezogen, die womöglich verrutscht. Oder so ein grausiges Kopftuch, das mich aussehen lässt wie eine kahlköpfige Bauersfrau. Selbst im Tod regiert noch die Eitelkeit. Ich weiche wieder einmal von meinem eigentlichen Gedanken meilenweit ab, aber im Moment bin ich immer so müde.

Meine Gedanken kommen und gehen, haben keine feste Struktur und wirbeln herum, wie sie wollen. Ich drehe noch eine gedankliche Runde, bevor ich bei der Gewissheit ankomme, dass es an der Zeit ist, auch über mein Leben mit Albert nachzudenken. Ich muss. Ich will zu Lukas, ich muss meinen Pakt einhalten und mich meiner größten Angst stellen. Ich habe alle verstanden, den lieben Gott, die Psychiaterin und Mama. Lasst mich noch ein wenig ruhen, dann nehme ich den Kampf auf.

Gönnt mir einfach nur eine Stunde!
Die Chemotherapie macht wirklich schrecklich müde.
Schrecklich müde!

Das Telefon klingelt und reißt mich aus dem tiefsten Schlaf. Ich versuche meine Augen zu öffnen, aber sie kleben fest. Ich versuche es noch einmal und sehe, dass es im Zimmer noch stockdunkel ist. Vielleicht habe ich das Klingeln nur im Traum vernommen? Aber nein, es klingelt wieder, und ich gehe auf nackten Füßen nach unten. Mein Herz schlägt etwas schneller. Lukas liegt in seinem Bett, ist also nicht bei den Schwiegereltern, und Dirk schläft ebenfalls. Aber irgendetwas muss passiert sein, das ist immer so, wenn man nachts so

geweckt wird. Vielleicht ist etwas mit Albert oder Renate. Als ich den Hörer nehme und erfahre, worum es geht, bin ich hellwach.
Mama!
Ihr gehe es nicht gut, irgendwie sehe sie alles verschwommen und auch sonst sei ihr übel und ganz komisch. Ob ich Zeit hätte, zu kommen, um sie ins Krankenhaus zu bringen?
„Natürlich, ich komme!"
Ich lege auf, bevor sie noch etwas sagen kann, ziehe mich an und wecke Dirk, sage ihm, wohin ich fahre und dass er auf Lukas aufpassen soll. Bevor ich das Zimmer verlasse, liegt sein Kopf schon wieder auf dem Kissen und er schnarcht. Ich habe keine Zeit, mich über seine hochmütige Ignoranz zu ärgern. Es ist noch nie vorgekommen, dass Mama mich so flehentlich gebeten hat, zu kommen. Es muss ihr wirklich sehr schlecht gehen, ansonsten hätte sie bis morgen früh gewartet. Sie weiß, dass ich Dirk ungern mit Lukas alleine lasse. Als ich das Auto starte, ist es zwei Uhr mitten in der Nacht. Bis zu Mama brauche ich keine fünfzehn Minuten. Natürlich fahre ich viel zu schnell und plötzlich überkommt mich der Gedanke, warum ich nicht einfach schon einen Krankenwagen zu ihr geschickt habe. Aber nun ist es egal, ich stehe schon vor ihrer Tür und klingele. Nichts. Panikartig suche ich an meinem dicken Schlüsselbund nach ihrem Türschlüssel und

brauche drei Anläufe, bevor ich den richtigen finde und ins Schloss bekomme. „Mama? Ich bin da. Wo bist du?"
Ich bekomme keine Antwort und laufe ins Schlafzimmer, dann ins Badezimmer, in die Küche, zum Schluss ins Wohnzimmer.
Sie sitzt gekrümmt im Sessel. Es stinkt nach Erbrochenem. Das Licht ist aus, also schalte ich es an.
„Mama?"
„Mama?" In meinem Herzen flimmert ein nie gekannter Schmerz auf. Mir wird übel. Ich bemühe mich verzweifelt, den Anblick ihres Todes abzuschütteln.
„Mama!", stöhne ich. Sie hält den Hörer noch in der Hand. Er ist ein wenig auf ihren Schoß gerutscht, mitten ins Erbrochene. Hier kann ich nichts mehr tun. Diesmal ist es anders als bei Sven, wo noch Hoffnung bestand. Damals habe ich mein Vertrauen in die Fähigkeit einer Reanimation verloren. Ich starre Mama an, bewegungslos und ohne Emotion.
Nichts geschieht. Meine Gedanken sind so verworren, dass ich nicht weiß, was ich jetzt tun soll. Ich kann mich nicht entscheiden zwischen Weinen, Schreien oder Wegrennen. Nach ein paar Minuten entscheide ich mich für etwas ganz anderes und rufe den Notarzt. Ich würde ihr gerne das Erbrochene vom Mund waschen und sie von diesem elenden Gestank befreien, aber ich fasse nichts an, in dem Bewusstsein, dass alles

so bleiben muss, wie es ist, bis der Notarzt eintrifft. Ich habe das irrationale Bedürfnis, sie erst in den Arm zu nehmen und zu küssen und dann zu schütteln.
„Warum hast du mich verlassen?", fluche ich und gehe aus dem Zimmer. Ich lasse sie in Ruhe, weil ich mit ihrem Tod nicht einverstanden bin. Im Flur auf der weißen Kommode liegt eine Schachtel Zigaretten. Ich nehme mir eine heraus, auch das daneben liegende Feuerzeug, und gehe nach draußen vor die Tür. An die Häuserwand angelehnt, rauche ich seit Jahren wieder zum ersten Mal. Warum lag eigentlich die Schachtel im Flur? Mama raucht nicht. Sicher hat ihre Freundin Inge die Zigaretten liegenlassen.
Mein Gott, Inge muss ich auch informieren.
Der Qualm bekommt mir nicht, ich huste und huste. Tränen, die ich die ganze Zeit zu unterdrücken versuche, steigen in meine Augen. Trotzdem spüre ich allmählich, wie ich wieder wütend werde. „Mama!", murmele ich, „Das war die kompromissloseste, feigste Art, zu gehen! Einfach zu sterben, wenn ich noch nicht da bin."
Ich ziehe wieder an der Zigarette, jetzt nicht mehr ganz so gierig, und höre den Rettungsdienst. Scheinbar hat die Dame mir nicht geglaubt, dass schon alles zu spät ist. Vielleicht hätte ich nur die Polizei alarmieren sollen. Verdammt, ich kenn mich mit so was nicht aus. Die Zigarette landet auf dem Bordstein, ich drücke sie

mit dem Fuß aus. Ich wage gar nicht, an die Zeit zu denken, die jetzt kommt. Mama wird mir so fehlen! Ganz schrecklich. In meinem Hals bildet sich ein Knoten, direkt auf der Kehle, und löst sich auch nicht, als der Rettungsdienst auf mich zugerannt kommt und ich ihnen unter großer Anstrengung erkläre, was passiert ist. Die drei Männer eilen an mir vorbei, die Treppe hoch in Mutters Wohnung, ich hinterher. Meine Beine sind schwer wie Blei. Ich wollte mal mit Fußgewichten joggen, aber Dirk hat mir abgeraten. So wie jetzt hätte es sich wohl angefühlt. Ich komme kaum vorwärts und erreiche das Zimmer erst, als der Arzt schon wieder von meiner Mutter zurückweicht und mit dem Kopf schüttelt. Er gleicht meine geschätzten Zeitangaben mit ihrem Tod ab und nickt mit dem Kopf.
„Ich muss die Polizei verständigen!", sagt er und das Zimmer dreht sich.
„Ich habe ihr nichts getan!", platzt es aus mir heraus. Ein Rettungssanitäter kommt zu mir und legt seine Hand auf meine Schulter. „Das sagt ja auch keiner. Aber wenn wir jemanden so vorfinden, dann ist es unsere Pflicht, zu prüfen, ob wir ein Fremdverschulden ausschließen können! Und darum kümmert sich die Polizei."
Es ist noch kein Jahr her, seit die Polizei mich wegen Sven auseinandergenommen hat. Mein ganzer Körper

fängt an zu zittern und der Arzt rät mir, dass ich mir von ihm eine Beruhigungsspritze geben lassen soll.

„Ich habe nichts getan", stammele ich. „Wirklich nicht!"

Der Notarzt nickt, als hätte er akzeptiert, was ich ihm sage, und gibt mir eine Spritze. Noch bevor ich ihre Wirkung spüre, führt ein Rettungssanitäter mich ins Schlafzimmer meiner Mutter und befiehlt mir mich, hinzulegen. Ob er jemanden für mich anrufen könne, fragt er, aber ich verneine. Dirk muss schließlich bei Lukas bleiben.

Ich zweifache Mörderin döse weg und komme erst wieder zu mir, als im Wohnzimmer ein geschäftiges Treiben beginnt. Auf wackeligen Beinen mache ich mich auf den Weg. Der Wein vom Abend rotiert in meinem Magen. Ich trete ins Zimmer, als sie Mama gerade aus dem Stuhl heben und auf den Boden legen. In diesem Moment trifft mich der Geruch des abgestandenen Erbrochenen frontal. Ich renne ins Badezimmer und muss mich übergeben.

Ich werde sie nie wieder lebend in den Arm nehmen können.

Ich werde nie wieder mit ihr sprechen können.

Ich werde nie wieder ihre Stimme hören.

Abermals übergebe ich mich. Ich weiß nicht, was von alledem am grausamsten sein wird. Sicher wird alles schrecklich sein. Wäre Lukas nicht, würde ich mir wünschen, auch tot zu sein, auf der Stelle. Ich spreche kurz mit der Polizei, meine Mutter wird in die Gerichtsmedizin überführt und ich darf nach Hause.

„Mein Zuhause ist immer nur da, wo meine Mutter ist", möchte ich am liebsten schreien. Als ich wieder in meinem Leben ankomme, ist es halb sechs. Ich lege mich zu Lukas ins Bett, schmiege mich an ihn und weine, in dem Bewusstsein, dass ich nur noch ihn liebhaben kann.

Er ist alles, was mir bleibt. Meine ganze Liebe für so einen kleinen Kerl. Hoffentlich werde ich ihn damit nicht erdrücken. Mit meinem Kopf an seinem schlafe ich schließlich ein.

„Was ist mit deiner Mutter?" Dirk steht an Lukas' Bett und bindet sich seine Krawatte. Das Bewusstsein ihres Todes überfällt mich wieder und ich brauche einige Zeit, um Luft zu holen.

„Meine Mama ist tot!", mehr schaffe ich nicht und breche in Tränen aus. Ich spüre Dirks Hand auf meinem Kopf und als ich ihn ansehe, sehe ich zum ersten Mal, seit wir uns kennen, Tränen in seinen Augen. „Das tut mir leid!", sagt er und ich muss noch schrecklicher weinen. Er hat sie gemocht, er hat sie wirklich gemocht, ohne es je zu zeigen.

Dirk weckt Lukas, zieht ihn an, macht ihm etwas zu essen und bringt ihn in den Kindergarten. Anstatt zur Arbeit zu fahren, kommt er danach wieder und setzt

sich zu mir ans Bett. Er hält mir eine Tasse Kaffee entgegen.
„Soll ich mich um die Beerdigung kümmern?"
Ich nicke und weine wieder. Mein Herz zerreißt, und ich kann mich nicht einmal über Dirks Anteilnahme freuen.
 Schlimmer noch, sie macht mich noch viel, viel unglücklicher.

„Frau Fischer, wie geht es Ihnen?"
Nicht gut.
Ich habe gerade zum zweiten Mal den Tod meiner Mutter erlebt, genauso präsent wie das erste Mal. Aber es muss wohl so sein.
Lieber Gott, ich werde mich deinem Wunsch beugen!
„Bis jetzt scheinen Sie die Chemotherapie gut zu vertragen. Ihre Blutwerte sind hervorragend."
Bestimmt ein diensthabender Arzt, der noch nicht weiß, dass die Gespräche ausschließlich mit Papa geführt werden. Also ist Papa nicht da. Manchmal werde ich wach und er sitzt an meinem Bett, dann wieder bin ich alleine. Im Moment bin ich so müde, dass ich zeitweise nicht einmal mehr weiß, ob es Tag oder Nacht ist. Alles kommt immer zur falschen Zeit. Vor dem Pakt mit Gott hätte ich mich über meinen müden Zustand sehr gefreut. Lieber die Zeit bis zum Ableben verschlafen, als zu warten und zu warten. Aber jetzt ist

es anders. Jetzt habe ich eine schwierige Aufgabe auszuführen und befinde mich fast im Koma. Manchmal tanzen kleine Flöhe vor meinen Augen und grinsen mich an. Ich weiß, ich werde verrückt. Dieser über einen Zentimeter große Knoten in meinem Kopf drückt auf irgendetwas und lässt mich falsch fühlen und denken. Ich werde irre, und das gefällt mir nicht. Dieses Bewusstsein tritt immer öfter an die Oberfläche und grinst mich an, genau wie die Bettflöhe. Im Moment hüpft so ein kleines Biest über meine Bettdecke, bleibt vor meinen Augen stehen und starrt mich an.
Papa?
„Hallo, Ariane, ich bin da!"
Mein Gott, habe ich etwa gesprochen?
Papa?
„Herr Doktor! Guten Tag, wie geht es meiner Tochter?"
„Guten Tag, Herr Benning. Gut, gut. Ich habe ihr gerade schon gesagt, dass die Blutwerte besser nicht sein könnten. Bis jetzt ist alles in Ordnung. Wenn in den nächsten Tagen der Zustand so bleibt, dann werden wir die vorerst letzte Chemotherapie anhängen. Und dann sehen wir mal!"
Papa, sag es ihm.
Dass ich nicht mehr will.
Dass ich nicht mehr kann.
Bitte, Papa!

Ich habe keine Zeit mehr. Ich überlasse dir das Reden, sag ihm, dass zwei Chemos ausreichen für mein restliches Leben. Sag es ihm und stell dich mir bitte nicht in den Weg!
„Wann soll die nächste Therapie sein?"
Papa, bitte!
„Immer im Abstand einer Woche, also heute in einer Woche!"
„Gut. Meine Tochter hat noch alle… ich meine, ihre Haare fallen gar nicht aus."
„Das wird aber schon in den nächsten Tagen kommen, meist nach der zweiten Chemo."
Verdammt!
Papa hört mir nicht zu. Das lasse ich nicht durchgehen.
Und was willst du dagegen tun, Ariane?
Mama?
Mama?
Was?, fragt der Bettfloh und grinst blöd.
Meine Güte, verschwinde. Ich sehe seit Wochen nur Dunkelheit.

Ich sitze auf dem Bett. Mein Blick gleitet leer über den Garten und bleibt am Pool hängen. O ja, der mörderische Pool. Jetzt ist er eingezäunt und sein Rand dicht bepflanzt, ganz so, wie Dirk es mir versprochen hat. Aus unserem Schlafzimmerfenster in der ersten Etage blicke ich auf das Wasser, das in der Sonne schimmert wie ein kleines Meer. Es sieht herrlich aus, trotzdem wird mir das Schwimmbecken immer ein Dorn im Auge bleiben. Für immer und ewig. Lieber wäre mir gewesen, der Pool wäre ganz entfernt worden. Ich ertrage den Anblick nur schwer und auch meine Angst ist geblieben, dass noch einmal etwas passieren könnte. Gleichgültigkeit gegenüber der Sicherheit des gezogenen Zaunes kann ich nicht zulassen. Lukas könnte über den Zaun klettern oder an den Schlüssel geraten, den ich im Tresor aufbewahre. Es gibt immer grässliche Dinge, die passieren, obwohl sie das eigentlich nicht dürften. Lukas ist jetzt vier und kann schwimmen. Ich habe ihn so lange gequält, bis er von alleine seine Arme und Beine in Bewegung gesetzt hat und sich über Wasser halten konnte. Das Ganze üben wir fast täglich, denn wir haben massenhaft Zeit. Obwohl ich von der unterlassenen Aufsichtspflicht mit Todesfolge freigesprochen worden bin, klebt das Wort „Mörder" an mir wie Dreck. Keiner will mehr etwas mit mir zu tun haben, was Lukas natürlich am bittersten zu spüren bekommt. Bisher dachte ich, Svens Tod sei das Schlimmste, was mir nach Fiona passieren konnte, aber Mamas Tod ist noch schlimmer. Ich fühle mich, als sei ein Teil von mir fort. Es muss ein Teil aus meinem Atemzentrum sein, denn das Atmen fällt mir unheimlich schwer. Manchmal wache ich schweißnass auf und glaube zu ersticken. Mein Herz hämmert dann im Hals und nimmt dem Atem noch mehr Freiraum. Mein Hausarzt hat mich gefragt, welches körperliche Leid ich empfinden würde, wenn ich an den Tod von Sven, Fiona und meiner Mutter denke.

„Das Ganze geht mir an die Nieren!", habe ich geantwortet und hatte keinen blassen Schimmer, was er von mir wollte.

Ich weiß es immer noch nicht. Jetzt reiße ich meinen Blick vom Pool los und stehe auf. Wie ein Sog zieht es mich in Lukas' Kinderzimmer, weil hier ein Bild von Mama an der Wand hängt. Die anderen Bilder von ihr habe ich im Schrank verstaut, neben den Bildern von Fiona, weil ich den Anblick kaum ertrage. Ich lasse mich auf einen kleinen Stuhl vor dem Kindertisch fallen und starre auf Mama. Fein säuberlich sortiert liegen vor mir Lukas' Stifte.

Er ist genauso ordentlich wie sein Vater.

Am liebsten würde ich die Stifte quer durchs Zimmer werfen und muss mich beherrschen, es nicht zu tun. Ich greife nach einem roten Buntstift und beginne, Herzchen auf ein sauberes Blatt Papier zu kritzeln. Zum Schluss schreibe ich „Mama" in das erste Herz, „Mama plus ich" in das zweite und „Lukas plus Oma" in das dritte Herz. Dann fange ich von vorne an, immer wieder. Bis sich die Herzen mit meinen Tränen vermischen und ich den Stift wütend auf den Tisch fallen lasse.

Mama ist jetzt seit vier Wochen tot, aber meine Wunde ist noch nicht geheilt. Im Gegenteil, es wird immer schlimmer.
Der realistische Verlust sitzt so tief in mir. Sie war die Einzige, die mir geblieben war. Auch wenn sie nie gewusst hat, wie Dirk wirklich zu mir ist, konnte ich mich von ihr trösten lassen. Sie fand immer das richtige Wort, das sie an die richtige Stelle setzte. Jetzt ist sie fort, gestorben an einem Schlaganfall. Der Arzt hat versucht, mir zu erklären, wie sie weitergelebt hätte, wenn man sie vorher gerettet hätte. Ein Leben an Maschinen und mit allem, was man als nicht lebenswert bezeichnen würde. Ich bin so egoistisch, mir dieses Leben trotzdem zu wünschen, damit ich ihre warme Hand in meine nehmen und meinen Kopf auf ihr pochendes Herz legen kann. Unverschämt egoistisch bin ich und wünsche mir, sie würde wochenlang so daliegen. Vielleicht würde der Abschied dann leichter werden und wäre nicht so grausam wie jetzt. An einem Tag ist sie noch fit und munter, lacht aus tiefstem Herzen, und am nächsten Tag ist sie tot. Das kann doch niemand begreifen!
Ich kann mich jedenfalls nicht damit abfinden. Ich möchte sie wiederhaben, so gerne wiederhaben. Mir ist übel. Zurück in meinem Schlafzimmer, ziehe ich die Schublade heraus, in der ich meine BHs liegen habe, schiebe diese zur Seite und greife in den Haufen vieler

Schokoriegel, die ich hier verstecke. Nacheinander stopfe ich mir zehn dieser Riegel in den Mund und kröne das Ganze mit einer Packung After Eight. Als der letzte Rest nicht mehr rutschen will, trinke ich das Wasser, das Dirk an seinem Bett stehen hat, und spüle es hinunter. Nichts.

Mir geht es keinen Deut besser, im Gegenteil, jetzt ist mir erst richtig schlecht. Ich brauche irgendetwas, das mich ablenkt oder aufmuntert, aber mir fällt nichts ein. Ich wüsste nicht einmal, mit wem ich jetzt reden könnte. Die verräterischen Papierchen rolle ich in Klopapier ein, dann in Zewa und danach in eine Zeitung, die ich direkt zur Mülltonne bringe. Mamas Wohnung muss geräumt, gestrichen und gekündigt werden. Ich kann das nicht.

Vielleicht kommt sie eines Tages wieder und braucht ihre Sachen noch. Menschen, die von dem einen Tag auf den anderen verschwinden, kommen gelegentlich wieder. Sagt jedenfalls die Statistik. Aber ich bringe da wohl etwas durcheinander.

Ich muss noch Lukas' Schreibtisch aufräumen, sonst macht das Kind Theater. Als ich nach unten gehe, kommt gerade unsere Haushälterin zur Tür herein und erzählt mir stolz, heute Nacht sei ihr Enkel geboren worden. Ich freue mich wirklich mit ihr, denn ihre Schwiegertochter hatte schon drei Fehlgeburten, bis es jetzt endlich geklappt hat. Drei Fehlgeburten! Das kann

mir nicht mehr passieren. Ich habe mich heimlich sterilisieren lassen, als Dirk wieder einmal wegen einer großen Immobilie im Ausland war. Eine zweite Fehlgeburt könnte ich nicht verkraften. Genauso wenig wie den Tod von Mama.
„Wie heißt denn Ihr Enkel?", fällt mir plötzlich ein zu fragen.
„Timo Mark Wübbels!", sagt sie stolz und grinst übers ganze Gesicht. Erinnerungen, an die zu denken ich mir selber verboten habe, schießen in meinen Kopf und ich muss hörbar schlucken. „Schöner Name!", sage ich und schicke sie nach Hause, damit sie ihren langersehnten Enkel besuchen kann.
Mark!
Der Name ist wieder präsent in meinem Kopf, verbunden mit seinen blauen Augen, seinem Lachen und seinen Lippen auf meinem Mund. Meine Sehnsucht ist plötzlich so groß, dass sie mich regelrecht überfällt. Als Frau Wübbels dankbar zur Tür hinausgegangen ist, setze ich mich auf die nächste Treppenstufe und hole tief Luft. Gegen meinen Willen lenke ich meine Gedanken wieder auf Mark. Ich habe Angst davor, dass das Resultat meiner Gedanken für mich verkehrt ist. Ich darf ihn nie wiedersehen. Würde Dirk dahinterkommen, dann würde er nicht nur mich verprügeln – er würde Mark totschlagen. Trotzdem bin ich mir sicher, dass er der Einzige ist, der meinen Schmerz ein

wenig lindern kann. Einige Minuten lang denke ich an die Tage, die ich mit ihm verbracht habe, und kann meine Sehnsucht kaum bezähmen. Diese Sehnsucht könnte ich stillen, anders als die nach meiner Mutter. Also werde ich egoistisch und tue das Schlimmste, das ich nur tun kann. Ich hole mein Rad aus der Garage und fahre in Richtung von Marks Wohnung. Bis vor seine Haustür radel ich, stelle dort mein Rad ab und gehe zur Tür. Ich will gerade den Klingelkopf betätigen, da fahre ich wie elektrisiert zusammen. Natürlich, dass ich daran nicht gedacht habe, ich dumme Nuss! Auch sein Leben ist im letzten Jahr weitergegangen. Neben seinem Namen steht jetzt der Name seiner Freundin, mit der er schon damals zusammen war.
Mark und Susanne.
Meine Sehnsucht steigert sich ins Unermessliche und ich taumle. Das Rad lasse ich stehen, wo es steht, und setze mich auf eine Bank, die dem Haus gegenübersteht. Susanne und Mark.
Ich warte.
Eine Stunde, eine zweite.
Mark hätte mit seinen Küssen meine Seele trösten können, und mit seinen Händen hätte er sie streicheln können. Nur er vermag meine Seele zu retten, aber das kann ich jetzt nicht mehr von ihm verlangen. Nur einmal möchte ich ihn noch sehen und seinen Anblick in mein Herz schließen und mit nach Hause nehmen.

Nur noch einmal.

Ein Blick auf die Uhr verrät mir, dass ich Lukas gleich vom Kindergarten abholen muss, aber ich sitze hier fest. Mein Leben scheint nur noch von dem Gefühl der Sehnsucht erfüllt zu sein. Gerade als ich mir befehle, aufzustehen und nach Hause zu fahren, wird die Tür geöffnet und Mark kommt heraus. Ich greife zu meinem Handy, suche die Kamerataste und knipse drauflos. Ich möchte ihn wenigstens ansehen können, wann immer ich will.

„Was machst du denn hier?"

Meine Angst dringt in mein Bewusstsein ein und ich lasse schuldbewusst das Handy sinken.

„Albert!", stottere ich und weiß weder ein noch aus.

„Was machst du hier?", fragt er erneut. Er lässt nicht zu, dass eine seiner Fragen unbeantwortet bleibt. Das hat er nicht nötig.

„Ich mache Fotos von alten Häusern!"

Ich wage es tatsächlich, den großen Herrn anzulügen, und sehe aus dem Augenwinkel, wie Mark sich aufs Rad schwingt und fährt. Ich versuche mein Handy in die Tasche zu stecken, aber Alberts` Hand legt sich über meine. Seine Haut fühlt sich an wie Papier und ein Schauer läuft über meinen Rücken. Ich mag ihn nicht. Weder gestern, noch heute, noch in der Zukunft. Er nimmt mir wie selbstverständlich das Handy aus der Hand und fingert daran herum. Eine endlos lange

Zeit sagt er nichts, tippt etwas in mein Telefon, löscht etwas und gibt es mir dann wieder. Ich überprüfe meine Bilder.

Mark ist verschwunden.

„Warum machst du das?"

„Was denn? Ich habe nichts Schlimmes gemacht! Und jetzt geh nach Hause und kümmere dich um deinen Mann und dein Kind!"

Du hast nichts gemacht?

Du hast ihn mir gestohlen!

Meine Erinnerung an ihn!

„Alte Häuser fotografieren? Ha!", speit er und zeigt mit dem Finger in Richtung meines Nachhauseweges. Mit stoischer Miene schaut er mich an und ich gehe, immer noch damit beschäftigt, dass es meine Sehnsucht war, die ich fotografiert habe, und er sie mir nicht gönnt und mir nicht gelassen hat.

„Ariane, du solltest mal über dein Leben nachdenken!", sagt er und ich gehe grußlos.

Was? Nachdenken? Ich?

Nachdenken tue ich schon genug!

Arschloch!

Angst müsste ich haben oder ein Unwohlsein verspüren, vielleicht sogar etwas wie Scham, weil er mich erwischt hat, aber stattdessen bin ich sauer. Wutentbrannt setze ich mich aufs Rad und trete fest in die Pedale. Als ich schon eine ganze Zeit gefahren bin, sehe

ich sein Auto aus dem Augenwinkel. Er verfolgt mich. Er wird mir folgen, egal wohin ich jetzt gehe. Ich kann nichts dagegen tun. Ich versuche, Gleichgültigkeit in meine Körperhaltung zu legen, weiß aber nicht, ob mir das gelingt, weil meine Wut allmählich verfliegt. Die Angst, die nun Besitz von mir ergreift, vertreibt sie. Er ist schlimmer als das Monster. Die Situation ist für mich skurril. Keine Ahnung, was er vorhat.
Was soll ich mit ihm machen?
Ich werde ihn fragen müssen, was er vorhat, was er von mir will, was ich jetzt zu tun habe, und halte an. Zweihundert Meter vor unserem Haus bleibe ich stehen, nehme allen Mut zusammen und will wissen, was er möchte. Aber er ist verschwunden.
Auch die nächsten Wochen sehe ich ihn nicht wieder, erst vier Wochen später, bei einer Gartenparty von Freunden. Dirks Freunde. Ich habe keine mehr. Eine Babysitterin, die ich schon öfters für Lukas arrangiert habe, wenn ich Kosmetikbesuche oder einen Termin beim Friseur habe, passt auf ihn auf. Dirks Eltern sind auch eingeladen. Als ich keine Spur von Renate entdecke und immer nur die beklemmende Aura von Albert in meiner Nähe spüre, würde ich am liebsten verschwinden. Aber das ist unmöglich.
Plötzlich steht er neben mir. Ich wusste, dass dieser Moment früher oder später kommen würde. Später wäre mir lieber gewesen.

„Ich habe so ein nettes Foto von dir!" Er grinst. Seine ganze Arroganz und Widerwärtigkeit liegt in seinem Gesichtsausdruck. Ich könnte ihm an die Gurgel gehen! In dem Moment steht Dirk neben uns und Alberts Tonfall wird zu einem Geplänkel.

„Ariane sagt gerade, dass ihr die Musik nicht sonderlich gefalle. Möchtest du dich nicht einmal darum kümmern und für deine liebe Frau andere Musik bestellen? Hmh, Ariane, was würde dir denn so gefallen?" Mein Blick ist eine einzige Farce. Ich habe keine Ahnung, was ich dazu sagen soll, und ziehe die Schultern hoch. Das schwarze Kleid, das Dirk mir ausgesucht hat, ist viel zu gewagt. Der Rückenausschnitt endet am Anfang meiner Poritze. Ich wage kaum, mich zu bewegen. Dirk liebt so etwas. Er will mit mir angeben. Mehr nicht. Wie ich mich dabei fühle, ist ihm egal. Dirk selbst gesellt sich gerne zu den Damen, die zwar hübsch, aber weniger anzüglich gekleidet sind. Sehr wahrscheinlich zählt bei ihnen die höhere Intelligenz. Der hohe IQ, von dem er bei mir keine Ahnung hat. Ich habe Dirk längst durchschaut. Er sieht mich noch einmal an, und als ich immer noch keine Antwort gebe, dreht er sich um und geht zu einer Gruppe am beleuchteten Pool hinüber. Schnell schaue ich in meiner Handtasche nach, ob dort auch wirklich der Schlüssel zu unserem Poolgelände liegt. Ich habe ihn vorher aus dem Tresor genommen, denn wer weiß, auf welche

Ideen so ein Kindermädchen kommt? Albert steht immer noch neben mir und macht keinerlei Anstalten zu gehen. Seine Statur könnte nicht imposanter sein.
„Wo ist eigentlich Renate?", frage ich, nur um etwas zu sagen.
„Sie fühlt sich unpässlich!" Er grinst.
„Unpässlich!", echoe ich und versuche zu gehen.
„Warte mal eine Sekunde!", sagt er und kommt mir noch näher.
„Ich werde dich in den nächsten Tagen mal zu Hause besuchen!"
„Ich verzichte!", wage ich zu widersprechen und schaue ihn an.
„Das glaube ich nicht!" Mit den Worten lässt er mich stehen und geht zu der Gruppe, in der auch Dirk steht. Zuerst macht es mich rasend, dass er meinen Wunsch ignoriert, aber als ich ihn selbstsicher lachen höre, weiß ich, das in seinen Worten die reine Wahrheit liegt. Er hat mich in der Hand und kann mit mir machen, was er möchte. Meine Härchen stellen sich am gesamten Körper auf und ich muss dieses Unwohlsein abschütteln wie eine lästige Fliege. Ich fliehe auf die Toilette und weiß nicht weiter.
Ich könnte ihm Säure ins Gesicht schütten; ihm die Hände abhacken; ihm ins Gesicht treten. Aber ich werde nichts davon tun. Ich könnte ein heimlicher Täter werden, mich für meine eigene Gerechtigkeit einsetzen

und so tun, als würden mich die Konsequenzen nicht interessieren. Aber das geht nicht, ich muss an Lukas denken.

Im Spiegelbild sehe ich den Gesichtsausdruck einer Verliererin, die Angst hat, und flüstere mir selber Mut zu: „Er hat dir doch noch gar nichts getan!"

Auszug aus der
Chronologie des Falles Fischer

Münster, Dienstag, d. 12. April 2011, 12.00 Uhr

Heute Morgen gegen zehn Uhr wurde die Gerichtsverhandlung, im Fall Fischer unter Ausschluss der Öffentlichkeit eröffnet. Die Verhandlung dauerte jedoch nur zwanzig Minuten und wurde dann auf Freitag, den 15. April 2011 vertagt. Weder Polizei noch Staatsanwaltschaft haben sich dazu geäußert. Auch der Großvater des ermordeten Jungen, der Vater der niedergeschlagenen Ariane Fischer, hat keinen Kommentar abgegeben und das Gerichtsgebäude sichtlich bewegt verlassen.

Fünfzehn

Meine Haare sind jetzt alle weg. Eigentlich wollte ich mich darüber aufregen und ihnen nachtrauern, aber ich bin zu schwach. Die meiste Zeit döse ich vor mich hin und erschrecke immer öfter, wenn plötzlich jemand neben mir anfängt zu reden. Das mit meinen Haaren fing vor drei Tagen an.
Papa sagte schonungslos: „O Gott, jetzt geht es los!", und ich wusste sofort, was er meinte. Zwei Tage nach der zweiten Chemo rieselten meine Haare vom Kopf wie die Blätter im Herbst von den Bäumen. Mir war es egal. Ich war viel zu müde, um darüber nachzudenken, und wurde erst wieder wach, als etwas neben meinen Ohren schnippte. Schnipp schnipp, schnipp schnipp.
„Soll ich die Haare hier einfach in den Mülleimer werfen?", fragte mein Vater und ich wusste, dass jetzt meine Haare erst gekürzt und dann abrasiert wurden. Nach einigem Geschnippsel kam der Rasierer zum Einsatz und mein Vater hob alle Haare vom Boden auf und warf sie in den Müll, so wie er es vorher mit Schwester Dorette abgemacht hatte.
„So schöne Haare! Vielleicht sollte ich mir eine Strähne davon aufheben, was meinen Sie, Schwester? Ich meine, so als Andenken?"

„Ja, machen Sie das doch. Da sind Sie nicht der Erste, der das macht. Manche lassen sich sogar eine Perücke aus ihren eigenen Haare anfertigen."

„Geht das?"

„Klar, ich glaube, heute ist fast alles möglich. Ich an Ihrer Stelle würde mir eine richtige, dicke Haarsträhne zusammensuchen. Dann knoten wir sie mit einem Haarband zusammen, flechten einen Zopf und dann befestigen wir unten wieder ein Gummi. Was halten Sie davon?"

„Hört sich super an. Richtig gut." Die beiden waren eine ganze Zeitlang beschäftigt. Mehrmals mussten sie lachen, ich habe keine Ahnung, worüber. Ich schlief bei dem kindischen Gekicher ein. Sehr gerne hätte ich die beiden zusammen gesehen und wer wen gut findet. Irgendwie scheinen ihre Welten zu harmonieren, das ist mir zwischen meinen Schlafattacken schon öfter aufgefallen. Ich wurde zuerst ein wenig eifersüchtig, dann sogar wütend. Meine Mutter hat er auch wegen einer anderen verlassen. Einfach so. Glaube ich zumindest. Mama und ich haben nie groß darüber gesprochen, nur dass sie über sein Weggehen schrecklich traurig und immer noch in ihn verliebt war. Ich denke, Mama hat Papa ihr ganzes Leben lang geliebt. Nie kam ein böses Wort über ihn über ihre Lippen. Aber auch sonst hat sie von keinem anderen Mann gesprochen. Mama und Papa. Nur die beiden, der Wunsch eines jeden Kindes.

Bei mir sind so viele Wünsche offen geblieben, über die ich mich aber jetzt nicht mehr aufregen möchte. Ganz gewiss nicht. Lukas war über den Zustand „Mama und Papa" nie erfreut – im Gegenteil. Er war eines der wenigen Kinder, die sich ihre Eltern nicht mehr zusammen wünschen. Lukas war fünf, als ich den Schritt weg von Dirk endlich schaffte. Erst danach erkannte ich, was wirkliches Kinderlachen und Unbekümmertheit sind. Weiß Gott, ich möchte gar nicht darüber nachdenken, was das Kind vorher alles mitbekommen hatte.

Der Bettfloh nervt mich immer öfter. Ich weiß, dass es ihn nicht gibt, aber ich sehe ihn trotzdem ab und zu. Im Moment läuft er mit einer Haarsträhne, die er sich wohl aus dem Mülleimer gemopst haben muss, über den Rand meiner Bettdecke und winkt mir mit dem Ende entgegen.

Verschwinde!

Macht er natürlich nicht. Er setzt sich auf die Decke, legt die Haarsträhne fein säuberlich neben sich und beobachtet mich. Ich versuche ihn zu ignorieren. Und mich abzulenken. Hier hängt keine Uhr, an deren Ticken ich mich jetzt orientieren könnte, also versuche ich es mit Zählen. Ich komme bis vier, dann bin ich wieder eingeschlafen.

„Prinzessin! Papa ist da!"

Herrgott, musst du mich so erschrecken?

Ich wage es, einen Blick auf die Bettdecke zu werfen. Der Floh ist mitsamt meinen Haaren verschwunden. Das ist gut. Das ist richtig gut! Jetzt kann ich mich auf Papa konzentrieren. Hoffentlich dackelt nicht sofort wieder Schwester Dorette ins Zimmer, das würde mich nicht wundern. Fünf Minuten möchte ich ihn jetzt mal für mich ganz allein haben, ohne wieder in einen Tiefschlaf zu versinken und ohne dass wir gestört werden. Vielleicht erzählt er mir ja mal etwas Neues.
„Prinzessin, heute Morgen hat die Verhandlung begonnen. Ich darf der Verhandlung als Nebenkläger beisitzen. Das Ganze hat keine zwanzig Minuten gedauert. Der Richter hat die Anklageschrift vorgelesen. Danach gab es ein großes Getuschel unter den Herren vorne und dann ist die Verhandlung auf Freitag um zehn vertagt worden. Soll ich dir was sagen? Ich habe keine Ahnung, warum."
Ich auch nicht!
Papa zieht hörbar die Luft ein.
„Ich kannte Dirk ja nur von Fotos, aber ich muss zugeben, er ist wirklich ein sehr, sehr attraktiver Mann. In diesem Punkt kann ich dich voll und ganz verstehen."
Das „In vielen anderen aber nicht", lässt er unausgesprochen im Raum stehen. Er bringt mich zum Nachdenken.
Ich weiß, ich weiß! Ich bin selber schuld!

Jeder ist für sein Tun und Lassen selber verantwortlich, das hat Mama mir schon früh beigebracht. Papa, ist man das denn auch, wenn man keine Ahnung hat, was hinter der schönen Fassade steckt?
An der Tür ertönt ein festes Klopfen, dann geht sie mit Schwung auf. Ich ahne nur zu gut, wer jetzt gekommen ist.
„Hallo, Herr Benning!"
„Guten Tag, Schwester Dorette. Müssen Sie schon wieder arbeiten?"
„Ja, man ist meistens im Dienst!" Sie kichert. Also so herum ist es. Sie ist hinter ihm her, nicht er hinter ihr.
„Ich bin froh, dass Sie so oft Dienst haben!" Jetzt lacht Papa aus tiefstem Herzen. Oder will er sie?
„Ja, darüber bin ich im Moment auch froh!"
Oder sie wollen sich beide.
Bla, bla, bla!
Das kann man doch einfach nicht glauben. Seine einzige Tochter liegt hier todkrank im Bett und... halt. Stopp. Wer sagt eigentlich, dass ich sein einziges Kind bin? Ich habe Mama nie danach gefragt, ob Papa mit seiner Neuen vielleicht auch noch Kinder gezeugt hat. Sicher, warum auch nicht? Seit Wochen hängt er hier herum und erzählt nichts von sich, gar nichts. Es ist ja schon fast so, als ergötze er sich an meinem Elend. Vielleicht hat ihn Maria auch längst verlassen und er

ist arbeitslos oder sonstwas. Kann man denn so lange Urlaub bekommen?

Mensch, Papa, rede mit mir!

Aber mein Wunsch wird nicht erfüllt. Schlimmer noch. Ich muss mit anhören, wie die beiden Turteltäubchen kichern und tuscheln und mich nicht für voll nehmen. Mein Pakt mit Gott verschwindet im Hinterstübchen und ich schreie nach Mama. Ich bin froh, dass sie mich nicht hört und mich so zwingt, mich an meine Abmachung zu halten.

Ariane!

Mama? Bitte geh.

Bitte?

Mama, bitte. Geh! Ich erkläre es dir später! Bitte!

Sie ist wirklich gegangen. Sicher ist sie eingeschnappt, aber darauf kann ich jetzt keine Rücksicht nehmen. Ich erkläre es ihr ja bald. Und wenn ich erst in ein paar Jahren sterbe, werden die Jahre im Jenseits sicher wie in ein paar Sekunden verfliegen. Was sind schon Jahre in der Unendlichkeit?

„So, Herr Benning, ich muss Ihre Tochter jetzt auf die andere Seite drehen. Möchten Sie mir helfen?"

Papa, natürlich willst du!

„Ja, gerne. Wenn Sie mir zeigen, wie es geht?"

Das Geschnulze kann ich mir nicht länger anhören. Papa hat schon öfter geholfen, mich zu drehen. Ich möchte keinen Papa, der lügt. Papas tun so etwas

nicht. Papas baggern auch nicht vor ihren eigenen Kindern andere Frauen an. Wenn er das schon macht, dann frage ich mich, was er vor Mama alles gemacht hat. Warum war sie denn so traurig darüber, dass er gegangen ist?
Ich bin sauer. Heute Morgen war die erste Gerichtsverhandlung und er ist voll und ganz mit Schwester Dorette beschäftigt.
Vielleicht könntest du mir mal verraten, was das Monster bekommt?
„Sie müssen Ihre Tochter hier und hier festhalten und dann drehen wir sie auf drei um."
„So?"
„Richtig. Gut machen Sie das. Und jetzt zähle ich und dann los. Eins, zwei, drei. Und mit Schwung herum. Super!"
Voll toll, ihr zwei!
„So, jetzt noch ein Kissen unter das rechte Bein. Ja, genau so. Gut. Und immer schön die Ferse frei lassen!"
„Wegen dem Wundliegen, oder?"
„Super. Herr Benning, an Ihnen ist ein richtig guter Krankenpfleger verlorengegangen. Vielleicht sollten Sie noch umschulen?"
Meine Güte, ist das peinlich!!!!!!!
Jetzt deckt mich zu, ihr zwei Täubchen, und geht einen Kaffee trinken. Ich will den Quatsch nicht mehr. Ich bin müde.

Es klopft an der Tür und ein ganzer Schwung Menschen tritt ein.
Visite.
„Ach, Schwester Dorette, hier sind Sie ja!"
„Ja, ich habe nur… Frau Benn… ich meine, Frau Fischer gedreht. Wollten Sie etwas von mir?"
„Nein, nein, schon gut. Schwester Christine begleitet uns jetzt auf der Visite." Der Doktor tritt an mein Bett, sein Gefolge ebenfalls, und sie stellen sich an mein Fußende. Das ganze Drehen und Zuhören und sicher auch mein Ärger hat mich schon wieder müde gemacht. Besonders bei Schlafentzug macht es sich mein Bettfloh immer zur Aufgabe, mich zu besuchen. Ich hätte nicht an ihn denken dürfen. Da kommt er schon wieder. Der kleine Kerl hat sich an einem Seil, das er zuvor an meinem Bettzipfel festgemacht haben muss, hochgezogen, klettert gerade quietschvergnügt vor meiner Nase herum und setzt sich mit verschränkten Armen in mein Blickfeld.
Ksch, ksch! Weg, weg!
Das ist auch so ein Lausefloh, der nie hört, was ich sage.
„Guten Morgen, Frau Fischer! Wie geht es Ihnen?"
Ich erspare mir die Antwort.
Doktor Speeth ist noch einer der Wenigen, der mich direkt anspricht. Aber auch nur kurz. Gleich wird er den

Kopf in Papas Richtung drehen und Konversation mit ihm machen.

„Also, Herr Benning. Die Blutwerte Ihrer Tochter sind weiter stabil. Übermorgen hängen wir dann die vorerst letzte Chemotherapie an. Schwester Christine, wie viel Morphin hat Frau Fischer schon bekommen?"

„Insgesamt zehn Milliliter titriert. Die letzte Dosis habe ich ihr heute Morgen gegen zehn gespritzt."

„Morphin?"

Das möchte ich auch gerne mal erklärt haben!

„Ihre Tochter bekommt das Morphin gegen mögliche Schmerzen!"

„Ich dachte, sie hat keine Schmerzen?"

„Ja, davon sind wir auch zuerst ausgegangen, aber in den letzten Tagen hat sie angefangen, sich unruhig zu bewegen. Wir müssen davon ausgehen, dass es sich um Schmerzen handelt."

Ich bewege mich? Schmerzen?

Ich jage einen Bettfloh! Mehr nicht!

„Welche Art von Schmerzen könnte sie denn haben?"

„Einige. Der Tumor im Kopf könnte ihr große Kopfschmerzen bereiten und zum Beispiel, sehen Sie hier, durch die Chemotherapie geht leider auch die Mundschleimhaut kaputt. Sehen Sie?"

Sicher wird mein Mund gerade aufgehalten wie bei einem Pferd, das verkauft und vorher abgeschätzt wird.

„O Mann, das sieht ja schlimm aus!"
Tja, den Gaul würdest du wohl stehen lassen, was?
Manchmal könnte ich selber über meine kleinen Scherzchen lachen, jetzt jedoch nicht. Zwei Dinge gefallen mir ganz und gar nicht: Erstens, dass ich mich bewege, und zweitens das Morphin.
Ich möchte keins. Mein Körper wird gerade von einem schlechten Gefühl befallen. Und ein ungutes Gefühl zeigt einem, dass etwas nicht in Ordnung ist. Es ist eine Aufforderung der Natur an uns, etwas zu verändern.
Herrschaftszeiten, wie soll ich das denn anstellen?
„Es kann aber auch einfach sein", setzt Doktor Speeth hinzu, „dass Ihre Tochter Halluzinationen hat und deshalb unruhig ist. In diesem Fall sediert das Medikament!"
„Halluzinationen?"
Ich sehe was, was du nicht siehst!
„Die können bei krankhaften Veränderungen im Gehirn schon mal auftreten. Weil Ihre Tochter sich normalerweise überhaupt nicht bewegt, müssen wir entweder davon oder eben von Schmerzen ausgehen."
„Aha!" Papa passt das nicht. Mir auch nicht. Das Zeug macht nur noch müder. Das Ganze ist für mich aber auch sehr verwirrend. Ich bekomme es mit der Angst zu tun. Die Visite einschließlich Schwester Dorette verlässt das Zimmer. Ich verscheuche den Bettfloh, der

gerade versucht, es sich auf meinem Kissen bequem zu machen. Die wohlbekannte Angst schnürt mir den Hals zu. Ich verliere die Kontrolle und habe mehr als Angst, dass ich plötzlich wieder in dieser Welt stehe und dem ausgesetzt bin, was ich nicht schaffe.
„Bewegst du dich wirklich manchmal?", fragt Papa. Sicher gleitet sein Blick über meinen ganzen Körper, vielleicht hat er sogar die Bettdecke hochgehoben.
„Halluzinationen! So ein Quatsch!", sagt er jetzt böse und fängt an zu packen. Ich höre Tüten knistern und wie er wütend seine Jacke anzieht.
Papa, nicht böse sein, es sind doch nicht mal weiße Mäuse, nur so ein kleiner Bettfloh! Mit dem kann ich es noch aufnehmen!
Er geht ohne Abschied mit leichten Schritten aus der Tür.
Kannst du nicht wenigstens so tun, als sei alles in Ordnung?
Die Tür schließt sich hinter ihm. Wieder fällt eine Hoffnung von mir ab.
Ich kann mir nicht vorstellen, was er empfindet.

Auszug aus der
Chronologie des Falles Fischer

Münster, Freitag, d. 15. April 2011, 18.00 Uhr

Der zweite Tag der Hauptverhandlung gegen den mutmaßlichen Mörder Dirk Fischer verlief ruhig.
Die Zeugen wurden belehrt und dann aus dem Gerichtssaal entlassen. Die Anklageschrift wurde erneut vorgelesen. Dirk Fischer durfte selbst zu den gegen ihn erhobenen Vorwürfen Stellung nehmen und weist diese vehement zurück. Es sei zwar richtig, dass er sich am besagten Morgen vor der Wohnung seiner Frau aufgehalten und auch mit ihr gestritten habe, aber er habe seinen Sohn nicht ermordet und seine Frau auch nicht niedergeschlagen. Die nächste Verhandlung wurde auf Montag, den 18. April 2011 festgesetzt. Dann wird mit der Beweisaufnahme begonnen.

Sechzehn

Genau in dem Moment, als er ins Zimmer kommt, merke ich, dass etwas nicht stimmt. Bestenfalls sitzt meine Perücke schief. Oder mein Kopftuch. Aber er sagt nichts. Vielleicht habe ich ins Bett geschissen und widere ihn an. Er zieht den Stuhl geräuschlos zu mir herüber und setzt sich hin. Immer noch nichts. Kein Hallo, kein Kuss. Nichts. Dann räuspert er sich, aber das zählt nicht. All die Dinge, die ich gerne von ihm hören möchte, kommen nicht über seine Lippen.
Komm zur Sache, Papa! Sofort!
Mit den Ohren taste ich systematisch jeden Zentimeter neben mir ab. Nichts.
Gut, dass mein Bettfloh sich heute die Zeit auf andere Art vertreibt. Manchmal fängt er nämlich jetzt an zu hüsteln oder zu niesen. Meist in dem Moment, in dem ich etwas verstehen möchte. Natürlich möchte er mich damit ärgern.
Papa?
Vielleicht ist er zur Tür hinausgeschlichen und hat mir den Rücken gekehrt? Plötzlich höre ich etwas. Als sei Papa mit seinem Fuß weggerutscht und seine Schuhsohle habe über das Linoleum geschabt. Ich befinde mich im Vorteil, weil ich warten kann. Zur Toilette

brauche ich nicht, das erledige ich auf der Stelle hier, und etwas zu trinken brauche ich mir auch nicht zu holen. In diesem Bett habe ich alles all inklusive. Papa nicht. Irgendwann wird er das eine oder das andere tun müssen.
Feigling!
Ich komme mir vor, als suchte ich in der Dunkelheit eine Treppe, die mich zum Ausgang führt. Aber ich finde die verdammte Tür nicht, und außerdem macht es mich ärgerlich, dass alle immer ihre Laune an mir auslassen. Entweder setzen sie sich zu mir und heulen, laden ihren Schutt bei mir ab oder sind sauer. Bei Papa nehme ich Letzteres an. Obwohl ich nicht weiß, warum. Was habt ihr alle mit mir? Vor allen Dingen du? Ich kann dir doch wohl nichts getan haben. Eigentlich kennen wir uns gar nicht. Ich dich auf jeden Fall nicht. Nicht mal davon, wie du aussiehst, habe ich einen blassen Schimmer. Was bildest du dir eigentlich ein, dich hierher zu mir zu setzen und so zu tun, als sei ich ein Nichts? Dann geh doch wieder, setzt dich auf eine Parkbank und starre fremde Menschen an. Begutachte und analysiere andere, meinetwegen sei auch sauer auf sie, weil sie nicht so sind, wie du möchtest, aber lass mich in Ruhe. Und lass mich so, wie ich bin.
Schwach, krank, einsam. Sprachlos und blind.
Was ist los?
Nichts.

Halbwaise und verwaiste Mutter.
Zweifach verwaiste Mutter, bitte schön.
Soll ich dir noch mehr von meinem Kummer anvertrauen oder reicht es dir? Möchtest du noch mehr von meinem Dreck kosten? Beflügelt es deine Sinne, oder war heute im Gericht so viel los, dass du nichts Weiteres mehr erträgst? Sicher haben die Scheißer einiges über mich ausgegraben, wovon du noch nichts wusstest!
Was ist los?
Verdammt, rede mit mir!
Er sagt immer noch nichts. Wenn er denn er ist!
Hallo, wer bist du?
Nichts.
Nichts.
Nichts.
Doch, jetzt höre ich ihn atmen. Er atmet einmal tief durch, als folge gleich ein dumpfer Wortanschlag auf mich, aber dann sagt er doch nichts.
Plötzlich ist mein Bettfloh wieder da, genauso unvermittelt, wie er verschwunden war. Er zieht einen langen Schal hinter sich her. Lukas' Schal. Wenn ich es nicht besser wüsste, würde ich sagen, ich habe gerade laut aufgeschrien. Genau in diesem Moment hat Papa etwas gesagt, aber ich habe es nicht verstanden. Mit der flachen Hand schlägt er mehrmals auf die Stuhl-

lehne und stöhnt. Mein Bettfloh winkt mit dem Ende des Schals und lacht sich dabei kaputt.
Papa, sag es bitte noch mal, ich habe dich nicht verstanden!
„Bitte, Ariane, rede mit mir!"
Sein Atem stockt, was vieles bedeuten kann. Vielleicht reibt er mit seiner Hand über den Mund, vielleicht bekommt er aber auch gleich einen epileptischen Anfall. Wie komme ich denn jetzt darauf? Ich weiß es selber nicht. Bestimmt von einer Schwester oder von einem Arzt aufgeschnappt. Epileptische Anfälle! Im Moment bringe ich Zeit und Ort sowie die Geschehnisse vollends durcheinander.
Ich möchte kein Morphin mehr!
Der Floh wackelt mit dem Schal vor meiner Nase herum, als wolle er mich kitzeln. Er grinst immer noch.
Das Lachen wird dir noch vergehen!
„Was um alles in der Welt hat die Narbe auf deinem Rücken zu bedeuten?"
Ein unsagbarer Schmerz durchzuckt meinen Körper. Ich versuche mit meiner rechten Hand nach meinem Rücken zu greifen und fege dabei den Bettfloh mit voller Gewalt von der Bettdecke. Sein Grinsen verzieht sich zu einer Fratze. Er schleudert durch die Luft und landet irgendwo neben meinem Bett. Ein kleiner Zipfel vom Schal bleibt dicht neben meinem Gesicht liegen. Nur einen Moment, dann rutscht er herunter und ver-

schwindet aus meinem Blickfeld. Was bleibt, sind die Schmerzen, die sich zwischen meinem Rücken und meinem Herzen befinden. Mir wird übel.
„Was ist das für eine Narbe?" Papas verzweifelter Schrei manifestiert sich in meinem Kopf, der gerade wie mit Nebel eingehüllt wird und mir jeden Weg zur Realität versperrt. Ich falle ins Dunkel, getragen vom Schmerz.
Papa, ich schwöre dir, das möchtest du nicht wirklich wissen!

Als ich wieder wach werde, sind alle verschwunden. Papa, der Schmerz, mein Bettfloh. Ich möchte nicht wieder an die Schmerzen denken und auch nicht an die Frage, die mir vorab gestellt worden ist, deshalb konzentriere ich mich lieber auf den Floh. Ich sollte ihm einen Namen geben. Wenn man so häufig von jemandem besucht wird, dann sollte man ihn wenigstens förmlich begrüßen können. Floh, Flöhchen. Alles Blödsinn, mir fällt kein adäquater Name ein. Doch, vielleicht Michel. Michel aus Lönneberga. Der macht auch immer Quatsch, redet dazwischen, nervt die Mitmenschen, und überhaupt hat er irgendwie das gleiche Grinsen im Gesicht wie mein Bettfloh. Hoffentlich habe ich den nicht K.O. geschlagen. Das wollte ich nicht.

Aber manchmal straft der liebe Gott kleine Sünden eben sofort.

Michel!

Verschwunden. Ich möchte mich bei ihm entschuldigen.

Michel!

Wie dumm von mir! Er weiß doch gar nicht, dass ich ihn gerade so getauft habe.

Floh! Flöhchen! Komm mal bitte!

Alles ruhig. Zu ruhig. Wie sagte Mama immer so schön, die Ruhe vor dem Sturm.

Es dauert auch keine zwei Minuten, ich bin gerade am Eindösen, da wird die Tür beim Aufmachen fast aus der Angel gerissen und viele schlürfende Füße treten in mein Zimmer. Alle sind hektisch und laut, klappern mit Metall, und mal wieder sagt keiner etwas zu mir. Jedenfalls zuerst nicht. Als das Klappern schließlich verebbt, spricht auch jemand zu mir.

„So, Frau Fischer, das Bettgitter muss sein, nicht dass Sie uns noch einmal aus dem Bett fallen!"

Aus dem Bett fallen? Ich? Ihr liegt völlig falsch!

„Was hat die Röntgenaufnahme ergeben?"

„Nichts! Neben all den zahlreichen mehr schlecht als recht verheilten Knochenbrüchen keine neuen."

„Na, Frau Fischer, dann haben Sie ja großes Glück gehabt. Es ist übrigens äußerst erfreulich, dass Sie sich unserer Welt wieder ein wenig nähern."

Mir wird schlecht. Mir wird eindeutig schlecht und ich würge. Ich kann es hören. Verdammt noch mal, ich höre, wie ich würge. Eine Schwester redet mir gut zu, das beruhe auf der Chemotherapie, und ich würge noch mehr. Sie sagt, sie halte mir eine Nierenschale unter die Nase und ich solle alles rausbrechen, bis es mir besser gehe.
Ihr habt doch alle keine Ahnung!
„Schwester Karin, geben Sie Frau Fischer bitte ein Vomex gegen Übelkeit. Ach ja, und dann lassen Sie die Psychiaterin wiederkommen. Wir dürfen den guten Moment nicht verpassen!"
Lasst die Hexe da und verpasst den Moment.
Der ist nicht gut, der ist schlecht, sehr schlecht sogar.
Was ist denn nur mit mir los? Ich habe keinen Einfluss mehr auf mich selber. Ich liege hier, verschlafe die meiste Zeit und mache plötzlich Dinge, die einfach nicht passieren dürfen.
Lieber Gott, ich habe gesagt, dass ich mich mit meiner Vergangenheit auseinandersetze, aber ich habe nicht gesagt, dass ich zurückkomme!
Das war nicht unser Pakt. Scheiße!
Du sollst nicht fluchen!
Gott?
Mama?
Dann sagt mir doch bitte, was ich tun soll!

Ich fange an zu weinen. Ich kann spüren, wie die Tränen in meine Augen steigen und dort heiß und erdrückend einen Moment ruhen, um sich dann den Weg hinunter über meine Wangen zu bahnen.
Ich kann es spüren!
„Und Schwester Karin, fordern Sie konsularisch einen Augenarzt an. Das Geträne bei Frau Fischer nimmt stetig zu. Wir werden andere Augentropfen brauchen!"
„Ja, Doktor. Mach ich."
Sie merken nicht einmal, dass ich weine. Dass meine Seele weint und mein Körper streikt. Ich denke an die zig Millionen Menschen, die nach einem Schlaganfall noch schlimmer daliegen als ich und mit denen gemacht wird, was andere wollen.
Gott, so sollte man nicht leben müssen…
Gott?
Warum hörst du mich nicht?

Als ich das nächste Mal aufwache, weiß ich wirklich nicht, wo ich bin oder wie spät es ist. Ich lausche.
Nichts.
Nach ein paar Sekunden aber weiß ich wieder, wo ich mich befinde. Und warum. Ich lausche wieder. Immer noch nichts. Auch Michel ist nicht da. Ich lausche abermals und höre auf dem Flur schnelle Schritte. Sie kommen näher, gehen dann aber an meiner Tür vorbei und der Klang der Schuhe auf dem Boden ebbt lang-

sam ab. Danach ist es wieder still. Es muss Nacht sein. Ich spüre keine Übelkeit und auch keine Tränen. Ich fühle wirklich nichts, nur den Drang, nicht wieder dahin zu müssen, wohin ich nicht will. Ich denke an meinen Pakt. In meinem Kopf scheint sich meinen Gedanken nichts in den Weg zu stellen, und so könnte ich mich eigentlich an die Erfüllung meines Paktes machen, wenn ich nicht so ein Angsthase wäre. Ohne diese ständige Angst, die tagein und tagaus mein Begleiter ist, mein Siamesischer Zwilling, wäre mir im Leben einiges erspart geblieben. Aber sie hat mich auch schon vor einigem Unheil gerettet, was ja die eigentliche Aufgabe der Angst ist. Die Waagschale meiner Angst balanciert hin und her und pendelt sich im Endeffekt auf der Seite des Angsthasen ein. Psychologen würden mir raten, ich solle mich mit der Angst auseinandersetzen und mich fragen, was mir im schlimmsten Fall passieren könnte. Ja, was könnte mir passieren? Nichts. Nichts, was noch schlimmer sein könnte als mein jetziger Zustand. Ich merke, dass meine Gedanken im Moment wirklich klar sind. Kein nervender Bettfloh, kein Morphin, das mir die Sinne vernebelt. Keine querliegenden Gedanken. Wirklich, mein Gedankenmuster ist geradlinig und klar. Ich könnte beginnen und immer schön bei der Wahrheit bleiben. Aber bei welcher Wahrheit? Bei meiner oder bei seiner?

Es klingelt an der Tür. Sofort weiß ich, wer davorsteht. Albert.

Mit den Augen suche ich fieberhaft nach einem Versteck, jedes noch so kleine Eckchen wäre jetzt hilfreich, aber mir fällt nichts ein. Er weiß sowieso, dass ich hier bin, und wird gleich mit dem Ersatzschlüssel, den wir bei den Schwiegereltern gebunkert haben, hereinkommen. Ich laufe ins Schlafzimmer, ziehe meine Jeans aus und eine Jogginghose an. Greife nach meinen Turnschuhen im Regal und versuche, nicht zu atmen. Der Schlüssel klackert im Schloss, danach sind seine schnellen Schritte auszumachen. Er geht zur Alarmanlage, wird gleich merken, dass sie gar nicht aktiviert ist, und mich suchen.

„Ariane?"

Ich kann seinen Schritten folgen. Erst geht er in die Küche, dann ins Wohnzimmer. Als ich höre, wie er den Weg wieder zurück durchs Esszimmer, in den Wintergarten nimmt, schleiche ich mich bis zu den Treppenstufen. Die Tür des Wintergartens habe ich offen stehen lassen. Ich habe Glück. Albert steht im Garten und ruft meinen Namen. Das ist meine Chance, vielleicht meine einzige. Ich renne die Treppe hinunter, vorbei am Wohnzimmer und schnell in den Keller. Vor der Kellertür bleibe ich einen Moment stehen und versuche Luft zu bekommen. Ich kann nur hoffen, dass diese verdammte Tür nicht quietscht. Als ich seine Stimme wieder im Flur höre, bleibt mir keine andere Wahl. Albert ruft die Kellertreppe hinunter.

„Ariane, bist du unten im Keller?"

Ich reiße die Tür auf und renne. Nicht um mein Leben. Das weiß ich. Mit so etwas wie Mord würde er seine Hände nicht beflecken. Vom Kellereingang aus geht es schräg zum Kiesweg, dann geradeaus zu unserer Einfahrt. Ich erreiche sie, ohne ihm zu begegnen, und schaffe es auch, an seinem schweren Mercedes vorbei, vom Grundstück herunter. Ich laufe in die Richtung, in der die Häuserreihe beginnt. Am liebsten würde ich zur nächsten Haustür rennen und um Hilfe schreien. Als ich mich das dritte Mal umsehe und weder ihn noch den Mercedes sehe, wiege ich mich schon in Sicherheit und laufe ein wenig langsamer. Die Seitenstiche und die Angst nehmen mir den Atem und ich keuche wie ein Schnauzer, dessen Nasenlöcher zu klein sind. Dann bleibe ich stehen. Was passiert, wenn ich es jetzt schaffe, ihm zu entkommen? Er wird wiederkommen, immer wieder und wieder. Er wird mir so lange auflauern, bis er bekommt, was er will. Die einzige Chance, dem zu entgehen, läge darin, dass ich Dirk von Mark und mir erzählen würde. Ich gehe zurück. Als ich aufblicke, sehe ich Albert vor unserer Tür stehen, sich an seinen Mercedes anlehnend. Er grinst.

„Ach, Ariane, kleine Joggingrunde gedreht?"

Nur knapp fünfzig Zentimeter von ihm entfernt bleibe ich stehen. „Was willst du, Albert?"
„Ach, ach. Nicht so böse, junge Frau. Ich wollte dich nur besuchen. Oder ist das verboten, wenn der Schwiegervater seine liebe Schwiegertochter besuchen möchte?"
„Was willst du?", frage ich noch einmal, jetzt boshaft, und hoffe, dass er meine Angst nicht riecht.
„Ich möchte gerne mit dir einen Kaffee trinken! Und mich mit dir unterhalten." Er stößt sich vom Wagen ab und geht zur Haustür. „Mehr nicht!", setzt er hinzu.
Mir bleibt nichts anderes übrig, als ihm zu folgen.
„Schließ mal die Tür auf.", wäre mir fast rausgerutscht.
„Wir müssen durch den Wintergarten rein. Ich habe keinen Schlüssel mit!" „Macht nichts!", sagt er und geht siegessicher hinter mir her. Im Glasfenster kann ich sehen, wie sein Blick auf meinem Hintern hängt. Ich koche Kaffee, immer auf einen Angriff wartend, und decke auf der Terrasse den Tisch.
Albert hat es sich im Sessel bequem gemacht. Sein Blick gleitet versonnen durch unseren Garten. Dirks Garten. Mir gehört nichts davon. Mir gehört gar nichts, nur Lukas. Und der auch nur zur Hälfte. „Das Problem mit dem Swimmingpool habt ihr hervorragend gelöst. Besser gesagt, euer Gärtner!"
Albert grinst. Wenn er ahnte, wie blöd er dabei aussieht!

Aber die Angst überschattet meine aufkommende Wut. Er hätte den Pool nicht erwähnen sollen.
Ich lasse mich ihm gegenüber in den Sessel fallen und gieße Kaffee ein.
Ohne zu warten, ob er ebenfalls trinkt, nehme ich meine Tasse und setze sie an den Mund. Über den Tassenrand hinweg sehe ich sein Grinsen, das nicht enden zu wollen scheint, und werde noch wütender.
„Albert, sag es doch einfach geradewegs heraus: Was willst du von mir?"
Noch immer bleibt sein Grinsen in seinem Gesicht haften.
„Nichts. Wie gesagt, ich wollte mit dir nur einen Kaffee trinken!"
„Okay." Mit Schwung stelle ich meine Tasse auf den Tisch zurück und Kaffee schwappt über.
„Dann trink deinen Kaffee aus und hau ab!"
Sein Grinsen verschwindet. Ich kann sehen, wie sich seine Gesichtsmuskeln anspannen. Das hätte ich auch höflicher formulieren können. Seine Augen werden zu zwei schmalen Schlitzen. Dann greift er in seine Tasche, zieht ein paar Fotos heraus und legt sie vor mir auf den Tisch.
Mark.
Meine Bilder, mein Mark.
„Schöner Mann!", sagt er, mehr nicht.
Es dauert eine Minute. Eine zweite, dann eine dritte.

In meinem Kopf scheinen alle Worte ausgelöscht zu sein, und mir fallen keine neuen ein. Mein Mund steht offen und ich muss aufpassen, dass mir kein Speichel herunterrinnt. Die Wut hat mich verlassen, ebenso die Angst. Geblieben ist eine große Hoffnungslosigkeit, der ich nicht ausweichen kann. Ich will ihm sagen, dass er mir einfach mitteilen soll, was ich zu tun habe, aber nicht ein Wort löst sich aus meinem Kehlkopf.
Ich schlucke hart.
Unsere Augen treffen sich wie Blitze. Er bewegt sich genauso wenig wie ich mich. Sein Handy klingelt. Albert nimmt ab, diskutiert mit irgendjemand über steigende Aktien. Als er sein Telefonat beendet, lächelt er wieder, genauso erhaben wie schon Minuten zuvor. Er sammelt die vier Fotos wieder ein. Bild für Bild. Er ist sich genau bewusst, dass ich jedes Detail seiner Demonstration beobachte und schmerzlich in mich aufnehme. Er steckt die Bilder zusammen mit seinem Handy in seine Jackentasche und grinst immer noch. Dann steht er auf. Sein Mund hat die Form zweier schmaler Linien angenommen, die parallel zueinander verlaufen.
„Ariane, ich gebe dir eine Chance. Du kannst die Bilder haben. Für jeden schönen Fick mit dir bekommst du ein Bild zurück."
Er dreht sich um und geht. An der Ecke bleibt er stehen und kommt zurück. Sein Gesicht kommt meinem

bis auf wenige Zentimeter nah. Ich kann sein Aftershave riechen. Er benutzt das gleiche wie Dirk. Mir wird übel.

„Du rufst mich an, wann ich kommen soll! Ich gebe dir bis zum ersten Mal genau fünf Tage Zeit!" Er geht ohne ein weiteres Wort, und ich könnte ihn für seine selbstgefällige Art umbringen. Er hat mich in der Hand und wird mit mir machen, was er will. Es wird auch nicht nach dem vierten Mal aufhören. Eine Erpressung endet nie, es sei denn mit dem Tod. Die einzige Alternative ist die der Ehrlichkeit. Aber würde ich Dirk sagen, was zwischen mir und Mark gewesen ist, würde es ebenfalls ein Leben kosten. Ein kostbares. Das kann ich Mark nicht antun. Er hat mit meinem beschissenem Leben nichts zu tun. Ich werde es tun müssen. Mir bleibt keine Wahl. Ich bleibe auf dem Terrassenstuhl sitzen und starre die dekorative Umrandung des Pools an. Irgendwann rutscht die Tasse mit dem längst kalt gewordenen Kaffee nach unten auf meinen Schoß. Das Telefon klingelt, aber ich bin unfähig zu reagieren. Der Anrufbeantworter springt an und ich höre Lukas' Kindergärtnerin fragen, ob etwas passiert sei, ich hätte Lukas noch nicht abgeholt. Erst da erwache ich aus meiner Starre und renne zum Telefon. Natürlich hat die Kindergärtnerin längst aufgelegt. Genau in diesem Moment klingelt mein Handy.

„Entschuldigung, Entschuldigung, ich komme sofort!", schreie ich in den Hörer und schnappe mir die Autoschlüssel.

Lukas steht mit verheulten Augen hinter dem Zaun am Kindergarten und schaut mich böse an. Neben ihm steht die Kindergärtnerin, die schützend ihre Hand auf seine schmale Schulter gelegt hat. Ich stammele etwas von meinem nicht anspringenden Auto. Natürlich glaubt sie mir kein Wort, schließlich hätte ich dann anrufen können, aber sie sagt nichts weiter. Seit dem Unfall mit Sven sind die anderen von mir einiges gewohnt und trauen mir auch allerhand zu. Ich kann es an ihren Blicken spüren, die heiß und strafend in meinem Nacken brennen. Erst nachdem ich mich ein paarmal bei Lukas entschuldigt und ihm versprochen habe, auf dem Rückweg bei der Eisdiele vorbeizufahren, legt er seine beleidigte Miene ab und steigt ins Auto. Als ich ihn anschnalle und die Tür zuwerfe, fällt mein Blick auf meine Beine, dann auf meine Füße. Wenn Dirk mich hier mit Jogginghose und Turnschuhen sehen würde, könnte ich etwas erleben. Zum Glück kann er mich aber nicht sehen. Er ist noch die nächsten fünf Tage auf Barcelona. Wieder geht es um eine große Immobilie. Ich male mir aus, dass seine große Immobilie die Form einer Frau hat, mit einem strammen Hintern und prallen Brüsten, in die er sich unsterblich verliebt und mich einfach gehen lässt.

Mit Lukas natürlich.
Fünf Tage noch auf Barcelona. Fünf Tage habe ich bis zum ersten Mal Zeit. Mir wird speiübel. Lukas schreit in seinem Kindersitz nach seinem Eis und ich steuere auf die große Eisdiele zu.

„Guten Morgen, Frau Fischer. Haben Sie gut geschlafen? O je, Sie sind ja ganz nassgeschwitzt! Haben Sie etwa Schmerzen?"
Nein!
„Wissen Sie was? Bevor ich Sie wasche, werde ich Ihnen erst einmal Morphin spritzen. Ihre letzte Ration ist auch schon Stunden her."
Die Spritze muss irgendwo in meiner Nähe liegen. Neben meinem Ohr klappert etwas und kurze Zeit später bricht der wohlbekannte, verhasste Zustand über mich herein und vernebelt mein schwaches, krankes Hirn.
Lieber Gott, sieh doch!
Es liegt nicht an mir, dass ich meinen Pakt nicht schneller einlöse.
Es liegt nicht an mir, keinesfalls an mir …

Auszug aus der
Chronologie des Falles Fischer

Münster, Montag, d. 18. April 2011, 17.00 Uhr

Am dritten Tag der Hauptverhandlung, gegen den mutmaßlichen Mörder Dirk Fischer wurde direkt mit der Beweisaufnahme begonnen. Der Richter musste Dirk Fischer mehrmals um Ruhe bitten, so Fabian Keller, der von der Staatsanwaltschaft beauftragte Pressesprecher. Er gibt nur unter Vorbehalt einige Informationen preis. Die Verhandlung findet unter Ausschluss der Öffentlichkeit statt.
Diese spärlichen Informationen will Fabian Keller zusammen mit Kai Rossmann, dem Leiter der SOKO Fischer, gegen Ende der Woche aufstocken. Die nächste Verhandlung findet am Donnerstag, d. 21. April 2011, gegen elf Uhr im Gerichtsgebäude 1 statt.

Siebzehn

„Guten Morgen, Frau Fischer!"
Nein!
„Wie geht es Ihnen?"
Der Stuhl knarrt, das heißt, sie bleibt länger. Zu lange für mich. Ich kämpfe gerade mit Michel. Der ärgert mich schon den ganzen Morgen. Dieses Scheißmorphin. Ja, so muss ich es leider nennen, Scheißmorphin.
„Ich bin es! Frau Müller!"
Ich weiß, wer Sie sind.
Sie sind die, die versucht, mein Inneres nach außen zu kehren. Das hatten wir doch schon, und viel zu oft, wenn Sie mich fragen. Eigentlich dachte ich, ich wäre Sie endlich los. Aber ich denke sowieso zu viel, vor allem an Sachen, die meinen eigentlichen Gedankenstrom stören. Außerdem habe ich keine Zeit. Michel macht mich heute verrückt. Er zieht immer an meiner Bettdecke. Sobald ich versuche zu schlafen, ist er da, kitzelt an meiner Nase und schwingt sich mit meinem Bettzipfel von rechts nach links und dann wieder zurück, wie an einer Liane. Kaum zum Aushalten, dieses Geturne.
„Wie geht es Ihnen?"

Diese Frage haben Sie mir gerade schon gestellt. Außerdem müsste jetzt eigentlich nur noch kommen, dass wir beide schon per Du sind! Wo sind Sie, ich meine, wo bist du nur mit deinen Gedanken? Das habe ja nicht einmal ich vergessen. Wie könnte ich auch, wenn Leute sich anmaßen, mich zu behandeln, als sei ich ein kleines Kind? Ich bin vierunddreißig Jahre alt, aber das scheint bei einer Schwachsinnigen nicht sonderlich zu interessieren. Wissen Sie, liebe Frau Müller, es ist nämlich so: Vielleicht sollte ich froh sein, das Sie sich überhaupt mit mir unterhalten. Außer meinem nervigen, kleinen Bettfloh tut das nämlich im Moment niemand. Jedenfalls macht niemand richtig Konversation mit mir. Man sagt wohl schon mal: „Wir drehen Sie jetzt um", oder: „Guten Morgen", aber das war es dann auch schon. Mit Michel habe ich mich heute Morgen ausgiebig unterhalten. Jetzt ist er sauer, weil ich ihn beleidigt habe, und darum ärgert er mich auch. Als ich aus einem diffusen Traum erwachte, saß er direkt vor meinem Gesicht und schaute mich traurig an. Sein aufmüpfiges Grinsen hatte er heute nicht dabei.
„Geht es dir gut?", fragte er mich plötzlich.
Seine Stimme klang glockenklar und hell. Fast wie die eines Engels. Zuerst entschuldigte ich mich für meinen K.O.-Schlag und sagte ihm schnell, dass ich ihn Michel getauft hätte. Tränen traten in seine Augen und er freute sich wahnsinnig darüber. Der Name gefiel ihm.

Wir redeten über unsere Eltern und er versprach mir, sich Papa beim nächsten Mal genau anzusehen und mir dann zu berichten, wie er heute aussieht. Nach einiger Zeit kam er dann auf die Idee, dass wir unsere Freundschaft eigentlich mit einem Glas Sekt begießen müssten. Bei der Vorstellung, dass dieser kleine Kerl ein riesiges Sektglas in der Hand halten würde, musste ich furchtbar lachen.

„Warum lachst du? Du kannst mich doch aus deinem Glas trinken lassen!", sagte er etwas beleidigt.

„Aber ich kann doch auch kein Glas festhalten!", sagte ich und fing wieder an zu kichern.

„Das kannst du wohl!", schrie er plötzlich böse.

„Kann ich nicht!"

„Doch, du kannst! Du stellst dich extra so blöd an!"

„Ich kann nicht!", beharrte ich und versuchte, ihn zu ignorieren.

„Wohl, wohl, wohl!", schrie er und lief dunkelrot an.

„Du kannst es wohl! Ich habe es gesehen! Du hast mich mit der Hand vom Bett gefegt, also kannst du dich auch bewegen! Du stellst dich nur an!"

„Lass mich in Ruhe!"

„Du stellst dich an!"

„Verschwinde, du kleines, hässliches Ding!"

Daraufhin zuckte er zusammen, sah mich einen Moment sprachlos an und verschwand. Aber nicht lange. Dann kam er wieder, kitzelte zum ersten Mal meine

Nase und gab mir mit bösen Worten zu verstehen, dass er mir schon zeigen würde, dass ich mich doch bewegen könne.

„Frau Fischer, ich habe lange über Sie nachgedacht. Ja, wirklich. Ihre Geschichte und Ihre derartige Reaktion darauf faszinieren mich. Entschuldigen Sie, wenn ich das einfach so ausspreche. Ich war ganz traurig, als man die Therapiestunden eingestellt hat. Und jetzt bin ich froh, dass ich wieder zu Ihnen kommen darf."

Frau Müller blättert. Sicher hat sie sich auf einem Block Notizen gemacht, was sie mich heute fragen möchte.

„Aber ich glaube, ich bin die Sache mit Ihnen völlig falsch angegangen. Ich war in der letzten Woche auf einer Fortbildung und habe mich mit sehr kompetenten Psychiatern über Sie unterhalten. Wir sind zu dem Ergebnis gekommen, dass es wohl das Beste wäre, wenn ich Ihnen keine Fragen stelle."

Das: „Sie antworten ja doch nicht", spricht sie zwar nicht aus, macht aber eine lange Pause. Michel kommt wieder angekrabbelt. Seine Miene ist noch genauso böse wie vorher. Er kriecht bis zu meiner Nase und bleibt kurz davor stehen. Ich muss schielen, um ihn genau in Augenschein nehmen zu können.

„Ich werde Ihnen etwas erzählen. Ich fange im Jetzt an und versuche dann, systematisch mit dem Blick nach hinten zu gehen. Das kommt Ihnen vielleicht etwas ungewöhnlich vor, aber ich sage Ihnen, einen Versuch ist es wert!"

Michel, verschwinde!

„Also, beginnen wir mit heute. Ich bin heute zu Ihnen gekommen, weil ich konsularisch dazugebeten worden bin. Man sagte mir, dass sich Ihr Zustand verändert habe. Bis vor kurzem haben Sie sich seit dem Tod von Lukas und Ihrem Unfall keinen Zentimeter bewegt. Laut Pflegepersonal und Ärzten haben Sie ins Leere gestarrt und scheinen keinerlei Schmerzen gespürt zu haben. Ich sage haben, weil sich das anscheinend auch geändert hat. Vor vier Tagen sind Sie aus dem Bett gefallen. Niemand hat gesehen, wie es passiert ist, aber Sie lagen davor auf dem Boden. Ein Beweis dafür, dass Sie sich bewegt haben müssen. Dann stöhnen Sie öfters auf, was die Ärzte dahin gehend deuten, dass Ihr Tumor Schmerzen im Kopf verursacht. Jetzt komme ich zu dem Punkt davor. Sie haben Krebs, Nierenkrebs, sowohl in der linken als auch in der rechten Niere. Eine Niere wird ganz entfernt, aus der zweiten der bösartige Tumor. Das Ganze war ein Zufallsbefund, weil Sie aus der Blase geblutet haben. In Ihrem Kopf wird ein metastasierender Knoten entdeckt, etwas über einen Zentimeter groß. Dieser Tumor ist inoperabel. Sie bekommen eine Chemotherapie. Nach der zweiten verlieren Sie alle Haare. Die dritte haben Sie auch hin-

ter sich. Jetzt bekommen Sie Morphin und Ihr kahler Kopf wird mit einem Tuch bedeckt."
Wie, mein kahler Kopf wird mit einem Tuch bedeckt? Mit einem Tischtuch oder was?
Frau Müller blättert. Dann kritzelt der Kugelschreiber über den Block. Was ihr jetzt wohl schon wieder einfällt?
Mein Kopf wird mit einem Tuch bedeckt. Wo kommen wir denn da hin? Menschenunwürdiger geht es doch wohl gar nicht. Mit einem Tuch!
Verdammt noch mal, Michel, verschwinde!
Mir wird schwindelig bei dem Geschiele. Michel kommt immer näher.
„Wissen Sie eigentlich, Frau Fischer, dass Sie gar keinen Krankenversicherungsschutz mehr hatten, als Sie hier eingeliefert wurden?"
Was?
Keinen Versicherungsschutz. Ich brauche etwas Zeit, um den Sinn dieser Aussage zu verstehen, bis ich begreife, dass Dirk meine private Krankenversicherung entweder nicht bezahlt oder gekündigt hat.
Michel reißt seinen Mund auf, und wieder brauche ich einen Moment, um zu verstehen, was das jetzt soll.
„Sie können froh sein, dass Albert sich dessen angenommen hat und für all Ihre Rechnungen aufkommt!"

In diesem Moment beißt Michel zu. Er erwischt meine Nasenspitze, und ich hebe die Hand und fege ihn mit Schwung von meinem Bett.

Mein Kopf ist total vernebelt, so schlimm wie nie zuvor. Eine graue Decke schwebt darüber, und ich versuche angestrengt, etwas zu sehen. Michel ist verschwunden. Ich kann ihn verstehen. Vielleicht habe ich ihn sogar umgebracht, das wäre nicht mein erster Mord. Aber Mitleid kann ich nicht aufbringen, nicht einmal für mich selber. Meine Gedanken schwimmen und springen hin und her. Minutenweise schlafe ich wieder ein, schrecke dann grundlos hoch, nur um abermals dahinzudösen. Die letzte Morphindosis war gigantisch. Das lag aber eher an der Müller, die fast hysterisch nach dem Personal und dem diensthabenden Arzt schrie: Ich hätte meine Hand zum Kopf gehoben und gegen meinen Kopf geschlagen und dabei furchtbar gestöhnt. Wieder döse ich dahin und sehe sechs Buchstaben tanzen. Als ich sie endlich hintereinander lesen kann, erkenne ich den Namen Albert. Die Psychiaterin kennt ihn! Sie nennt ihn beim Vornamen. Ganz selbstverständlich. Die beiden kennen sich. Ich habe Bernhard und Mira Unrecht getan, ich bin immer davon ausgegangen, dass einer von ihnen mit der Müller unter einer Decke steckt. Albert kommt für all diese

Rechnungen auf. Nicht Herr Fischer, sondern Albert. Das Morphin macht nicht nur schläfrig und verursacht Halluzinationen. Es kann noch mehr. Es lässt einen nicht mehr man selbst sein. Mein Bettfloh kommt wieder, schiebt die sechs Buchstaben wie Kisten vor sich her und ächzt.
ALBERT.
Die Buchstaben sehen aus wie weiß angemalte Holzklötze. Einer davon fällt plötzlich aus der Reihe und kippt zu Boden.
ALERT!
Was soll das denn heißen? Bestimmt gar nichts. Plötzlich bleibt Michel stehen und sieht mich an. Ich habe ihm ein blaues Auge geschlagen. Anstandshalber möchte ich sagen: „Es tut mir leid", aber ich kann nicht. Außerdem würde ich lügen. Ich spüre nämlich keine Reue. Michel dreht sich auch schon wieder um, geht ein Stück über meine Decke Richtung Bettende und bleibt stehen. Dann nimmt er Anlauf und rast auf mich zu. Sicher will er es mir heimzahlen. Stattdessen läuft er aber auf die restlichen Buchstaben zu, tickt sie einen nach dem anderen vom Bett herunter und grölt. Was soll das?
„Befasse dich jetzt endlich mit diesem elenden Scheißer und dann schmeiß ihn aus deinem Kopf!"

Michel weiß von meinem Pakt mit Gott!
Michel, hat Gott dich geschickt?
Er haut ab, rennt die Decke abwärts zu meinem Fußende und springt dann mit einem Satz vom Bett. Jetzt ist er wieder weg und ich kann mich kaum konzentrieren. Ich hätte ihm gerne noch hinterhergerufen, dass sich meine Gedanken durch das Morphin verselbstständigen, aber Michel ist schon fort. Auch wenn ich jetzt an mein Martyrium mit Albert denken möchte, um es endlich hinter mich zu bringen, versperrt mir doch das Gift den Weg. Ich schaffe es gerade noch, mit den Augen über die gesamte Bettdecke zu gleiten, um zu schauen, ob mein Bettfloh vielleicht doch da ist, dann schlafe ich wieder ein. Mein letzter Gedanke gilt Michel und seinem blauen Auge, und plötzlich tut er mir richtig leid.

Dieses Mal ist mein Schlaf tief. Keiner, der nur an der Oberfläche bleibt und aus dem man keine neue Kraft schöpfen kann. Ich muss stundenlang geschlafen haben. Als ich aufwache, fühle ich mich gut. Gerne würde ich dieses herrliche Gefühl noch einen Moment lang auskosten, aber diese Zeit habe ich nicht. Also denke ich an die Tage mit Albert, oder besser gesagt, an das Ultimatum von fünf Tagen, das er mir bis zum ersten Sex gestellt hat.

Jeden Morgen, sobald ich Lukas in den Kindergarten gebracht habe, packe ich meine Koffer. Am ersten Morgen sind es allein für mich bereits vier gepackte Koffer und drei Reisetaschen, die ich in den Flur stelle. Dann mache ich mich in Lukas' Zimmer zu schaffen, bringe sein Hab und Gut in drei weitere Taschen unter und fülle vier Spielzeugkisten. Viele seiner Kleidungsstücke sind ihm sowieso bald zu klein. Die Wintersachen lasse ich auch da, mit Ausnahme einer dicken Jacke. Seinen Lieblingsteddy soll er im Auto gleich mit in den Kindersitz bekommen, deshalb lege ich ihn auf meine Handtasche. In der Handtasche befinden sich unsere Personalausweise sowie Reisepässe und Geld. Vierzehntausendundvierhundert Euro habe ich mir aus dem Tresor gemopst und ebenfalls in meiner Tasche verstaut. Sobald ich diese ganze Zeremonie vollbracht habe, setze ich mich auf die unterste Treppe, die zum Dachboden führt, und starre auf den enormen Gepäckhaufen. Das Ganze werde ich unmöglich in mein Cabriolet hineinbekommen. Keine Chance. Also werde ich den großen Mercedes von Dirk nehmen müssen. Dafür wird er mich erst recht killen. Bei dem Wort killen fällt mein ganzer Plan wie ein Kartenhäuschen in sich zusammen und die Angst kriecht in meinem Nacken hoch. Gleichzeitig erreicht mich auch der Ekel, den ich empfinde, wenn ich nur an Alberts Hände denke, die mich irgendwo betatschen könnten. Also

springe ich auf, verstaue das ganze Zeug in Dirks Mercedes, setze mich hinein, schließe die Tür und stelle mir vor, wie ich den Motor starte, die Garage verlasse, das Tor sich zum letzten Mal hinter mir schließt und ich zum Kindergarten fahre, um Lukas zu holen, und dann mit ihm in die Freiheit fahre. Das Ganze fühlt sich so gut an, dass sich meine Augen mit Freudentränen füllen, und ich am liebsten sofort losfahren würde. Aber es ist erst viertel nach neun und ich kann den Jungen erst gegen zwölf Uhr abholen. Also bleibe ich sitzen, koste noch einen Moment lang den herrlichen Augenblick aus und stelle mich dann der Realität.
Die schlägt mir hart um die Ohren und straft mich mit Tritten in meinen Bauch. Ich würge und renne zum Gästeklo, um mich zu übergeben.
Nachdem das Frühstück komplett draußen ist, versuche ich aufzustehen, aber meine Knie schlottern. Ich lasse den Deckel fallen und setze mich darauf. Mein Vorhaben kann unmöglich klappen! Dirk wird mich finden und danach bestenfalls zu Mus schlagen. Es kann aber auch sein, dass sein Ego von meinem Fluchtversuch so angegriffen ist, dass er die Scheidung will und mir Lukas wegnimmt. Ich muss wieder würgen.
Mit seinem Geld wird er immer die besseren Anwälte haben. Diese Erkenntnis bringt mich dazu, den Wagen wieder auszupacken, sämtliche Koffer, Taschen und

Kisten. Nachdem auch das Geld und die Pässe wieder im Tresor sind, gehe ich ins Schlafzimmer, ziehe meine Schublade ganz heraus und greife wahllos hinein. Nach dem vierten Mars wird mir wieder übel, aber ich stopfe weiter Süßigkeiten in meinen Mund. Mit jedem Stückchen Nussnougatschokolade versuche ich, meine verängstigte Seele zu beruhigen, und rede ihr gut zu. Viermal mit Albert, dann ist alles vorbei. Hoffe ich zumindest. Daran muss ich jetzt einfach glauben.

Bevor ich Lukas vom Kindergarten abhole, ziehe ich mich korrekt an und gehe ins Badezimmer, um Parfüm aufzulegen und mich zu schminken. Im Spiegel sehe ich mein Gesicht. Ich muss die ganze Zeit geweint haben, meine Augen sind rot und geschwollen. Trotz ausgiebiger Schminktechniken bekomme ich keinen normalen Zustand hin und verstecke mich hinter meiner dicken Sonnenbrille.

Am nächsten Morgen, Lukas ist wieder im Kindergarten, überkommt mich abermals der Drang, meinen Plan auszuführen, aber diesmal mit weniger Gepäck. Ich werde mein eigenes Auto nehmen müssen. In meinen Koffer packe ich nur bequeme Kleidung und ein Kleid für schick. Lukas' Sachen packe ich ebenfalls in einen Koffer und in eine Spielzeugkiste. Ich werde ihm einfach neue Sachen kaufen, rede ich mir aufmunternd zu und verstaue alles in meinem Cabriolet. Dieses Mal hält der gute Zustand keine fünf Minuten an, bevor ich mich im Gästeklo wiederfinde. Am dritten Morgen packe ich noch die Taschen, bleibe aber gleich im Flur auf der Treppe sitzen und stopfe mich mit Süßigkeiten voll. Als ich schließlich nichts mehr essen kann, räume ich alles wieder an Ort und Stelle. Setze mich wieder auf die Stufen, blicke auf die leere Stelle im Flur, in der sich in den letzten drei Tagen immer das Gepäck türmte, jeden Tag weniger, und die jetzt leer ist. Genauso leer wie meine Seele. Ich werde es tun müssen, schon morgen. Am Tag vier. Tag vier fällt auf einen Freitag und am Samstag hat Lukas keinen Kindergarten. Wohin mit Lukas bei unserem Schäferstündchen? In der Nacht schlafe ich schlecht. In den frühen Morgenstunden lege ich mich zu Lukas ins Bett, halte seine Hand und weiß, dass ich es allein für ihn tun werde. Nur für ihn. Nachdem Lukas im Kindergarten ist, setze ich mich aufs Bett, nehme mein Handy in die Hand und rufe Albert an.

„Du kannst jetzt kommen!", sage ich und lege wieder auf. Ich bin nicht mehr ich selbst. Der Schlafmangel der letzten Tage macht sich längst bemerkbar und ich tapse wie ein kleiner Welpe, der noch unsicher auf seinen Beinen ist, ins Schlafzimmer. Ich sehe mich um und weiß nicht einmal, ob ich einfach hier sitzen bleiben soll. Am liebsten würde ich eine Flasche Cognac trinken, damit ich das Ganze im Rausch hinter mich bringe, bestenfalls einen Filmriss habe. Aber keine Chance.

Um halb eins muss ich Lukas abholen. Ich weiß nicht, wo ich Albert gerade am Handy erwischt habe, deshalb habe ich auch keine Ahnung, wann er hier sein wird. Ein innerer Zwiespalt stellt sich ein von dem „Schneller hier, dann ist alles vorbei", zu dem „Hoffentlich kommt er noch lange nicht." Ich habe den Gedanken noch nicht zu Ende gedacht, da höre ich schon das Klappern seiner Slipper auf den Küchenfliesen. Mein Magen dreht sich um und ich schlucke die aufkommende Galle tapfer herunter. Ich kann mich nicht rühren, bleibe auf dem Bettende sitzen und starre auf den Pool. Albert kommt die Treppe hoch, immer näher zu mir. Dann steht er in der Tür. Mein Blick bleibt auf dem Pool haften. Würde er abschweifen, dann würde ich mich direkt hier auf dem Boden übergeben. Seine Schritte kommen näher, unheimlich langsam, wie mir scheint. Ich kann seinen geilen Blick erahnen, der über meinen Körper gleitet.

„Ich dachte, du hättest dich etwas schicker für mich gekleidet?"

Seine Arroganz kotzt mich an. Plötzlich steigt eine Verzweiflung in mir hoch, die gemischt ist mit Wut. Ich reiße meinen Pullover über den Kopf und schmeiße ihm meinen BH vor die Füße. Dann stehe ich auf, streife meine Jeans und meinen Slip ab.

„Meinst du etwa dieses Kostüm?" Er kommt auf mich zu, dreht kurz vorher ab und betätigt den automatischen Knopf der Jalousie. Der freie Blick auf den Pool wird mir versperrt. Krampfhaft versuche ich einen anderen Punkt zu fixieren, um ihn nicht ansehen zu müssen. Um mich herum schwankt alles. Das, was meine Augen zu erfassen versuchen, ebenso wie meine ganze Welt. Er nimmt meine Hand und zieht mich vom Bett hoch. Ich habe keine Ahnung, wie ich es schaffe, auf meinen wackeligen Beinen zu stehen. Plötzlich wirbelt er mich herum und drückt meinen Oberkörper nach unten. Mit zusammengeballten Fäusten stütze ich mich auf dem Bett ab und strecke Albert mein Hinterteil entgegen. Er dringt hart in mich ein, aber ich schreie nicht. Ich starre auf die Tagesdecke, das Muster vermischt sich mit meinen Tränen, die im Augenwinkel hängen bleiben. Die gräulichen Linien auf meiner weißen Tagesdecke erscheinen mir verzerrt. Die Decke werde ich austauschen müssen. Der Moment ist so unreal und kurz. Albert stöhnt hinter mir auf, klatscht mir mit der Hand auf den Po.

„Ich wollte dich immer schon mal einreiten!", sagt er und zieht sich an. Genauso schnell wie er gekommen ist, verschwindet er wieder. Seine beschissene Aura lässt er da. Aber die Fotos nimmt er alle wieder mit. Auf meine Frage hin gibt er mir jedenfalls keins und lässt mich auch mit der Ungewissheit allein, wann das zweite Mal stattfinden soll. Als er verschwindet, grinst er wie ein Pavian, der gerade die dickste Banane der Welt erwischt hat.

„Der Typ ist ein Schwein, nicht?"
Michel sitzt auf meiner Bettdecke. Ich schlottere. Außerdem ist mir schlecht. Ich wusste immer, dass es Menschen gibt, die sich durch Erpressung Sex holen, aber wenn das ins eigene Leben kommt, will man es nicht wahrhaben. Nicht mal jetzt, bei meinen Dèjá-vu, kann ich es begreifen. Froh darüber, im Moment nicht alleine zu sein, biete ich Michel an, es sich unter meiner Decke bequem zu machen. Lachend lehnt er ab und springt plötzlich auf.
„Du weißt, dass du noch nicht am Ende bist, oder?"
„Ich weiß!"
Aber ich kann nicht mehr.
„Ausruhen kannst du dich noch lange genug, wenn du tot bist!"
Er nimmt wieder Anlauf, springt vom Bett und lässt mich ratlos zurück. Natürlich hat er Recht, aber mein Kopf fühlt sich an, als hätte jemand Wattebäuschchen hineingepustet. Eine Schwester kommt und öffnet das Fenster. Kurz darauf geht sie wieder. Ich höre den Wind. Er rauscht durch Äste. Vor meinem Fenster muss ein Baum stehen. Jetzt würde ich gerne einmal die Augen öffnen. Meinen Blick auf den wehenden Blättern ruhen lassen und einen Moment lang Hoff-

nung schöpfen, irgendwann würde alles wieder gut werden. Der Wind wird kräftiger und ich spüre einen kalten Luftzug auf meinem Arm. Das Gefühl ist nicht unangenehm und macht mir auch keine Angst. Gewiss nicht. Wieder ein Luftzug. Als die Tür geöffnet wird, verstärkt sich das Streicheln des Windes auf meinem Arm und berührt meine Wange.

„Verzeih mir!", flüstert ein Mann neben meinem Ohr und verlässt leise das Zimmer. Es hätten tausend Stimmen sein können, aber ich habe sie trotzdem erkannt. Das Flüstern erreicht mein wattiertes Hirn, aber die Angst bleibt da, wo sie gerade ist. Sie besetzt nicht meine Seele und ich bleibe ruhig liegen und atme entspannt weiter.

Albert.

Es war Albert, der in mein Zimmer schlich und mir Worte ins Ohr flüsterte, die ich aus seinem Mund nicht erwartet hätte. Worte, die viel zu spät kommen, um das wiedergutmachen zu können, was er meiner Seele und meinem Kind angetan hat.

Auszug aus der
Chronologie des Falles Fischer

Münster, Donnerstag, d. 21. April 2011, 17.00 Uhr

Wie versprochen halten Kai Rossmann, Leiter der SOKO, und Pressesprecher Fabian Keller eine Pressekonferenz ab. Zum jetzigen Zeitpunkt gehen Staatsanwaltschaft und Richter immer noch von der Schuld des Angeklagten aus. Es gebe keine Indizien, die Dirk Fischer entlasten. Zudem verstricke er sich immer mehr in Widersprüche. Selbst der geladene Zeuge Albert Fischer, Vater des Angeklagten, belastet seinen Sohn schwer. Das Urteil wird schon gegen Ende nächster Woche erwartet. Dirk Fischer beteuert weiterhin, seinen Sohn niemals geschlagen und ihn auch nicht ermordet zu haben.

Achtzehn

„Ariane! Wenn du einen Wunsch frei hättest, was würdest du dir dann wünschen?"
„Ich weiß nicht!"
In den letzten Stunden habe ich mich so gut gefühlt, dass mir mein permanenter Todeswunsch abhanden gekommen ist.
„Überleg doch mal!", sagt Michel und zieht seine Beine zum Körper. Er sitzt direkt vor meiner Nase. Heute trägt er eine blaue Latzhose und sieht aus wie ein Gartenzwerg. Ich muss laut lachen. Michel lacht mit.
„Was ist?", fragt er und legt seinen Kopf schief.
„Ich weiß ja, dass es dich nicht wirklich gibt und du nur meiner Fantasie entspringst, aber ich frage mich gerade, wer diese winzig kleine Latzhose genäht haben könnte?"
Michel verzieht sein Gesicht und schmollt.
„Ich bin aber doch wirklich hier!"
„Ja, das stimmt!", sage ich mit Nachdruck, um ihn nicht zu verärgern. Michel überlegt. Lange. Das sehe ich daran, dass sich seine kleine Stirn in Falten legt und er die Augen halb schließt.

Dann sieht er mich groß an. „Auch wenn ich nur deiner Fantasie entspringe, du magst mich doch trotzdem, oder?"

„Ja, ganz schrecklich!", lache ich weinend. Er mit. Große Tränen kullern plötzlich aus seinen dafür viel zu kleinen Augen. Ich suche nach Worten, finde aber keine.

„Nimmst du mich dann bitte mit?"

„Wohin?", frage ich erstaunt.

„Na, wenn du diese Welt verlässt. Nimmst du mich dann mit? Bitte!"

„Wie soll ich...?"

„Bitte! Du schaffst das! Außerdem möchte ich gerne Lukas kennen lernen. Und Sven. Und deine Mutter."

„Okay.", sage ich nach einer Weile und seine Augen fangen an zu leuchten. Ich habe keine Ahnung, wie ich mein Versprechen einlösen soll, aber ich möchte das Lachen, das gerade Michels Gesicht strahlen lässt, nicht verlieren.

„Dann los!"

„Wie, dann los?"

„Na!" Michel springt auf und zieht sich die Hose aus der Poritze.

„Mach weiter mit deinem Pakt!"

„Mit meinem Pakt?"

„Ach, Ariane. Manchmal tust du wirklich so, als seiest du nicht ganz gescheit. Dein Pakt mit Gott. Von nichts kommt nichts."

„Von nichts kommt nichts!", flüstere ich und begebe mich in die dunkelste Zeit meines Lebens.

„So, heute ist Nummer zwei dran!", bellt Albert in den Hörer. Ich sitze gerade im Auto und bin auf dem Weg zum Kindergarten. Als die Ampel auf Grün springt, bekomme ich erst den Gang nicht rein, dann fahre ich stotternd los. Lukas lacht sich kaputt bei dem Gewackel und Alberts Worte vermischen sich mit dem kindlichen Lachen. Ich kann nichts verstehen.
„Ich habe dich nicht verstanden!"
„O doch, das hast du. In einer Stunde im Hotel Klockner. Siebte Etage, Zimmer 705. Und zieh dich heute mal etwas ansprechender an!" Er hat aufgelegt, bevor ich noch etwas erwidern kann. Mit voller Wucht schmeiße ich das Handy auf den Beifahrersitz. Lukas sieht mein wütendes Gesicht und sein Lachen hört abrupt auf. Sofort tut es mir leid und ich versuche zu lachen. „Dummes Telefon!", witzele ich. „Das machte immerzu krrrrr und kraaaaa, ich konnte überhaupt nichts verstehen!"
„Krrrrr und kraaaaa!", echot Lukas. Wir lachen beide. Ich grinse immer noch, als ich wieder draußen stehe

und meinem Sohn durchs Fenster zum Abschied zuwinke. Dann drehe ich mich um, verdecke meine Augen mit meiner Sonnenbrille und mein Blick erstarrt zu Eis. Ich habe noch genau dreiundvierzig Minuten. Bis nach Hause schaffe ich es nicht mehr. Ich trage einen dünnen, schwarzen Pullover und meine weiße Jeanshose. Dazu hohe, schwarze Pumps und darüber einen schwarzen, kurzen Mantel mit Gürtel. Diese Art Aufmachung meint Albert sicher nicht. Ich muss mir etwas einfallen lassen. Langsam fahre ich zum Hotel und parke das Auto direkt in der Tiefgarage. Mir bleiben noch zwanzig Minuten und ich starre auf die Kameras, die mich angrinsen. Dieses Mal wird es schlimmer werden. Und länger dauern, da bin ich mir sicher. Die Vorstellung, dass Albert den Knopf meiner Jeans aufmachen könnte, ist so abstoßend, dass ich panisch das Auto verlasse und in den Aufzug steige. Ein älteres Paar steigt mit mir ein, verlässt aber in der Hotellounge den Aufzug wieder. Ich kann direkt bis nach oben durchfahren. Als der Aufzug wieder anfährt, drücke ich auf Nothalt, entledige mich meiner Kleidung, ziehe den Kurzmantel über meinen nackten Körper und betätige dann wieder den Schalter. Ich fahre zur Tiefgarage zurück, lege meine Kleidung in den Kofferraum und warte. Die letzten Minuten vergehen im Zeitlupentempo und doch viel zu schnell. Drei Minuten vor der vereinbarten Zeit betrete ich den Aufzug erneut, fahre mit rasantem Tempo in den siebten Stock. Vor Zimmer 705 bleibe ich stehen und lausche. Nichts. Als ich klopfen möchte, wird die Tür schon aufgerissen und Albert starrt mich mit geilen und besoffenen Augen an. Es wird noch schlimmer werden, als ich erwartet habe. Minutenlang fummelt er an mir herum, nachdem er bemerkt hat, dass ich unter dem Trenchcoat nichts trage. „Ja, das Outfit gefällt mir schon besser!", stöhnt er in mein Ohr und bearbeitet mit seinem Mittelfinger mein nacktes Geschlecht. Es brennt wie Feuer, aber ich wage nicht, seine Hand wegzuschnippen. Plötzlich setzt er sich aufs Bett. „Komm her zu mir!" Ich gehe auf ihn zu. Er öffnet meinen Mantel, lässt den Gürtel fallen und streift mir den Mantel ab, der zu Boden fällt. Dann soll ich ein Bein auf das Bett stellen. Er befummelt mit einer Hand den Absatz meines Schuhs und küsst auf die Innenseite meines Oberschenkels. Mir wird übel. Als sein Mund meine Scham berührt und ich seine Zunge zwischen meinen Beinen spüre, dreht sich mein Magen um. Ich schubse Albert zur Seite, renne ins Klo und übergebe mich. Damit bringe ich ihn zur Raserei. Er folgt mir, zieht mich an den Haaren hinter sich her und wirft mich aufs Bett. Dass ich noch würge, ist ihm egal. Er lässt sich auf mich sacken, schiebt meine Beine auseinander und dringt noch schmerzhafter in mich ein als beim ersten Mal. Ich weine auch dieses Mal nicht, starre zur Zimmerdecke und versuche meine aufsteigende Galle hinunterzuschlucken. Als er fertig ist, zieht er mich wütend vom Bett und schubst mich aus dem Zimmer. Ich stehe völlig entblößt auf dem Hotelflur, Sperma bahnt sich den Weg aus mir heraus, mein Bein entlang. Ich trage nur meine schwarzen Pumps. Unfähig, mich zu bewegen, warte ich darauf, dass Albert mir den Mantel zuwirft.

„Kannste vergessen, dieses Mal zählt nicht!", sagt er, wirft mir den Mantel zu und knallt dann wütend mit der Tür. Erst als ich Stimmen höre, kann ich mich aus meiner Erstarrung lösen, ziehe den Mantel über und renne die sieben Etagen im Treppenhaus hinunter, als sei der Teufel hinter mir her. Bevor ich den Motor des Autos starrte, reiße ich das Handschuhfach auf der Beifahrerseite auf und krame nach einem Schokoriegel. Während der Fahrt nach Hause füllt sich der Beifahrersitz mit verschiedenen Verpackungen und Papierchen. Dieses Mal zählt nicht, kreischt es in meinen Ohren und ich weiß, dass es sowieso nie aufhören wird. Als ich unter der Dusche stehe und die Seife zwischen meinen Beinen das Gefühl von aufschlagenden Flammen entfacht, weiß ich, dass ich kein drittes Mal mit Albert ertragen kann. Ich werde mir etwas einfallen lassen müssen. Zu diesem Zeitpunkt habe ich noch keine Ahnung, wie dramatisch sich das Ganze schon bald zuspitzen wird.

Neunzehn

Meine Gedanken schwimmen. Ich versuche, etwas wahrzunehmen, irgendetwas, gleite mit den Augen über die imaginäre Decke, um nachzusehen, ob mein einziger Freund da ist. Bevor ich die Gewissheit habe, dass das nicht der Fall ist, und mir der Gedanke kommt, dass er vielleicht auch nicht eher wiederkommt, bis ich die Sache mit Albert zu Ende durchexerziert habe, holt der Schlaf mich schon wieder ein. Sternchen tanzen vor meiner Iris. Ich weiß nicht, ob Minuten oder Stunden vergangen sind, als ich schließlich traumlos wieder ins Erwachen gleite und meinen Vater flüstern höre. Ich kann die Worte nicht verstehen, sie fließen ineinander. Es hört sich an wie ein leises Murmeln, das mich wieder schläfrig macht. Ich bin mir aber sicher, kein Morphin erhalten zu haben, denn dann wäre Michel da. In meinem Morphinzustand ist er immer präsent.
Ich bekomme schlecht Luft. Beim Einatmen röchele ich sogar. Aber Schmerzen empfinde ich immer noch nicht. Mein Papa erklärt mir gerade, dass er ein wenig mit einem nassen, kalten Waschlappen über meine Stirn streicht. Das tut gut. Nicht, weil ich davon etwas merke, sondern einfach, weil er sich um mich küm-

mert. Um mich herum ist nicht viel zu hören. Keine lauten Geräusche dringen zu mir, nur dieses Rascheln, das zähflüssig, aber rasselnd meiner Lunge entspringt. Meinem Gefühl nach müsste es Nacht sein, aber dann würde Papa nicht bei mir sitzen. Wieder schlafe ich ein. Als ich das nächste Mal wach werde, steht eine Schwester am Bett und erklärt mir, dass sie mir jetzt Wadenwickel machen möchte. Es klappert. Ich bekomme immer noch schlecht Luft. Dann redet sie mit meinem Vater, dessen Stimme sich schlaftrunken anhört.
„Sie können auch ins Besucherzimmer gehen, da steht so eine Art Liege. Dann können Sie vielleicht ein wenig schlafen!"
Ich erkenne die Stimme von Schwester Rita. Sie arbeitet ausschließlich im Nachtdienst.
Papa, was machst du hier? Mitten in der Nacht?
„Nein, danke, es geht schon. Ich möchte lieber bei meiner Tochter bleiben!"
„Okay, wie Sie wollen, aber wenn doch, dann gehen Sie einfach rüber." Papa sagt daraufhin nichts. Das Rasseln meiner Atmung hört sich schrecklich an. Stoff wird ausgewrungen und Schwester Rita erklärt, dass sie die nassen, kalten Tücher jetzt um meine Waden wickelt und hofft, dass das Fieber endlich sinkt.
„In zehn Minuten komme ich wieder!", sagt sie und verschwindet. Ich kann Papa nicht hören. Wieder

überkommt mich Müdigkeit. Trotz des Versuches, wach zu bleiben, holt der Schlaf mich ein.
„Wie kommt das denn?" Papas Stimme ist laut und nervös, und ich zucke zusammen.
„Haben Sie das gesehen, Schwester Sarah?", schreit er. Schwester Sarah? Haben wir schon Tag?
„Ja, ich habe es auch gesehen. Frau Fischer? Frau Fischer? Ich werde den Doktor holen." Ihre Absätze klackern dumpf auf dem Linoleumboden. Papa hängt neben meinem Ohr und weint. Ich habe keine Ahnung, was los ist. Die Absätze kommen zurück. Diesmal sind es mehrere.
„Sie hat sich bewegt!", schreit Papa. „Ich habe es mit eigenen Augen gesehen!"
„Das hat sie schon des Öfteren getan!", sagt Doktor Klein trotzig. Sicher ist er von etwas Wichtigerem weggeholt worden. Aber schön, seine Stimme auch mal wieder zu hören.
„Ja, aber ich habe es noch nie gesehen!" Papas Stimme überschlägt sich fast vor Freude und Unglauben. Ich selber weiß nicht einmal, was ich getan haben soll. Seine Euphorie schlägt jedoch schnell um, als der Doktor ernst wird und ihm erklärt, wie es augenblicklich um mich steht. Meine einzige verbliebene und dazu noch angegriffene Niere kann ihre Aufgabe nicht mehr erfüllen. Wenn ich es richtig verstehe, stehe ich kurz vorm Nierenversagen. Die Blutwerte deuten das jeden-

falls an. Dazu habe ich eine Lungenentzündung, sogar eine doppelseitige. Das Antibiotikum schlägt nicht so an, wie es sollte, und das hohe Fieber macht meinem Körper zu schaffen. Jetzt weiß ich auch, wieso ich so schrecklich müde bin. Kein Wunder bei dem hohen Fieber und bei der Medikamentendosis, die der Doktor gerade aufzählt. Darum bekomme ich auch sicher kein Morphin mehr. Vielleicht ein wenig zu viel von dem guten Zeug, und schwupp, weg bin ich. Mich würde es nicht stören. Aber denjenigen, der es mir verabreicht hat, sicherlich. Gerade, als ich mich entschließe zu schlafen, weil ich mir gar nicht anhören möchte, wofür welches Medikament gut sein soll, klopft es sachte an der Tür.
„Ja!", ruft Doktor Klein herrisch.
„Guten Morgen!"
Kai Rossmann.
Ich mag ihn. Ich mag seine Stimme, wie sie singt und wie er sich äußert. Noch nie habe ich ihn gesehen, aber in dieser Stimme könnte ich mich verlieren.
So wie in manchen Augen.
„Ach, Herr Rossmann. Guten Tag! Frohe Ostern! Kommen Sie zu uns."
Wir haben schon Ostern?
Mein Vater begrüßt ihn ebenfalls. Alles wieder ohne mich.
„Hallo, Frau Fischer. Ich bin es. Wie geht es Ihnen?"

Na ja.
„Ich sehe es schon. Sie haben Fieber? Schlimm?"
Bei der letzten Frage dreht er sich von mir weg. „Ja, ziemlich hoch!" Doktor Klein räuspert sich. Vielleicht fällt ihm ein, dass er meinen Zustand nicht jedem auf die Nase binden darf. Ich nehme es ihm nicht übel. Vielleicht erreicht er damit sogar, dass Herr Rossmann meine Hand nimmt und sie angenehm in seiner liegt.
„Ist etwas passiert?" Papa scheint plötzlich auf der Lauer zu liegen. Rossmann räuspert sich.
„Ja, das ist es tatsächlich."
Die Luft ist plötzlich geschwängert mit Achtsamkeit und Angst. Angst vor dem, was jetzt schon wieder kommen wird.
„Albert Fischer ist gestern Abend ums Leben gekommen."
Albert?
„Albert Fischer?"
„Ja, das ist der Schwiegervater Ihrer Tochter."
„Ich weiß, wer Albert Fischer ist!", sagt Papa barsch.
„Was ist passiert?" Seine Stimme klingt jetzt erzwungen freundlich.
Albert ist tot!
Und er war bei mir.
Er hat um Verzeihung gebeten, und jetzt ist er tot!
„So, wie es aussieht, hat er sich erhängt!"

„Sich selbst? Oder hat ihm diese Arbeit auch noch jemand abgenommen?" Papa zeigt deutlich seinen Groll. Ich kann mich über Alberts Tod nicht aufregen, aber auch keinen Trost darin finden. Fehlt nur noch, dass er mir auf dem Weg nach oben auch noch begegnet!
„So wie es aussieht, hat er es allein getan. Allerdings hat er keinen Abschiedsbrief geschrieben. Die kriminaltechnischen Untersuchungen laufen noch."
„Das heißt?", fragt Papa gereizt. Er tut gerade so, als würde Rossmann ihn verdächtigen, damit etwas zu tun zu haben.
„Tja!", sagt Rossmann und schweigt.
Plötzlich stinkt es nach Angst, nach Entsetzen und Hoffnungslosigkeit. Ich kann meinen Schweiß riechen und die Angst meines Vaters. Ich rieche sie wirklich, und jetzt bekomme ich auch Angst. Ich versuche meinen Kopf in Richtung meiner Achselhöhle zu drehen, ob da tatsächlich ein Schweißgeruch haftet, und höre, wie jemand jämmerlich stöhnt.
„Ariane?"
„Frau Fischer? Geht es Ihnen nicht gut? Haben Sie Schmerzen?"
Ich kann mich riechen, mein Gott, ich kann mich riechen!
„Ariane?"
Himmel hilf, ich kann mich riechen!

„Ich werde die Schwester bitten, ihr etwas zu spritzen. Anscheinend hat sie starke Schmerzen."
Wieder höre ich dieses Stöhnen und dann ein Röcheln, das gegen die mangelnde Sauerstoffzufuhr ankämpft.
„Ganz ruhig, Ariane, Papa ist ja da. Doktor Klein, wäre es nicht vielleicht besser, Sie würden erst einmal die Psychiaterin holen, anstatt meine Tochter immer mit diesem Giftzeug ruhigzustellen?"
„Vielleicht möchte sie uns etwas sagen?" Das war Rossmann.
Seine Stimme klingt erwartungsvoll und euphorisch.
„Schwester Sarah, funken Sie bitte Frau Doktor Klassner an, sie soll sofort hierherkommen!"
„Frau Doktor Klassner? Wer ist das?"
„Die Psychiaterin von Frau Fischer!"
„Ach so?" Schwester Sarah verlässt den Raum.
Ich hab es gewusst! Mit der Müller stimmt etwas nicht! Klassner – Müller... sie kennt hier keiner! Ein abgekartetes Spiel!
Es dauert keine fünf Minuten, in denen sich die drei Herren unterhalten, als sei ich nicht da, da kommt jemand ins Zimmer gepoltert, greift zum Stuhl, zieht ihn mit einem lauten Quietschen über den Boden und wirft sich darauf.
Die Müller.

„Da bin ich!", stöhnt sie. Aus welcher Ecke die wohl kommt, dass sie röchelt wie eine Dampflok, die gleich kaputtgeht?

„Was gibt es denn so Dringendes?", fragt sie jetzt.

„Kommen Sie doch erst einmal zu Atem. In Ihrem Zustand sollte man nicht so rennen."

Zustand?

„Alles gut, ich sitze ja. Also, was gibt es?"

„Meine Tochter bewegt sich!"

„Herr Benning, dass hat sie doch schon des Öfteren getan."

„Sag ich ja!" Doktor Klein fühlt sich bestätigt und ist erfreut.

„Ja, Frau Doktor Klassner, das stimmt. Aber ich möchte nicht…"

„Müller!"

„Wie, Müller?"

„Ich heiße Müller, nicht Klassner!"

„Aber?"

„Oh, ich vergaß!" Doktor Klein lächelt. „Aber, Frau Doktor Müller, können Sie nicht einfach mal Ihr Schild am Büro ändern? Sonst kann ich mir Ihren Allerweltsnamen ja nie merken."

„Sie heißen gar nicht Klassner?"

„Nein. Entschuldigung, Herr Rossmann, aber es passiert mir manchmal immer noch, dass ich mich mit meinem Mädchennamen am Telefon melde. Mein

Mann meint schon, dass ich seinen Namen gar nicht haben möchte."
Alle lachen. Ich nicht. So eine einfache, simple Erklärung! Die Müller ist wirklich die Müller und auch keine Matrone, sondern schwanger. Ich habe ihr Unrecht getan. Und das gleich doppelt. So etwas wie Traurigkeit überfällt mich, weil ich mich emotional seit Jahren auf niemanden mehr einlassen kann. Vielleicht hätten wir uns ganz gut verstanden. Aber überall sehe ich nur noch das Böse und das Schreckliche. Wie könnte ich auch anders? Ich fange an zu weinen. Ich kann spüren, wie sich mein Gesicht verzieht, und versuche zu schluchzen. Aber das Schluchzen verlässt nur als Krächzen meinen Hals.
„Möchten Sie etwas sagen?", fragt die Müller. Mein Herz beginnt zu rasen. Ich möchte nicht. Ich möchte nichts sagen und auch nicht zu euch zurück! Jemand soll mich auf der Stelle töten.
Verdammt noch mal, lasst mich sterben!
„Frau Fiiis-sc-cher?"
„Aaa-ri-aane?"
Die Worte um mich herum verschwimmen, ziehen sich gequält auseinander und verlieren ihren Sinn.
„Gg-glau-be hha-t staaark ke S s sch chmerz erzen!"
„Sch..Sar ra.ah bitte etw was sprittrzen!"
Pumpt mich voll, bis ich tot bin! Bitte!
Ariane! Verflixt!

Mutter, bitte. Ich kann nicht mehr!
Ariane!
Mama, Mama, bitte!
Schon bald mein Kind, schon ba...bald, hast esss g.. schafffft..!
Auch ihre Stimme wird verzerrt und verschwindet. Wieder kommt diese dunkle Nebelwolke auf mich zu, lässt sich bei mir nieder und zwingt mich auf die Knie. Bis ich nichts mehr höre und wahrnehme, auch nicht das Zischen in meinem Atem, und mich diese grenzenlose Stille einhüllt.

Auszug aus der
Chronologie des Falles Fischer

Münster, Montag, d. 25. April 2011, 9.00 Uhr

Die Hauptverhandlung im Fall Fischer wird verschoben. Der Vater des Angeklagten, Albert Fischer, wurde gestern Morgen, am Ostersonntag, von seiner Frau tot auf dem Dachboden aufgefunden. Laut Polizeisprecher Rossmann weist alles auf einen Selbstmord hin. Die polizeilichen Ermittlungen dauern jedoch noch an, deshalb wird die Hauptverhandlung bis auf Weiteres vertagt. Albert Fischer hatte seinen Sohn in der letzten Verhandlung stark belastet.

Zwanzig

„Herrje, herrje, herrje!" Michel sitzt direkt vor meinen Augen und schüttelt ohne Pause gequält seinen Kopf. „Lass das endlich!", rufe ich beleidigt. Aber er hört nicht auf.
„Ariane, Ariane! Du hast wieder um den Tod gefleht, das solltest du doch unterlassen!"
Verzweifelt versuche ich ihn zu ignorieren, und der Wahrheit nicht ins Auge zu sehen.
„Kürzlich hast du noch gesagt, ich soll einfach meinen Gefühlen folgen!"
„Ha!", schreit er und springt auf. „Aber doch nicht bei den falschen!"
„Ach, und das bestimmst du, was die richtigen und was die falschen Gefühle sind?" Wütend trete ich mit meinem Fuß unter die Bettdecke und Michel fliegt mehrere Zentimeter hoch, was bei seiner Größe ein waghalsiger Luftsprung sein muss. Er verliert alle Farbe vor Schreck, und als er schließlich sicher auf dem Hintern landet, ist seine Wut verflogen. „Nein, natürlich nicht!", sagt er kleinlaut. Jetzt tut er mir wieder leid. Ich weiß, dass er der Einzige ist, der mir behilflich ist, mein Ableben in die Wege zu leiten. Die anderen wollen nur immerzu, dass ich wiederkomme und ih-

nen etwas erzähle. Manchmal glaube ich, es geht gar nicht um mich, sondern nur um die Wahrheit, die sie alle hören wollen. Ob ich hier liege oder nicht, ist ihnen scheißegal.

Wir schweigen.

„Seine Haare sind noch dunkel, aber schon mit viel Grau durchzogen."

Ich schaue ihn verständnislos an. „Von wem sprichst du?"

„Von deinem Papa!"

Plötzlich bin ich hellwach. „Du hast ihn dir angeschaut?"

„Habe ich dir doch versprochen!", sagt er stolz und grinst.

„Erzähl! Wie sieht er sonst noch aus? O mein Gott, ich habe ihn so lange nicht gesehen. Ist er noch so schlank wie früher? Ich meine, du kannst es ja nicht wissen, aber ist er eher dünn oder eher dick?"

Michel lacht.

„Immer langsam mit den jungen Pferden, ich erzähle dir ja alles."

Ja, Papa ist noch schlank. Und sportlich sieht er aus. Michel sagt, er sieht richtig gut aus und ist sogar sonnengebräunt, obwohl wir erst April haben. Bestimmt geht er ins Solarium, mutmaßen wir. Langsam nimmt sein Gesicht Konturen an. Die Vorstellung wird greifbarer und wertvoll. Fast möchte ich bei seinem nächs-

ten Besuch meine Augen aufreißen und ihn ansehen, so stark ist plötzlich meine Sehnsucht. „Was hatte er an? Was hatte er an?" Michel soll nicht aufhören zu erzählen, selbst die Falten, die sich im Laufe seines Lebens in Papas Gesicht gezeichnet haben, soll er mir haargenau beschreiben. Michel erzählt und erzählt. Ich habe nie geahnt, mit wie vielen Worten man einen Menschen beschreiben kann. Allmählich mildert sich die aufgekommene Sehnsucht in Wohlbehagen. Ich bin so glücklich, Papa endlich wieder greifen zu können. „Wenn er mit dir spricht, faltet er meist die Hände."
„O ja, das hat er früher schon immer gemacht!", lache ich und kann es vor mir sehen.
Glücklich lächle ich vor mich hin, in der Gewissheit, dass er immer noch mein Papa ist und ich ihn sofort erkannt hätte. Die Minuten schwimmen dahin. Keiner von uns beiden sagt etwas, was ich Michel hoch anrechne. Er lässt mir die Zeit, die ich jetzt brauche. Mein Papa. Fast schmerzlich holt mich der Gedanke ein, dass ich noch einmal Kind sein möchte, und dann soll alles besser werden. Ich würde Papa nie wieder den Rücken kehren, egal, was er für ein Verbrechen begeht. Ich sehe meine Hand in seiner liegen. Doch plötzlich verändert sich das Bild und meine Hand umschließt die Hand von Lukas. Ich stöhne auf, merke, wie mir das Atmen immer schwerer fällt, und versuche es noch einmal.

Der Sauerstoffgehalt scheint irgendwie dünner geworden zu sein. Das versuche ich keuchend Michel klarzumachen, der sich daraufhin auf den Weg zum Sauerstoffapparat macht, ihn umständlich besteigt und mit einem riesigen Kraftaufwand versucht, das Rädchen von Stufe sechs höher zu bekommen. Bei sieben angekommen, muss er passen und keucht genauso wie ich.
„Lass gut sein! Schließlich habe ich ja immer darum gefleht, dass mir die Luft wegbleibt."
„Witzbold!", sagt Michel und macht sich auf den Rückweg. Ein paar Minuten lässt er mir noch Zeit, dann gibt er mir eine klare Anweisung und verschwindet aus meinem Blickfeld. „So, nun genug von all dem! Es ist Zeit, dass du dich mit dem Rest abgibst!"

Das Ende der Beziehung zwischen Dirk und mir beinhaltet gleichzeitig die schlimmsten vierundzwanzig Stunden meines Lebens. Es ist elf Uhr vormittags. Wieder einmal sitze ich auf dem Bett und starre hinaus. Das Wasser im Pool schimmert sachte in der Herbstsonne, die heute wundervoll scheint. Man müsste hinausgehen und den Tag genießen, aber ich sitze fest. Die Trauer um meine Mutter und die Angst und der Ekel wegen Albert haben mein Inneres vermauert. Mir ist kalt. Trotz dicker Wollsocken habe ich Eisfüße.

Ich schlage die Bettdecke über mich, ziehe meine Beine an und lege mein Gesicht auf die Knie. Die Dunkelheit macht mich müde und ich döse dahin. In letzter Zeit kommt es immer öfter vor, dass ich in alter Kleidung zum Kindergarten fahre, um Lukas abzuliefern oder abzuholen. Wenn ich weiß, dass ich Dirk begegnen könnte, schaffe ich es trotz meiner Depression, mich einigermaßen zurechtzumachen. Ansonsten versagt mir mein Verstand oft, selbst so einfache Dinge wie einen Arm zu heben. Ich habe das Kindermädchen angerufen, sie möge bitte Lukas vom Kindergarten abholen, mit ihm etwas essen fahren und ihn anschließend zu mir bringen. „Ich glaube, ich habe eine Magen-Darm-Grippe", lüge ich und lege auf. Albert hat sich seit unserem Hotelmeeting nicht mehr gemeldet. Das ist zwar schon Monate her, aber das will nichts heißen. Vielleicht hat er im Moment wieder eine kleine Bettgefährtin und lässt mich deshalb in Ruhe. Mir kann es nur recht sein. Aber ich weiß genau, dass der Zeitpunkt unseres nächsten Treffens kommen wird. Dieses Warten ist schlimmer als russisches Roulette. Meine Gedanken kleben wie Fliegendreck hinter meiner Stirn fest und können sich nicht rühren. Seit Tagen habe ich kaum etwas getrunken, verspüre aber weder Durst noch Heißhungerattacken. Ich weiß nur, dass ich diesem elenden Leben entfliehen möchte. Aber ich habe keine Ahnung, wie ich das schaffen soll. Meine Pullover schlabbern um meinen Körper. Bald werde ich so dünn sein, dass sogar Dirk meckern wird, der es eigentlich liebt, wenn mein Körper keine Dellen oder Fettpölsterchen aufweist. Aber dass jemand denken könnte, ich bekäme bei ihm nicht genug zu essen, will er natürlich auch nicht. Wenn ich mir mein Leben bildlich vorstelle, steht hinter mir eine Mauer, die Abwege nach links und rechts sind blockiert und geradeaus steht ein hoher Berg. Ich habe keine Ahnung, welche Mühe es kosten wird, ihn zu besteigen und das zu überwinden, was dahinter kommt. Diese große Ungewissheit lässt mich am meisten verzweifeln. Plötzlich merke ich, dass etwas um mich herum nicht stimmt, und hebe meinen Kopf. Im Pool zappelt etwas. Adrenalin peitscht durch meine Adern. Ich springe auf, renne ins Büro. Brauche drei Anläufe, bis ich den Tresor aufbekomme und den Schlüssel für die Poolanlage gefunden habe. Dann renne ich hinunter. Schon durch die Glasabsperrung kann ich sehen, wie das Kaninchen immer noch wild zappelt und nach Luft ringt. So muss es Sven auch ergangen sein. Außerdem muss er geschrien haben, was ich aber wegen Lukas' permanentem Geheule und meinem wild schlagenden Puls, der mir bis in die Ohren dröhnte, nicht mitbekommen habe. Vor Panik bekomme ich den Schlüssel nicht ins Schloss, nehme Anlauf, springe hoch. Als ich endlich das obere Ende der Wand mit der Hand festhalten kann, ziehe ich mich hoch, klettere über die Mauer und springe kopfüber ins Wasser. Ich hebe das Kaninchen hoch. Zuerst zappelt es noch mehr, hält dann aber still. Als ich es an den Beckenrand lege, ruht es sich einen Moment lang zitternd aus, die kleinen, lieben Äuglein immer ängstlich auf mich gerichtet. Einen Moment habe ich große Angst, dass das kleine Tier es nicht schaffen könnte. Als ich mich ihm jedoch wieder nähere und aus dem Pool steige, bekommt es Panik und läuft blitzschnell durchs abgesperrte Gelände davon. Plötzlich ist es verschwunden. Dann kann ich es auf der Wiese sehen, wie es rasch davonläuft. Gerettet! Ich sinke dort, wo ich stehe, zusammen und werfe mich schluchzend auf den Boden. Auch Lukas hätte irgendwann das Schlupfloch des Kaninchens finden, es vergrößern und in den Pool klettern können. Meine Augen können unmöglich vierundzwanzig Stunden lang an ihm haften bleiben. Auch könnte der Junge den Weg über die Mauer hinweg schaffen. Er brauchte sich nur einen Stuhl bis hierher zu ziehen, und schon wäre es geschehen. Ich kann das alles nicht mehr ertragen. Dieses ewige Warten auf das nächste Unheil. Sobald etwas Schlimmes passiert ist, warte ich auf die nächste Tragödie. Diesen teuflischen Kreislauf möchte ich unterbrechen. Ich will nicht mehr! Auf jeden Cent werde ich freiwillig verzichten, wenn ich nur einfach ein stinknormales Leben mit Lukas leben darf.

Ich kann nicht mehr. Ich kann nicht mehr. Zitternd, verweint und vor nasser Kälte bibbernd liege ich immer noch hier, als Ramona mit Lukas nach Hause kommt. Ich höre Lukas, wie er nach mir ruft und sein Geschrei immer verzweifelter wird. Als er mich sieht, kommt er schreiend auf mich zu. Ich hebe den Kopf.

„Frau Fischer, was machen Sie denn da?", ruft das Kindermädchen und Lukas weint. Beide betrachten mich durch die Glasscheibe und ich starre zurück. Das Kindermädchen klopft an die Scheibe. Ich möchte dieses Leben nicht mehr, ich kann nicht mehr. Meine Gelenke scheinen wie eingefroren zu sein. Unfähig, mich zu bewegen, sehe ich, wie das Mädchen den Schlüssel vom Boden aufhebt, die Tür öffnet und auf mich zugerannt kommt. Mit großer Mühe hilft sie mir auf, bringt mich ins Wohnzimmer und ruft einen Arzt. Als ich meine Sprache wiederfinde, bitte ich sie flehend, das Poolgelände abzuschließen und auch alle Türen, damit Lukas nicht hinauskommt.

„Ihr Sohn wird bald fünf und kann besser schwimmen als jeder Fisch im Wasser!", sagt sie spitz, kommt meiner Bitte aber nach. Als der Doktor kommt, hat Ramona mir in neue Wäsche geholfen. Der Arzt spritzt mir etwas zur Beruhigung und sagt, ich müsse mich dringend ausruhen. Nachdem er mich eingehend betrachtet hat, zieht er an der Haut an meiner Hand und

schimpft, ich sei ja ganz ausgetrocknet. Er befiehlt, dass ich jetzt jede Stunde langsam ein Glas Wasser trinken solle, ansonsten werde er mir einen Tropf anhängen. Ramona drückt mir ein Glas Wasser in die Hand und verspricht dem Arzt, darauf zu achten, dass ich seinen Anordnungen folge. Sie ist so lieb und möchte bleiben, bis Dirk wieder nach Hause kommt. Dann macht sie mir eine Wärmflasche und geht mit Lukas ins Kinderzimmer. Ich liege auf der Couch und schlafe ein. Aber alle paar Minuten wache ich wieder auf, noch ganz verwirrt und ängstlich von den schlimmen Träumen, die mich heimsuchen. Bald klebt mir Schweiß auf der Stirn. Ich weiß, dass ich dieses Leben nicht einen einzigen Tag länger ertragen kann. Jede Stunde kommt Ramona und hält mir ein Glas Wasser hin, das ich unter ihren strengen Augen austrinken muss. Das Wasser bahnt sich seinen Weg durch meinen Körper, trifft auf ausgetrocknete Nerven und setzt sie wieder in Gang. Mein verkorkstes Leben kommt noch farbenfroher als sonst wieder an die Oberfläche und ätzt mir den Verstand weg. Gegen acht bringt Ramona Lukas ins Bett, hält mir das nächste Glas Wasser entgegen und fragt, ob sie mich jetzt allein lassen könne. Natürlich. Sie hat mehr als genug für mich getan. In ihren Augen erkenne ich ein großes Fragezeichen, aber ich kann ihr nichts erklären.
„Okay.", sagt sie dann und will gehen.

„Ramona, Ihr Geld!", rufe ich ihr nach, aber da ist sie schon zur Tür hinaus. Sie hat so viel für mich getan, dass ich es schaffe, mich zu erheben und ihr nachzulaufen. „Ramona, bitte, einen Moment." Sie kommt zurück und ich gebe ihr für den ganzen Tag hundertfünfzig Euro. Keine Ahnung, wie ich Dirk das fehlende Geld erklären soll. Gerade als ich meine Geldbörse in meine Tasche zurückstecke, piept mein Handy. In der SMS steht, dass ich mich für den nächsten Morgen bereithalten solle, dahinter ein Smiley. Das Wasser in meinem Magen rumort und ich renne zum Klo. Die erste Fontaine landet im Waschbecken, beim zweiten Würgen schaffe ich es schließlich bis zur Toilette. Albert. Ich kann nicht mehr! Ich will auch nicht mehr. Das Wasser hat in meinem Körper etwas bewirkt: Meine Gedanken werden klarer, auch wenn das nicht gerade angenehmer ist.

Ein kleiner, wilder Hase hat mir gezeigt, dass das Leben niemals ohne Gefahren ist. Dirk ist die schlimmste Gefahr von allen, gefolgt von seinem Vater, und hinzu kommt noch die Poolanlage. Ich werde mit Lukas flüchten müssen.

Gegen einundzwanzig Uhr kommt Dirk. Inzwischen habe ich das Wasser gegen Sekt eingetauscht. Mutig sitze ich in einer Jogginghose auf der Couch und esse Schokolade. Der Geruch von Erbrochenem steigt mir

aus der Richtung meiner Haare in die Nase. Ich muss mich selbst angespuckt haben.
„Wie siehst du denn aus?"
„Gut!", sage ich und kaue weiter auf dem Schokoladenstück. Er betrachtet mich lange mit argwöhnischen Augen. Wenn Lukas nicht wäre, könnte er mich jetzt meinetwegen totschlagen. Aber ich werde das Kind nicht mit ihm alleine lassen, deshalb setze ich mich wenigstens gerade hin. Als ich meine Hand zum nächsten Schokostück hebe, grinst er und verlässt den Raum.
Was soll das? Dirk kann nicht nett sein! Das ist völlig unmöglich!
Fünf Minuten später kommt er wieder. Er trägt nichts als die Shorts seines Pyjamas und hält ein Glas, gefüllt mit Wein, in der Hand. Er grinst immer noch und setzt sich neben mich. Ich weiß nicht, wie die nächsten Worte meinen Mund verlassen können, und zucke selbst zusammen, als ich es ausspreche: „Ich werde dich mit Lukas verlassen!"
Einen Moment grinst Dirk noch, bis er versteht, was ich gesagt habe. „Was soll der Scheiß?" Er sieht so göttlich schön aus mit seinem nackten Oberkörper. Seine Haut ist leicht gebräunt. Ich hasse diesen Mann wie die Pest. Ich getraue mich nicht, den Satz zu wiederholen, und starre in mein Glas. Aber das ist auch nicht mehr nötig. Dirk springt auf und schreit mich an. „Bist du

jetzt von allen guten Geistern verlassen? Ich glaube, du spinnst! Was soll das?" Jedes Wort peitscht über meine Seele.

„Ich kann nicht mehr!"

„Was kannst du nicht mehr?"

„Ich kann nicht mehr so leben!", sage ich und starre in die Neige meines Glases.

„Du kannst nicht mehr so leben!", äfft er mich nach. Ich merke, wie Wut in mir hochsteigt, was in meiner Situation noch nie gut war. „Ich möchte nicht mehr mit dir zusammen sein!", zische ich wie eine Schlange. Der erste Schlag trifft mich am Hinterkopf. Mein Kopf fliegt nach vorne. Um Haaresbreite verfehle ich den Glastisch. Der zweite Schlag knallt auf meinen Rücken und ich brauche Zeit, um wieder Luft zu bekommen. Als er mir mit voller Wucht in den Magen tritt, fange ich an zu schreien. Ich kann nicht mehr aufhören. Ich schreie und schreie. Bis ich Lukas sehe. Er steht in der Tür und starrt mich an. Ich versuche aufzustehen und will ihm entgegengehen, da sehe ich etwas in seiner Hand aufblitzen. Bevor ich realisiere, um was es sich handelt, zieht Dirk mich an den Haaren zu sich hin. Ich kann Lukas nur noch im Spiegel des großen Fensters sehen, wie er seinen Arm hebt und mit einem Schrei in unsere Richtung läuft. In dem Moment dreht Dirk sich mit mir um. Etwas sticht schmerzhaft in meinen Rücken. Mit einem langen Aufschrei breche ich in die

Knie und falle dann kopfüber zu Boden. Die nachfolgende Stille ist fast genauso schmerzhaft wie die Qual in meinem Rücken. Dann höre ich Schritte, die das Zimmer verlassen. Ich kann hören, wie Dirk telefoniert. „Bitte, du musst sofort kommen! ... Ja, hierher, bitte. ... Es ist was Schlimmes passiert, mach schnell!" Während Dirk telefoniert, kommt Lukas zu mir und starrt mich mit entsetzten Augen an. „Es ist nicht deine Schuld!", flüstere ich ihm unter unsagbaren Schmerzen zu. Lukas kniet neben mir nieder, legt seinen Kopf neben meinen und weint.
„Spätzchen, wenn Mama wieder gesund ist, dann werden wir beide alleine leben! Ist das okay?" Lukas lacht, mit Tränen in den Augen, und nickt. Ich würde meinen Sohn jetzt gerne drücken, weil ich mich im Grunde in den letzten Jahren nicht wirklich um sein Wohl gekümmert habe. Scheiße, ich bekomme kaum noch Luft! Ich atme tief durch, was mir noch mehr Schmerzen verursacht. Verdammt, musste es denn erst so schlimm kommen? Ich möchte dieses Messer aus meinem Rücken haushaben und das sage ich auch Lukas.
„Kannst du Mama das Messer nicht einfach aus dem Rücken ziehen?" Er nickt wieder. Sein Gesicht ist weißer als die frisch gestrichene Wand hinter ihm. Gerade

als Lukas sich an meinen Rücken zu schaffen machen will, kommt Dirk wieder ins Wohnzimmer.

„Lukas, nicht, du musst es stecken lassen!" Dirks Gesicht ist genauso blass wie das von Lukas. „Martin kommt sofort!", sagt er. Mir wird schlecht. Martin ist einer seiner besten Freunde. Ein angesehener Schönheitschirurg, der eine eigene Praxis mit O.P. hat. Selbst in diesem Moment ist es Dirk wichtiger, dass er irgendwie alles unter einem Deckmäntelchen verstecken kann, als dass er das Einfachste und für mich Sicherste tut und einen Rettungswagen ruft. Martin kommt mit seiner Frau Mona angefahren. Es dauert keine zehn Minuten, dann sind sie da, inspizieren die Lage und glauben Dirks wilder Story von unserem kleinen Unglück, dass Lukas sich heimlich ein Brot machen wollte und wir tanzend und leicht alkoholisiert in die Küche kamen und sowohl Lukas als auch wir uns so erschrocken hätten, das ich ihm ins Messer gefallen sei. Warum ich dann auf dem Wohnzimmerboden liege und wie das Ganze vonstattengegangen sein soll, danach fragen sie nicht. Die Geschichte klingt wie blanker Hohn und ich merke, dass sie die beiden auch nicht wirklich interessiert. Sollte ich das hier überleben, bin ich sicher, dass Martin und Mona schon bald in ihrem Traumhaus wohnen werden, von dem sie schon so lange schwärmen, dessen Preis ihnen aber bis jetzt zu hoch ist. Tatsächlich nehmen sie mich mit. Martin spritzt mir etwas in den Arm und ich schlafe ein, mit dem Gefühl, dass dieser irrsinnige Schmerz etwas nachlässt. Als ich wach werde, liege ich in einem fremden Bett. Das Atmen fällt mir schwer, was an dem festen Verband liegt, den ich um meinen Oberkörper trage. Meine Augen flackern. Dann sehe ich Dirk und Lukas, die vor mir stehen und mich mit großen Augen anstarren. „Du hast Glück gehabt!", sagt Martin neben mir und ich versuche, in seine Richtung zu schauen. „Keine Organe oder großen Gefäße getroffen. Das Messer steckte auch Gott sei Dank nicht sehr tief. Du kannst jetzt mit deinen zwei Männern nach Hause fahren. Ich werde dir noch Schmerzmittel mitgeben und morgen früh vorbeikommen." Ich muss weinen, weil ich überlebt habe und endlich weiß, was ich tun muss. „Aber, Ariane, psst, psst!", sagt Martin und streicht über meinen Arm. „Es wird alles gut! Bestimmt! Lass dich jetzt von deinen Männern verwöhnen und du wirst sehen, morgen sieht die Welt schon wieder besser aus." Wir fahren nach Hause. Lukas bringt mich gemeinsam mit Dirk zu Bett und sagt, dass er jetzt selber schlafen gehe. Er ist in den letzten Stunden so groß geworden! Ich muss schon wieder weinen und schlage die Bettdecke zurück. „Komm zu mir, Spatz!" Er kommt. Er kuschelt sich vorsichtig an mich, nimmt meine Hand und ist in null Komma nichts eingeschlafen.

Als Dirk sich ins Bett legt, sagt er kein Wort. Er schweigt auch, als ich am nächsten Morgen, nachdem Martin dagewesen ist und alles für gut befunden hat, Ramona anrufe. Sie möge sich bitte um Lukas kümmern und mir beim Kofferpacken helfen. Bei dem Lohn, den ich ihr am Vortag gezahlt habe, tut sie das gerne. Es dauert auch nicht lange, da kommt sie schon angefahren. Vielleicht tue ich ihr jetzt Unrecht und sie mag uns wirklich, aber hier scheint sich alles nur um Geld und Macht zu drehen. Oder erst um Macht und dann um Geld. Die Seelen gehen dabei verloren. Als wir packen, verschwindet Dirk wortlos. Ramona bringt gemeinsam mit dem Taxifahrer alle Koffer und Taschen ins Auto. Ich schleiche unter großen Schmerzen hinter ihnen her, entlohne Ramona wieder fürstlich und steige mit Lukas ein. Der Taxifahrer soll uns ins nächste Frauenhaus bringen, bitte ich ihn. Seine Augen weiten sich einen Moment lang, und er blickt zum Haus zurück. Ich muss hier weg, dorthin, wo ich einigermaßen sicher bin, denn Dirk wird irgendwann aus seinem Schockzustand erwachen.

„Wir fahren jetzt in ein besseres Leben!", sage ich zu Lukas, der sich entspannt an mich lehnt. „Mama, ich wollte das nicht!", flüstert er.

„Ich weiß, mein Spatz, ich weiß. Mach dir keine Sorgen, jetzt wird alles gut!" Mir ist klar, dass er nicht mich, sondern Dirk erstechen wollte. Er wollte mich

retten und sich selbst mit. Wie sollte ich ihm da je böse sein? Einzig und allein ich selbst habe ihn zu dieser aussichtslosen Tat getrieben.
Plötzlich fällt mir Albert ein, der mich heute bereitwillig erwartet. Ich habe nicht einmal mein Handy mitgenommen, das liegt demonstrativ auf der Flurkommode.
Leck mich!, denke ich und nehme zum ersten Mal die herbstlichen Sonnenstrahlen wahr, die wirklich wunderschön leuchten.

Einundzwanzig

Im Frauenhaus fühle ich mich zum ersten Mal seit langem sicher. Hier sind alle nett und ich kann mich trotz der kleinen Räume freier bewegen als je zuvor. Mein Rücken schmerzt immer noch wahnsinnig, aber das verheimliche ich vor Lukas. Ich nehme mehr Schmerzmittel, als gut für mich sind, damit er mir nur nichts anmerkt. Lukas hat einen kleinen Freund gefunden. Mike. Keiner weiß hier von meinem Fehltritt, und deshalb kann Lukas ungestört mit Mike spielen. Ich bin mir nicht sicher, was passieren würde, wenn die Geschichte mit Sven ans Tageslicht käme, aber sehr wahrscheinlich würde gar nichts passieren. Hier sind alle so sehr mit ihren eigenen Problemen beschäftigt, dass sie sicher auch das ohne Weiteres einfach schlucken würden. Lukas blüht auf jeden Fall richtig auf. Ich habe ihn nie zuvor so entspannt spielen sehen. Er weint auch immer seltener. Trotz der Schmerzen fühle ich mich gut, fast wie ein fliegender, freier Vogel. Ich bekomme hier jede Hilfe, die ich brauche, und ich muss sagen, das Sprichwort: „Geteiltes Leid ist halbes Leid", bewahrheitet sich hier voll und ganz. Ich bin nicht allein in dieser schlimmen Situation. Sieben anderen Frauen geht es genauso wie mir. Man kann es sich nicht vorstellen, aber manchen geht es sogar noch schlechter. Eine Frau wurde von ihrem Mann fast zu Tode geprügelt, nachdem ihr Sohn ihr anvertraut hatte, dass sein Papa immer an seinem Geschlecht herumspiele und seinen Pillermann in seinen Popo stecke. Als die Frau ihren Mann daraufhin ansprach, traktierte er sie mit einer Holzlatte und mit den bloßen Fäusten. Dabei schrie er seinen Sohn an: „Junge, ich habe dir immer gesagt, wenn du es deiner Mutter erzählst, dann schlage ich sie tot." Wenn ich daran denke und den kleinen Jungen sehe, der nicht einen Zentimeter von der Seite seiner Mama weicht, wird mir jedes Mal übel und Tränen steigen in meine Augen. Der kleine Junge ist sechs. Herrgott, der Kleine ist gerade sechs Jahre alt und jemand fragt mich, warum ich nicht bete? Wenigstens das ist Lukas erspart geblieben. Hoffe ich zumindest. Aber wirklich sicher kann ich nicht sein. Die Ungewissheit lauert überall.

Die ersten Wochen sind um. Ich habe Dirk angezeigt und wir bekommen eine Einstweilige Verfügung, dass er sich nicht in unserer unmittelbaren Nähe aufhalten darf. Diese Verfügung trage ich den ganzen Tag über wie eine Trophäe in meiner Hand und kann mein Glück kaum fassen. Danach traue ich mich zum ersten Mal mit Lukas auf die Straße. Wir gehen zusammen ins Kino, danach essen wir ein Eis. Dieses Mal trage ich meine dicke Sonnenbrille, damit Lukas nicht meine Freudentränen sieht, sie falsch deutet und Angst bekommt. Nie zuvor habe ich einen so unbeschwerten Tag mit meinem Sohn verbracht. Das ganze Geld und der Reichtum von Dirk, den wir hinter uns gelassen haben, könnten diesen Tag nicht aufwiegen. Aber nach einigen Wochen im Frauenhaus wird der Wunsch, von hier fortzugehen, immer stärker. Mein Rücken schmerzt nicht mehr und ich fühle mich frei wie ein Vogel. Der Kummer der anderen Frauen zieht mich jedoch immer wieder hinunter und lässt mich an das denken, was ich lieber vergessen möchte. Also spreche ich mit meiner Beraterin und teile ihr mit, dass ich ab jetzt mein Leben mit Lukas alleine meistern möchte. Sie freut sich, sicher auch deshalb, weil es schon wieder drei neue Anwärterinnen auf meinen Platz gibt. Nach weiteren vier Wochen ziehe ich mit Lukas in eine kleine Wohnung. Für die Miete und für unseren Unterhalt muss Dirk aufkommen. Der hält sich bis jetzt ziemlich bedeckt und tut genau das, was mein Anwalt ihm aufträgt. Erst ein halbes Jahr später bekomme ich einen Brief von Dirk: Ich möge doch bitte die Anzeige gegen ihn zurückziehen, damit er beruflich keinen Schaden davontrage und somit auch immer großzügig Unterhalt zahlen könne. Ich wiege mich so in Sicherheit, dass ich seiner Bitte nachkomme. Mit keinem Wort erwähnt er, dass er Lukas sehen möchte oder dass ich zu ihm zurückkommen soll. Auch danach passiert nichts Wesentliches. Was er jedoch fabelhaft versteht, das ist, mich so knapp bei Kasse zu halten, wie es nur geht. In finanziellen Dingen bin ich nach wie vor von ihm abhängig. Als Lukas in die Schule kommt, entschließe ich mich, wieder eine Arbeit anzunehmen. Irgendwann möchte ich ganz von Dirk wegkommen, auch finanziell. Ich finde eine Anstellung als Kellnerin in einem kleinen Bistro. Das Herumlaufen bin ich nicht mehr gewohnt und falle abends todmüde ins Bett. Trotzdem bin ich überglücklich. Mehr, als ich jetzt habe, brauche ich nicht zum Leben.

Lukas und ich. Ich und Lukas.

Natürlich denke ich noch manchmal an meine Mutter und an Fiona und auch an das Unglück mit Sven. In dem Stadtteil, in den Lukas und ich gezogen sind, scheint uns jedoch niemand mit dem Unglücksfall in Verbindung zu bringen. Lukas hat jetzt Freunde und ich bin unendlich glücklich darüber.

Aber mein neues Glück hält nicht lange an. Ich gehe gerade den neunten Tag arbeiten und stelle einer Frau den Espresso auf den Glastisch, als sich hinter mir jemand räuspert. Ich drehe mich um und der Raum fängt an zu kreisen.

„Was machst du da?" Albert bellt mich an und die halbe Kundschaft schaut in unsere Richtung. Meine Hände fangen an zu zittern und ich bekomme Schweißausbrüche.

„Was machst du da?", fragt er noch einmal. Jetzt etwas leiser. Die meisten drehen sich wieder weg. Für Lukas, denke ich, nehme allen Mut zusammen und gehe einen Schritt auf ihn zu.

„Ich arbeite hier, das siehst du doch. Kann ich dir etwas bringen?" Demonstrativ nehme ich den Bestellblock und den Kugelschreiber in die Hand.

„Findest du das lustig?"

„Nein, gar nicht. Ich würde dir unseren Cappuccino empfehlen!"

„Ach? Ariane, was soll das?"

„Was?", frage ich und gehe den Schritt sicherheitshalber wieder zurück. Albert zieht seine Jacke aus, hängt sie über eine Stuhllehne und setzt sich. „Einen Kaffee bitte. Schwarz."

Dann schaut er demonstrativ aus dem Fenster. Meine Knie sind weich wie Butter, meine Hände zittern. Ich bekomme den Tremor nicht unter Kontrolle und der Kaffee schwappt unschön über, als ich die Tasse auf den Tisch stelle. Albert schaut mich bitterböse an, sagt aber kein Wort. Irgendwann ist er verschwunden. Als ich Feierabend habe und mich auf den Heimweg mache, steht er plötzlich hinter mir. Obwohl ich genau das erwartet habe, weiß ich nicht, was ich sagen soll.

„Zahlt mein Sohn dir nicht genug Unterhalt oder warum musst du diesen billigen Job hier machen?" Ich gehe einfach weiter. „Den Job nennt man kellnern. Was ist daran billig?"
Er schnauft. Ich könnte ihm ganz andere Dinge aufzählen, die meiner Meinung nach billig sind, halte aber lieber den Mund.
„Du hörst sofort auf zu arbeiten." Er kommt hinter mir her.
„Warum sollte ich das tun?"
„Weil ich es dir befehle!"
„Ach, du hast mir etwas zu befehlen?" Jetzt bleibe ich wieder stehen.
„Und ob!", sagt er und stampft mit seinem Fuß auf wie ein bockiger kleiner Junge. Er ist so erbärmlich!
„Meinetwegen kannst du Dirk alles erzählen, auch die kleinen Bettgeschichten mit uns beiden. Vielleicht hast du es vergessen, aber Dirk und ich sind nicht mehr zusammen. Es wird ihn wohl kaum noch interessieren, ob da mal ein Mark war oder nicht."
Wieder wende ich mich von ihm ab und gehe weiter. Ich merke, dass er stehen bleibt, und glaube schon, gesiegt zu haben, da ruft er hinter mir her: „Ariane! Du machst einen fatalen Fehler! Sollte mein Sohn dahinter kommen, dass du fremdgegangen bist, dann wird er sich von dir scheiden lassen und das Sorgerecht für Lukas beantragen!" Das sitzt. Ich bleibe stehen und

atme tief durch. Bevor ich darauf etwas erwidere, überdenke ich das, was er gesagt hat, und muss ihm Recht geben. Einen Dirk Fischer betrügt man nicht.

Auszug aus der
Chronologie des Falles Fischer

Münster, Montag, d. 02. Mai 2011, 9.00 Uhr

Laut Polizeisprecher Kai Rossmann handelt es sich bei dem Tod von Albert Fischer eindeutig um Selbstmord. Das ergab die Obduktion.
Die weitere Verhandlung gegen den mutmaßlichen Kindsmörder Dirk Fischer wird auf Dienstag, den 17. Mai 2011 festgesetzt. Warum Albert Fischer sich das Leben nahm und ob sein Suizid etwas mit dem Tod seines Enkels zu tun hat, ist zu diesem Zeitpunkt noch unklar. Diese Frage wird in die Hauptverhandlung mit einfließen.

Zweiundzwanzig

„Aber Ariane, du bist doch immer noch nicht fertig. So wird das nichts! Warum gehst du nicht alles bis zum Ende durch?"
Michel ist beleidigt und zeigt es auch.
„Michel!" Es fällt mir schwer, mich zu artikulieren. Der Sauerstoffgehalt in meinem Körper wird immer geringer. „Es gibt wirklich nicht viel, über das ich hätte in den nächsten Jahren nachdenken müssen. Mein Leben verlief jeden Tag gleich. Jeden Tag gleich beschissen!"
Ich bekomme einen Hustenanfall und Michel dreht sich erschrocken zu mir um.
„Soll ich die Sauerstoffzufuhr erhöhen? Ich meine, ich kann es ja noch einmal versuchen!"
Was für ein lieber kleiner Kerl. Er möchte mir die restliche Zeit in meinem Leben erleichtern und verkürzen und verausgabt sich dabei völlig. Gestern wollte er mir ein Glas Wasser holen, weil er überzeugt davon war, ich könnte jetzt selber trinken, und wäre in dem Glas fast ertrunken, wenn ich es nicht mit der Hand zu Boden geschleudert hätte. Daraufhin hat man mich wieder mit Morphin vollgepumpt. Ich weiß, dass ich nicht nur Michel habe, sondern auch Papa, der unentwegt an meinem Bett sitzt. Michel sagt, er würde die ganze

Zeit über meine Hand halten. Das freut mich. Nachdem ich genug Atem geschöpft habe, versuche ich es noch einmal.

„Also, Michel. In den letzten Jahren habe ich nichts anderes getan, als mich um Lukas zu kümmern. Dafür haben Albert und Dirk gesorgt. Ich war so damit beschäftigt, mich und Lukas vor den beiden in Sicherheit zu bringen, dass gar nicht daran zu denken war, noch einmal arbeiten zu gehen. Damit ich so wenig erpressten Sex mit Albert wie möglich haben musste, habe ich mich darauf spezialisiert, mich möglichst unsichtbar zu machen."

„Geht das?"

„Weiß Gott, Not macht erfinderisch!"

Gerade als ich ihm erzählen will, wie man heimlich einkaufen kann, ohne erkannt zu werden, klopft es an der Tür. Ich höre, wie Kai Rossmann Papa nach meinem Zustand fragt. Papas Stimme hört sich weinerlich an. Ich kann nicht alles verstehen, weil der Sauerstoff, der aus der Wand kommt und über eine Sonde den Zugang in meine Nase findet, laut zischt. Außerdem keuche ich beim Atmen immer schlimmer. Nachdem das Geplänkel der beiden vorbei ist und das Wetter und auch alle anderen Themen uninteressant geworden sind, sagt Rossmann, dass er etwas Interessantes erfahren habe. Ein Arzt habe sich bei ihm gemeldet. Er sei für mehrere Monate im Ausland gewesen und habe erst jetzt nach seiner Rückkehr von dem Fall Fischer gehört. Meine Alarmsirenen beginnen zu schrillen, so laut, dass ich weder Michel verstehen kann, der mir etwas zuruft, noch meinen Vater oder Rossmann. In diesem Moment kommt ein Arzt ins Zimmer, dessen Stimme ich nicht kenne. Zuerst möchte er Kai Rossmann hinausschicken, aber mein Vater sagt, dass es in Ordnung sei, wenn er bleibt. Bestimmt möchte er bei den ganzen Hiobsbotschaften nicht alleine sein. Ich mag Kai Rossmann auch. Der Arzt erklärt, dass meine Niere versagt habe. Die Werte seien schlecht, sehr schlecht sogar, und es bleibe wohl nichts anderes übrig, als mich an die Dialyse zu legen. Zudem greife das neue Antibiotikum immer noch nicht und bei der doppelseitigen Lungenentzündung gebe es daher keine Besserung – im Gegenteil. Also kurzum, mein Zustand sei schlecht. Allerdings müsse man überlegen, ob es sich überhaupt noch lohne, mich an die Dialyse zu legen, fährt der Doktor fort. Genau das ist es, was ich seit Wochen hören möchte! Plötzlich werde ich so müde, dass ich um mich herum nichts mehr mitbekomme und fest einschlafe.

Dreiundzwanzig

Als ich wach werde, sitzt Michel in einem schwarzen Anzug an meinem Bett, und ich weiß, dass ich jetzt sterben werde. Es gibt noch so vieles, was ich ihm sagen möchte, aber meine Sprache versagt. Ich versuche Worte zu finden, die beschreiben können, wie sehr ich mich bei ihm bedanken möchte, aber ich finde keine. In der Hand hält Michel eine kleine Rolle.
Was hast du da?, krächze ich.
Er nimmt die Papierrolle in beide Hände, rollt sie auseinander und liest:
Als Gott sieht, dass dein Weg zu lang, der Hügel zu steil und dein Atem zu schwer wird, legt er seinen Arm um dich und spricht: Komm heim!
Ich fange erbärmlich an zu schluchzen. Papa und Kai Rossmann, die immer noch an meinem Bett sitzen, rufen mir etwas zu. Nach einer Weile beruhige ich mich wieder. Papa tupft mit einem Taschentuch über meine Augen, ich kann es spüren. Plötzlich bekomme ich Angst, dass ich alles falsch deute und nicht sterben, sondern aufwachen soll. Ich rufe nach Michel.
„Wer ist Michel?", fragt Papa.
„Nie gehört!", sagt Rossmann und damit weiß ich, dass ich laut spreche. Ich rede, ich weine, ich kann rie-

chen. Jetzt bekomme ich es wirklich mit der Angst zu tun und bin heilfroh, als Michel plötzlich dicht vor meinen Augen steht.
Willst du noch etwas sagen?
Was soll ich sagen wollen?
Die Wahrheit vielleicht?
Ich versuche, tief durchzuatmen, was aber sehr schmerzhaft ist. Ich rede, ich weine, ich kann riechen und ich spüre Schmerzen. Jetzt spüre ich auch noch Schmerzen und weiß nicht, was ich damit anfangen soll.
Michel?
Ja, ich bin hier. Was ist?
Ich kann hören, ich kann riechen, ich habe Schmerzen... Michel, ich habe Angst. Große Angst. Ich soll gar nicht sterben, ich soll zurück in diese Scheißwelt!
Michel sagt nichts und wiegt seinen Kopf hin und her.
Vielleicht ist das so, wenn man stirbt?
Was ist so?
Die Panik besetzt meinen Körper und ich werde unruhig.
Ich weiß es doch auch nicht, flucht Michel plötzlich. Meine Güte, ich bin doch auch noch nie gestorben...
Ich versuche mich auf meine Atmung zu konzentrieren und den Geruch um mich herum zu definieren. Süßlich. Ekelhaft, stinkig und süßlich. So kann nur der Tod riechen. Plötzlich werde ich wieder ruhig. Ich habe

noch eines, was mir geblieben ist: Ich brauche meine Augen nicht zu öffnen. Ich kneife sie zu, was ich in den letzten Monaten nicht gemacht habe. Das ist das Letzte, was mir jetzt noch Abstand zur irdischen Welt bringt. Die Müdigkeit holt mich wieder ein, aber bevor ich einschlafe, ruft Michel aufgeregt:
Ariane! Ariane! Sie stellen gerade neben dir eine Kerze auf!
Tatsächlich! Ich höre das Klappern, kann das Streichholz hören, das durch Reibung entfacht wird, und dann den sanften Schwefelgeruch riechen. Ich darf sterben, ich darf wirklich sterben! Die Ruhe, die mich jetzt überkommt, ist einzigartig. Ich darf zu Lukas, zu Fiona und zu meiner Mutter.
Können wir gehen? Michel?
Er sieht nicht glücklich aus.
„Der Pastor kommt gleich!", sagt Schwester Rita. Mein Papa knetet meine Hand, was fast schmerzhaft ist.
„Vielleicht sollte ich besser gehen!", sagt Rossmann.
„Bleiben Sie bitte!", fleht Papa und ich stöhne auf.
„Ich weiß es nicht.", sagt Schwester Rita, „Aber ich habe das Gefühl, dass Frau Fischer uns etwas mitteilen möchte. Das haben manche vor dem Tod. Und das würde auch erklären, warum sie von diesem Leben so schlecht loslassen kann!"

Ich kann schlecht loslassen? Michel? Hast du das gehört? Was für ein Quatsch, die lassen mich doch alle nicht gehen.
Ariane, vielleicht ist es wirklich so.
Was?
Dass du noch etwas sagen möchtest.
Nein!
Ariane!
Es ist alles gut so, wie es ist. Meine Mutter ist oben, Lukas ist oben und Fiona.
Das meine ich nicht!
Was denn dann? Wenn ich jetzt gehe, ist alles gerecht. Albert ist tot und Dirk sitzt im Knast, genau da, wo er hingehört.
Gehört er da hin?
Ja!
Ariane!
Ja, Michel, er gehört da hin. Er hat mich geschlagen, gedemütigt und vergewaltigt. Er hat mich seinem Scheißvater ausgesetzt und meinen Lukas fast zum Mörder gemacht. Er hat mich selbst nach unserer Trennung noch tyrannisiert und außerdem ist er schuld, dass Sven in diesem Scheißpool ertrunken ist.
Michel schweigt, und ich jetzt auch. Ich muss erst einmal wieder zu Atem kommen und mich beruhigen. Das alles hier kann nicht wahr sein.

Ich dachte, du willst mir helfen? Jetzt stellst du dich mir in den Weg, wie meine Mutter zuvor.
Hast du mal daran gedacht, dass wir dir helfen wollen? Meinst du etwa, du kannst in Frieden ruhen, wenn dein Mann letztendlich zwar im Knast sitzt, aber für etwas, was er nicht getan hat?
Ich möchte gerne schreien, dass ich damit sehr gut in Frieden ruhen kann, aber ich werde etwas kleinlaut.
Meinst du nicht auch, dass Dirk hier auf Erden sowieso ab jetzt die Hölle durchmacht? Spätestens nach den Verhandlungen werden alle wissen, was er mit dir gemacht hat. Seine berufliche Kariere ist Schrott, zudem hat sich sein Vater erhängt und sein einziges Kind ist tot. Weiß Gott, Ariane, ob der Kerl im Knast sitzt oder nicht, in der Hölle wohnt er sowieso.
Michel hat Recht. Natürlich hat er Recht! Manchmal bin ich ein dummes Schaf. Ich beginne die Dinge so zu sehen, wie sie sind. Ich werde weder glücklicher noch trauriger sein, wenn Dirk hinter Gittern sitzt.
Michel, sag mir, was soll ich tun? Ich werde es nicht schaffen, jetzt meine Augen zu öffnen und Papa und Rossmann alles zu erklären, dafür bin ich viel zu schwach.
Er überlegt. Ich auch. Plötzlich legt sich seine winzig kleine Hand, die es nur in meiner Vorstellung gibt, in meine und er lächelt.

Komm, lass es uns gemeinsam tun. Wir werden jetzt deine letzten Stunden mit Lukas durchgehen. Ich bin mir sicher, die beiden werden dich auch so verstehen.
Meinst du?
Ja, das meine ich. Komm!

Mein Herz ist schwer wie Blei. Nachdem ich ein paarmal beim Wasserlassen geblutet habe, habe ich allen Mut zusammengenommen und bin zu einem Gynäkologen gegangen. Ich weiß, dass etwas nicht stimmt. Der Gynäkologe schickt mich mit ernster Miene zu einem Urologen, der nach ein paar Untersuchungen genau das feststellt, was ich befürchtet habe.
„Frau Fischer, Sie haben Nierenkrebs."
„Schlimm?"
„Eine Niere werden wir ganz entfernen müssen, und ja, ich will ehrlich sein, es sieht nicht gut aus, aber..."
Den Rest des Satzes bekomme ich nicht mehr mit. Die Panik rauscht in meinem Ohr, ich stehe auf und laufe einfach aus der Praxis. Mein schlimmster Feind hat mich getroffen. Krebs. Ich werde sterben, ja, bestimmt, das werde ich. Und selbst wenn ich nicht sterben werde, wo soll Lukas hin, wenn ich ins Krankenhaus komme? Der Arzt meinte, ich müsse die eine Niere ganz entfernen lassen. Meine Güte, wohin mit Lukas? Ich kann ihn nicht zurücklassen, weder bei Dirk noch

bei seinen Eltern. Schon auf dem Nachhauseweg muss ich mich dreimal übergeben. Vor der Tür steht Albert. Er möchte wieder einmal ein Stelldichein.

„Bitte, Albert, geh. Mir geht es nicht gut!"

Das ist ihm egal. Er folgt mir ins Haus. Kaum sind wir in der Wohnung, ich habe mich kaum aus meinem Wintermantel geschält, greift er an meine Brust. Ich drehe mich um. Mit voller Wucht, die von Panik und Wut über den Stand der Dinge erfüllt ist, knalle ich ihm eine. Er starrt mich noch immer an, während der Abdruck meiner Finger schon anfängt, sich in seinem Gesicht abzuzeichnen. Ich schlage noch einmal zu. Ich erwarte, dass er zurückschlägt – sehr wahrscheinlich wäre mir dieser Schmerz jetzt lieber als der Kummer, der mich und Lukas ab jetzt heimsuchen wird –, aber Albert dreht sich um und geht. In der Tür bleibt er stehen.

„Das hast du nicht umsonst gemacht!", sagt er. Ich weiß, was jetzt kommen wird, genauso wie ich weiß, dass ein Unglück selten allein kommt.

Der restliche Tag verläuft in Bezug auf Albert und Dirk ruhig. Ich versuche, mich durch Lukas abzulenken, der mir glücklich von einer Einladung zum Geburtstag seines besten Freundes Max erzählt. Sofort müssen wir ein Geschenk für ihn besorgen. Abends, als Lukas längst im Bett liegt und schläft, sitze ich neben ihm und bin noch unglücklicher als in der Zeit bei Dirk. Ich

kann spüren, wie die Angst und Panik sich in meinen Körper frisst und mir die Luft abschnürt. Mein Körper lässt sich nicht mehr von mir regieren und Gedanken kommen auf, die zu denken ich vorher nie gewagt hätte. Unmöglich kann ich Lukas auch nur eine Sekunde lang in Dirks Nähe lassen. Entweder würde Lukas zum Mörder werden, oder Dirk würde irgendwann den Jungen erschlagen. Ich muss wieder brechen. Meine Niere schmerzt und das Blut läuft mir fast wie Pipi an den Beinen herunter.
Mein Gott, was soll ich bloß tun?
Natürlich schlafe ich schlecht, wenn überhaupt. Wenn ich etwas mehr tue als nur zu dösen, holen mich Gestalten von Engeln und Teufeln ein. Die Teufel haben alle die Gesichter von Albert und Dirk, lachen sich kaputt, wollen sich Lukas holen und versuchen, mich zu steinigen. Als der Wecker klingelt, bin ich längst wach. Meine Atmung geht stoßweise, der Schweiß steht mir auf der Stirn.
„Mama, hast du Fieber?", fragt Lukas und zum ersten Mal in meinem beschissenen Leben kann ich die Situation nicht überspielen. Tränen steigen in meine Augen und Lukas starrt mich voller Panik an.
„Mama, was hast du denn?"
„Lukas, wenn ich nicht mehr da wäre, wo wolltest du dann hin?"

Lukas fängt an zu weinen und hängt sich an meinen Hals.
„Mama, du machst mir Angst."
Ich schiebe ihn energisch von mir weg und schaue ihm gnadenlos in die Augen. „Lukas, bitte! Wenn es mich plötzlich nicht mehr gäbe, wo wolltest du dann hin?" Er überlegt, wirft sich wieder in meine Arme und weint. Dann lässt er mich los und sieht mich ernst an. Seine Tränen schimmern funkelnd in seinen Augen. Mein Gott, ist dieses Kind schön!
„Mama, wenn du gehen musst, dann gehe ich mit. Ich möchte immer nur da sein, wo du bist. Nirgendwo anders."
Danach reden wir nicht weiter darüber. Seine Meinung kam aus vollem Herzen. Ich habe ihn verstanden und weiß, was ich zu tun habe. Ich werde mir etwas einfallen lassen müssen. Vielleicht schaffe ich es doch, vielleicht gibt es Krankenhäuser, in denen man die Kinder mitbringen kann. Mein Gott, es wird doch noch andere kranke Mütter geben, die auch Hilfe brauchen.
Als ich Lukas in die Schule bringen will und wir nach unten kommen, steht Dirk vor der Haustür. Zuerst erkenne ich ihn nicht und beachte ihn auch nicht. Erst als wir die Haustür aufsperren und hinaustreten wollen, kommt er auf uns zugestürmt und schreit:
„Du alte Schlampe, das wirst du mir büßen."

Natürlich hat der gekränkte Albert ihm von Mark erzählt. Gerade als ich Lukas zurück in den Hausflur ziehen will, bekommt Dirk ihn an seinem blau-weiß gestreiften Schal zu fassen und zieht daran.
„Lass ihn los, du erwürgst ihn ja!", schreie ich, als ich sehe, wie alle Farbe Lukas' Gesicht verlässt.
„Ich werde ihn dir wegnehmen!", schreit Dirk jetzt und ich schaffe es endlich, Lukas unbeschadet in den Hausflur zurückzuziehen. Dirk wütet vor der Tür, schreit alle nur denkbaren beleidigenden Wörter in Richtung unseres Küchenfensters. Lukas hat Angst. Große Angst. Ich sehe es ihm an und spüre unter meiner Hand, die auf seinem Oberkörper ruht, um ihn beschützend festzuhalten, seinen rasenden Herzschlag. Die Angst nimmt überhand und mein Verstand setzt aus. Eine Stunde lang stehe ich wie gelähmt mit Lukas in unserem Flur und starre zur Haustür, davon überzeugt, dass Dirk es gleich in den Hausflur schaffen wird und unsere Wohnungstür eintritt. Aber nichts passiert.
Das Telefon schellt. Lukas' Lehrerin macht sich Sorgen, weil er nicht in der Schule erschienen ist. Sie hinterlässt eine Nachricht auf dem Anrufbeantworter. Ich rufe sie nicht zurück, aber ich telefoniere mit mehreren Krankenhäusern. Überall bekomme ich die gleiche Antwort. Solange ich stationär versorgt werden muss, müsste ich Lukas in die Obhut des Kinderheimes geben. Wie-

der muss ich mich übergeben. Als ich Pipi mache, komme ich nicht darum herum, mir einzugestehen, dass ich der Wahrheit nicht den Rücken kehren kann. Heute blute ich nicht, aber das ist ein Wechselspiel. Mal blute ich weniger, mal mehr. Heute garnicht. Vielleicht sogar die nächsten Wochen nicht, aber das Blut wird wieder kommen. Es klingelt Sturm an der Tür. Dirk schreit wieder etwas hoch. Er werde es gleich schaffen, hochzukommen, schreit er. Ich helfe Lukas wieder in Jacke und Schal, greife in die Schublade und nehme den nächstbesten Schal heraus, den ich finden kann. Dann ziehe ich Lukas hinter mir her, zeige ihm, dass er ganz still sein soll, und schleiche mit ihm in den Keller. An der Kellerwand lehnend, bleiben wir stehen und warten. In meiner Hand liegt genau der gleiche Schal, den auch Lukas um den Hals trägt. Blauweiß gestreift. Von mir gestrickt und um den Hals gewickelt, wenn wir zwei seinem Lieblingsverein Schalke zujubeln. Es dauert nicht lange, da hat Dirk es geschafft und stürmt in den Hausflur, nach oben. Keine Ahnung, wer ihn reingelassen hat, aber bestimmt hat er auf alle möglichen Klingeln gedrückt. Ich schiebe Lukas wieder die Treppen hinauf. Wir hasten zu unseren Fahrrädern, schwingen uns darauf und fahren los. Ohne Ziel, nur weg von hier. Dirk brüllt hinter uns her, dass er uns sowieso gleich kriegen werde.

"Ich bringe meinen Vater um!", schreit Lukas und ich bitte ihn einfach, nach vorne zu schauen und schneller zu fahren. Adrenalin peitscht durch meinen Körper. Mit rasender Geschwindigkeit biegen wir in den Waldweg ein, immer damit rechnend, dass Dirk gleich vor uns steht. Plötzlich hält Lukas an und bleibt stehen. "Ich möchte das nicht mehr!", weint er. Mein Verstand ist schon längst nicht mehr da. Ich höre meine eigene Stimme, die sagt, dass ich auch nicht mehr kann. Plötzlich legen sich meine Hände um Lukas' Schal und ich ziehe ihn fest zu. "Es geht nicht anders!", sage ich und schließe meine Augen. Lukas zappelt und ich flehe ihn an, er solle bitte still stehen bleiben, gleich seien wir wieder zusammen. Er solle ein wenig Geduld haben und mir vertrauen. Als er nicht mehr zappelt, mache ich die Augen wieder auf, ohne ihn jedoch wirklich anzusehen, und binde seinen leblosen Körper stehend im Zaun fest. Er soll nicht auf dem kalten Boden liegen. Nur so habe ich noch den Glauben daran, dass ihm nicht wirklich etwas geschehen ist. Dann greife ich in meinen Fahrradkorb, finde aber den zweiten Schal nicht. Ich muss ihn verloren haben. Verdammte Scheiße, ich wollte mich mit dem zweiten Schal erhängen und finde ihn nicht! Von Weitem höre ich schnelle Schritte. Mir bleibt keine Wahl mehr. Ich nehme einen dicken Knüppel, und mit rasanter Geschwindigkeit und viel Kraft, die mir das Adrenalin verleiht, mit dem ich vollgepumpt bin, schlage ich mit dem Knüppel auf meinen Kopf.

„Ariane, möchten Sie uns etwas sagen?" Kai Rossmann ist nah an meinem Ohr. Meine Augen flackern und ich kann die Umrisse eines Kopfes erkennen.
„Ariane?" Das ist Papa. Ich versuche noch einmal, meine Augen zu öffnen, aber das Licht ist zu grell. Die Dunkelheit, in der ich wochenlang gelebt habe, macht es mir jetzt unmöglich, diese Helligkeit auszuhalten.
„Ariane, bitte! Machen Sie es sich doch leichter! Haben Sie Ihren Sohn selber umgebracht?"
„Was erlauben Sie sich?", schreit Papa Kai Rossmann an.
Ich versuche es noch einmal.
„Psst!", faucht Rossmann.
„Ja, ich war es!" Die Worte kommen schwer aus meinem Inneren und Papa flucht.
„Was zum Teufel soll das?"
„Ich war es!", schaffe ich es noch einmal und muss nach Atem ringen. Papa weint und Rossmann erklärt ihm, dass er die ganze Zeit über nicht wirklich glauben konnte, dass Dirk Lukas umgebracht hat. Aber als mein Hausarzt sich gemeldet habe und gesagt habe, dass ich einen Tag vor dem Mord bei ihm gewesen sei

und er mir eröffnet habe, dass ich sehr krank sei, da habe er sich so etwas gedacht.

„Aber Ariane, warum hast du das getan?", fragt Papa mit Unglauben in der Stimme.

„Es ist Menschenbrauch, den umzubringen, den man fallen sieht!"

Ein Hustenanfall überkommt mich.

„Was meinst du damit?", fragt Papa. „Was sagt sie da?", wendet er sich an Rossmann.

Ich versuche abermals zu sprechen, aber Rossmann hilft mir und findet genau die Worte, mit denen ich es selbst beschrieben hätte.

„Ihre Tochter hat einen griechischen Dichter zitiert. Ganz einfach: Dirk Fischer ist ein sadistisches Schwein, Albert Fischer keinen Deut besser. Ihre Tochter hatte nach dem Unglück mit Sven weder Bekannte noch Freunde mehr, und ihre Mutter ist tot. Die Angst, dass Lukas hilflos den beiden Bestien ausgeliefert wäre, wenn ihr etwas zustieße, hat sie zur Mörderin ihres eigenen Sohnes gemacht."

„Aber wer hat sie dann so verletzt?"

„Wir haben den Knüppel gefunden, mit dem sie sich selber auf dem Kopf geschlagen hat. Es sind nur Arianes Fingerabdrücke darauf! Es besteht also kein Zweifel..."

Papa zischt durch die Zähne. „Man kann sich doch nicht selber dermaßen verletzen! Oder doch?", fügt er hinzu.

„Doch!", sagt Rossmann und erklärt meinem Vater, welche Faktoren allesamt für die Schwere des Schlages sprechen.

Größte seelische Anspannung, Panik, Adrenalinausschüttung,
reduzierter Allgemeinzustand durch die Krebserkrankung. Mitten in
der Beschreibung, dass ich mit dem Knüppel einen äusserst
ungünstigen Winkel auf dem Kopf getroffen habe, hält Rossmann
plötzlich den Mund.

Die Stille, die nun herrscht, ist schmerzlich. Papa muss maßlos von mir enttäuscht sein. Ich spüre, wie die letzte Kraft mich verlässt, und hebe meine Hand. Als ich Papas Hand in meiner spüre, weiß ich, dass er mich verstehen wird. Vielleicht nicht sofort, aber irgendwann.

Es ist an der Zeit, dass wir das Feld räumen.

Michel steht vor mir und schaut mich liebevoll an.

Das hast du gut gemacht!

Mein Körper wird leicht und ich weiß, dass ich dieses Gefühl schon einmal erlebt habe. Michel tauscht seine Hand mit Papas aus und zieht mich mit sich. Plötzlich wird es hell. So viel Schönheit auf einem Fleck, denke ich. Wohnt hier Gott?, höre ich mich fragen, und mein gelebtes Leben wird unbedeutend und erlischt.

Zwei Wochen später

Während der ganzen Wochen hatte er fieberhaft die Berichte über den Tod von Lukas Fischer verfolgt. Schrecklich! Mehr als einmal war er in den letzten Wochen schweißgebadet aufgewacht und hatte den Jungen erwürgt im Zaun hängen sehen. Noch heute fragte er sich, wie ihm das erst hatte so spät auffallen können, aber es war so, wie es war. Jetzt war auch die Mutter tot. Als die Nachricht kam, dass Ariane Fischer selbst ihrem Sohn so etwas angetan haben sollte, konnte er es zuerst nicht glauben. Aber dann wurde Dirk Fischer freigelassen und auch der tote Albert Fischer von jedem Verdacht freigesprochen. Erst jetzt, nachdem Kai Rossmann den Fall und die Hintergründe in einem ausführlichen Bericht der Öffentlichkeit zugänglich gemacht hatte, konnte er es glauben. Eine zutiefst gedemütigte, geschlagene und alleingelassene Frau. Welche Abgründe Ariane Fischer erleben musste, war auch der Polizei nicht genau bekannt und würde wohl für immer im Verborgenen bleiben. Seit dem Unfall kümmerte er sich wieder mehr um seine Mutter und auch um seine Schwester. Ein eingebildeter Trottel war er gewesen, dass er sich für seine einfache Mutter geschämt hatte, nur weil er mehr gelernt hatte und zu den Oberen gehören wollte. „Oben ist die Luft auch nicht unbedingt besser", hatte sein Vater oft zu ihm gesagt und auch, dass die Luft da oben meist nur von Arschlöchern geteilt werde und daher sehr verpestet sei. Diese Weisheit gefiel ihm plötzlich. Und war es nicht auch eigentlich egal, was man hatte und war? Man sollte sich mehr um seine Mitmenschen kümmern und sich seine Nächsten nicht zum Feind machen. Er legte die Zeitung mit dem ausführlichen Bericht über das Schicksal von Ariane und Lukas Fischer in seine Schreibtischschublade und schob diese dann zu. Wenn er wieder einmal einen Höhenflug bekommen sollte, würde er den Artikel wieder lesen, und dann, da war er sich sicher, würde er schnell wieder auf den Boden der Tatsachen zurückkommen.

Alle im AAVAA Verlag erschienenen Bücher sind in den Formaten Taschenbuch und Taschenbuch mit extra großer Schrift sowie als eBook erhältlich.

Bestellen Sie bequem und deutschlandweit versandkostenfrei über unsere Website:

www.aavaa.de

Wir freuen uns auf Ihren Besuch und informieren Sie gern über unser ständig wachsendes Sortiment.

Sigrid Lenz

ILLUSIONEN

Roman

AAVAA
VERLAG

www.aavaa-verlag.com